闇夜の底で踊れ

増島拓哉

集英社文庫

闇夜の底で踊れ

1

ロックンロールだぜ、人生は！　昨夜インターネットで観た音楽番組で、ナイト・ドリーマーというロックバンドがそう歌っていた。全くもって同感だ。

ロックンロール――転がる石。俺の人生はまさしく、ころころと坂を転がり落ちていく石のようなものだ。決して止まらず、奈落の底へと一直線に転がっていく。

「ロックンロール」

覇気のない俺の掛け声は、周囲の喧騒にぶつかり、弾け散った。目の前では銀色の玉たちがジャラジャラという断末魔の叫びを残し、暗然たる闇の中へと飲み込まれていく。

「あほんだら」

打ち始めて僅か五十分で、もう一万円が溶けてしまった。だが、ここでやめる訳にはいかない。ここでやめれば、一万円をドブに捨てたことになってしまう。まだ昼の一時半。勝負は始まったばかりだ。

「伊達ちゃん、それもう出えへんで」

隣で打っている歯抜けのジジイが、へらへらとした口調で声を掛けてきた。

「じゃかましい。もうちょいや」

「出えへんて。……退(の)き、代わったろ」

「やかましい、言うてるやろ。残ってる歯ァもいてまうど」

しょっちゅう店で一緒になるこのジイさんの名は、平田(ひらた)。下の名前は知らないし、興味もない。いつもチビチビと金をつぎ込んでいる、ケチでチンケなジジイだ。

「口の利き方を知らん奴(や)っちゃなあ……」

平田が大袈裟(おおげさ)に肩を竦(すく)め、自分の台に向き直った。年金をパチンコに捧(ささ)げ、三十五歳の俺にタメ口を叩(たた)かれても意に介さない、ろくでなしのジイさんだ。

平田が煙草(たばこ)の煙を吐き出した。銘柄はエコーだ。魂を想起させるような青白い煙が漂ってくる。俺は非喫煙者だが煙草の臭いは別に嫌いではないし、健康云々(うんぬん)もどうでもいい。だが、喫煙者の肩身が狭くなりつつあるこのご時世に、このジジイだけがそんな風潮など何処(どこ)吹く風とばかりに悠然と煙草を吹かしているのが、どうにも気に食わない。

「平田さん、煙こっち来とんねん。ビールの味、変わってまうやろ」

言って、缶に口をつけた。店員にバレないよう、ビニール袋に包(くる)んでいる。

「安い発泡酒のくせに、一丁前のこと言いな」

「煙草ばっかり吸うてたら、早死にすんで」

「ドアホ。禁煙して百二十歳まで生きるくらいなら、この一本吸い終わってすぐに死んだ方がマシや」

「ご立派。ニコチン中毒の鑑（かがみ）やね」

「それはお互い様やないか。それに俺は、平田さんみたいにセコい打ち方せえへんだけ潔い」

「重症、いうだけやがな。大体、わしはセコいんと違う。伊達ちゃんと違（ちご）うて、堅実なだけや」

「あほんだら。パチンコ打ってる奴を堅実とは言わんのや」

そんな風にして実のない話に花を咲かせている内に、さらに三千円が溶けた。平田は相変わらず、隣でシケた打ち方をしている。

「平田さん。あんた、パチンコ中毒でニコチン中毒いうのは、流石（さすが）に救いようがないで。二重苦や」

「二重苦ちゃう。わしは、パチンコ、ニコチン、アルコールの中毒三冠王や」

「何を自慢気に言うとんねん。どえらい薄汚れた王冠やで」

「そんなことより伊達ちゃん、やっぱりそれもう出えへんのとちゃうか」

「次言うたら、ケツの穴に煙草突っ込んで火ィ付けるぞ」

平田は素直に黙ったものの、薄笑いを浮かべていた。思わずため息が洩（も）れる。

「もうちょいや」

平田の存在を頭から排除し、自分を励ますために、力強い口調で言った。

——結果、戦死者は二十五名だった。さらば、二十五人の野口英世たちよ。……合掌。

「死ねや、ボケッ！」

店を出るや否や、空になった発泡酒の缶を、力一杯地面に叩き付ける。甲高い音を立てて、缶は道の端へと転がっていった。

「あのボケが話しかけ腐るから、計算が狂うた」

苛立ちを言葉に乗せて吐き出しながら、ふらふらと歩き始める。

「こら、何をしてんねや」

不意に、後ろの方で声がした。随分と横柄な口調だ。どこぞのアホ共が喧嘩でもしているのだろうか、と辟易しつつ、歩みを進める。巻き添えを喰らうのは御免だ。

「ちょう、待ちいな、君」

また声がした、と思ったのも束の間、いきなり激しく肩を摑まれた。驚いて振り返り、思わず叫ぶ。

「なんじゃい、コラッ！」

だが憤怒の炎は一瞬にして、眼前に迫った紺の迫力によって鎮火されてしまった。

「なんや、その態度はっ！」

図体のでかい警察官が立ち、俺を見下ろしていた。威圧的な紺の制服を身に纏った、国家権力の犬だ。説教臭い国語教師みたいなツラで、眉間に皺を刻み、俺を睨み付けている。俺は口許に苦い微笑を洩らして言った。

「いやいやいや、ちゃいますやん。ちゃいますねん。どこぞのチンピラが絡んできよったんか思うて、ついね……。お巡りさんやと思わんかったから」

「なんや、俺がチンピラや言うんか」

「ちゃいます、ちゃいます、そういうこと言うてるんちゃいますやん。ほら、いきなり肩摑まれたもんやから、びっくりしてもうて。……堪忍ですわ」

警官が小さく唸り、不承不承、頷く。

「まあ、ええわ。……それよりやなあ、君、ポイ捨てしたらアカンがな」

地面に転がっている空き缶を指差した。

「見てたで。パチンコで負けたんかしらんけど、してええことと悪いことがあるわな。この辺は通学路やねんし、大人が規範になるような行動取らんと。なあ？」

大阪府内有数の進学校が、この近くにあるのだ。

しかし、俺のポイ捨てを咎めるくらいなら、頭上に掲げられている性風俗店の看板をどうにかした方がいい。高校の通学路にエロいマッサージ屋があってええんかいな。

そんなことを思ったものの、もちろん口にはしない。怒鳴り散らされるだけだ。無駄なことはしない。それが俺の流儀だ。

「いやもうホンマに、お巡りさんの言う通りです。申し訳ない」

頭を下げ、走って缶を拾いに行った。無論、微笑は絶やさない。

「分かったんならええんやけどね。……ほなまあ、パチンコもほどほどにしときぃや」

諭すような口調で言うと、俺の肩を二度ポンポンと叩き、去っていった。制服さえ着ていなければ何処にでもいるおっさんにしか見えないくせに、随分と偉そうなものだ。

警官の姿が見えなくなるのを確認してから、拾い上げた缶を再び地面に叩き付けた。

「やかましいわ！　俺にごちゃごちゃ言う前に、パチンコ取り締まらんかい。こんなもん、賭博と一緒やないか」

歯軋りをし、警官が去っていった方を睨み付ける。

「国家権力の犬が偉そうに……」

野太い声で言うと、忍び笑いが聞こえてきた。見ると、例の進学校のガキ共が、にやにやしながら俺の方を見ていた。

「なんや？　なに笑うとんねん、コラ」

ドスの利いた声でそう言うと、ガキ共は口を噤み、俯いて早足になった。だが俺から離れ、駅の改札を通った途端、再びこっちを見てげらげらと哄笑した。

「死にさらせ、あほんだら」

呟き、ガキ共から目を逸らして上を見た。空は薄っすらと茜色を帯び、地面に少しずつ迫ってきている。

「あほんだら」

もう一度呟いた。ちぎれて浮かぶ飛行機雲が、視界の隅に見えた。

2

ＪＲ北新地駅で降りた山本恭児は、大阪市の中心を南北に走る四つ橋筋を歩いていた。三月の太陽が低く垂れこめた厚い雲を切り裂き、通りに眩い光を容赦なく打ち付けている。

山本はスマートフォンを取り出すと、着信画面に記された名を見て舌打ちし、電話に出た。無愛想に返事をしながら信号を左に曲がり、堂島一丁目へ入ると、平凡な外観のビルへ向かった。入口に設置されている防犯カメラを一瞥し、インターホンを押すと、間を置かずに野太い声が返ってきた。

「はい」

「山本や。開けてくれ」

ぶっきらぼうに言った。相変わらず電話は続けている。三十秒ほどして、玄関の扉が開いた。グレーのスーツを着た男が頭を下げ、山本を迎え入れる。

「お疲れ様です」

「なんも疲れてへんわ」

「すみません」

山本は気怠い表情でまた電話相手と話し始めた。

「急に言われてものう、今日このあと京都行かなあかんのや。うん？　もう予約取ったんかい？……しゃあないのう」

顎を擦りながら、思案するように斜め上を見ていると、

「おう、来たか」

不意に声がした。振り返ると、

「ほな、八時にホテルやな？　また掛け直す」

とだけ言い、すぐに電話を切った。

「おはようございます」

「もう十二時前だぜ。こんにちは、だろ」

関川俊夫が破顔した。無地の白いTシャツに青いジーンズというラフな格好だ。オールバック、アルマーニの黒いスリーピース・スーツ姿の山本とは対照的だが、柔和な笑顔の奥に光る眼光の鋭さだけは負けていない。

「わざわざ悪いな。まあ、部屋来いや」

山本は関川に続いて三階へと上がり、一番奥の部屋に入った。向かい合わせでソファに座る。

「電話、大丈夫だったのか？　なんか大事な用じゃねえだろな」

「ああ、もう全然構いません。コレですわ、コレ。申し訳ない」

山本は小指を立てた。

「五十にもなって元気だな」

「まだ四十七です。オヤジこそ、還暦超えても矍鑠(かくしゃく)としてはりますやん」

「いや、それがそうでもねえ。医者から、尿酸値と血圧でウダウダ言われてるしよ。もうそろそろ、悠々自適なセカンドライフに移ろうかな、ってよ」

「そりゃよろしい。綺麗(きれい)なネエちゃんようけ囲って、毎日わいわい酒池肉林三昧や」

関川が小さく首を横に振った。

「マジな話なんだ」

山本は鋭く息を吸い込んだ。

「ホンマですか」

「ああ。遅くとも今年中には引退するつもりだ。来年の天皇陛下より、一足先にな」

「えらい急な話ですね」

「去年、心筋梗塞(しんきんこうそく)で倒れたろ？　あんとき、孫に泣かれてよ。それ見てたらな……」

「鬼の目にも何とやら、ですか。本家に話は？」

「通してる。ただオヤジから、一つ条件を突き付けられてな……」

そう言って山本から視線を外し、坊主頭を撫(な)でた。成金趣味の鳩時計(はとどけい)が、昼の十二時を騒々しく知らせていた。

3

捨てる神あれば拾う神あり、という言葉がこの場合適用されるのか分からないが、まあ兎にも角にも、俺は翌日、パチンコで大勝した。珍しく貧乏神の平田が店にいなかったことも勝因の一つだろう。

六万三千円の臨時収入。昨日の負けを帳消しにしてもなお、まだ三万八千円も残っている。ここは江戸っ子に倣って、宵越しの金は持たずに豪遊といこう。

俺は何らかの理由――九割以上はパチンコだ――で財布が温まると、決まって梅田で遊ぶことにしている。旨いものを食い、良い女を抱くのだ。

俺の行きつけのパチンコ屋は阪急十三駅前にあり、ここから梅田まで行くためには、電車だと百五十円も掛かってしまう。電車賃なんぞに百五十円も払ってはいられない。それに、徒歩でも僅か三十分で着く。真夏ならばアスファルトが照り返す太陽の光で灼熱地獄だが、有り難いことに今日はまだ四月中旬だ。全く暑くない。俺は歩く決意をした。

カーペンターズの「トップ・オブ・ザ・ワールド」をいい加減に歌いながら、梅田へと続く十三大橋を渡り始めた。橋の下には、琵琶湖から流れ出る淀川が広がっている。緑色に濁った透明度の低い川だが、これでも昔に較べればかなり綺麗だ。

橋の左手を、阪急電車が通過している。百五十円をケチって梅田まで歩く俺を尻目に、悠然と電車は走り去る。

橋の上では、俺の歌声を掻き消すほどの猛スピードで、多数の車が走り抜けていく。国道一七六号線——通称・いなろく。梅田方向とは逆向きにずっと突き進めば、確か京都の日本海側に着くはずだ。

「そうだ、京都、行こう」

陽気に呟いた俺を嘲笑うかのように、屹立する梅田スカイビルが見えてきた。

梅田に着くと、とりあえずコンビニに入った。遊ぶ前に、財布を取り出して中身を確認する。六万三千百五十二円。なかなかの大金だ。次いで、ジャケットの懐から通帳を取り出した。三畳半のボロアパートの防犯性など信用できないから、いつも通帳を持ち歩いている。通帳に刻まれている数字は、二十一万と八千二百十一円。全財産だ。

不意に、財布の中の六万円が重さを増した。俺は大阪人や。江戸っ子の真似などやめて、程よく遊ぶこととしよう。

結局何も買わず、コンビニを出た。辺りをぶらぶらと散策すると、大手書店に向かうサラリーマン、雑貨店から出てくる女子高生、ミニシアターへと続く階段を降りる老夫婦、ゲームセンターのダンスゲームに汗を流すチェックシャツの若者、梅田芸術劇場へ向かう淑女、そしてクレープ屋の前でイチャつくカップルと、様々な人間が目に入ってくる。実に雑然とした印象だ。このごった煮感こそ、梅田という街の最大の魅力だ。必要最低限の金以外は殆どパチンコに費やし、日雇いのバイトを繰り返しながら何とか生き永らえている俺のような人間にとって、この街の空気は妙に心地好い。

「何しよっかな」

そんなことを独り言ちていると、クレープを手にしたカップルがこちらに向かって歩いてきた。女の方は金髪にふんわりとパーマを掛け、ブルーのレンズの丸サングラスを掛けている。なかなかお洒落で可愛い。女の顔から下半身へと、滑らかに視線を移した。膝上の短いスカート。程よい肉付きの、官能的な脚。思わず顔が綻び、唾液が湧いてくる。

だが——。

「キモッ」

すれ違いざま、女が短く言った。鼻で笑う男の勝ち誇った顔が、視界の隅でちらついた。俺は大きく舌打ちをし、去っていく女の膝裏を舐めるように見つめた。

「見られたないなら、そんなもん穿くなや、あほんだら」

苦々しい思いに駆られながら、再び梅田の街を歩き始める。目的地は、阪急梅田駅の南東にある兎我野町に決めた。オトナのお店が立ち並ぶ歓楽街だ。今しがた見た生脚によってもたらされた興奮を、鎮めに行くのだ。なけなしの金を使って。

それにしても、さっきの女には腹が立つ。もう一度言うが、見られたくないならばミニスカートなど穿くな。あの女はどうせ、「ミニスカートは彼氏に見せるため、お洒落のために穿いているのであり、見ず知らずのおっさんに見せるためではない」と言うだろうし、その主張にも一理あるかもしれない。しかし、二理はない。だって、見てしまうに決まっているではないか、そこに生脚があるのだから。

「誰も、ヤラしてくれ言うてへんがな」

そうなのだ。ただ、ちょっと脚を見て興奮しているだけだ。放っておいてくれ。確かに当人からすれば「キモッ」だろうが、聞こえよがしに言うのはマナー違反だ。

露出の多い格好をしている女はレイプされても自業自得、などと言って憚らない、脳味噌の代わりに白子が詰まったような連中が、どういう訳かマトモな社会人として働けてしまう。その一方で、俺のように生脚をチラ見するだけの健全なエロおやじが、パチンコに溺れてマトモな職に就けていない。そんな今の世の中は、絶対に間違っている。不快である。不愉快である。腹が立ち過ぎて、またパチンコを打ちたくなってきた。

そんなことを考えながら歩いていると、すぐに兎我野町へと到着した。日雇い労働者の必需品、スマートフォンを取り出し、時刻を確認する。四時十分だ。

先に腹ごしらえをすることにした。女の性欲は満腹時に高まり、空腹時に減退する。男の性欲は空腹時に高まり、満腹時に減退する。そう何かの雑誌で読んだ記憶があるが、俺には関係ない。たとえ吐く寸前まで食べたとしても、存分に勃起できる自信がある。

スマートフォンで「グルメ・レヴュー」なる気取った名前のサイトを開き、近くの店を探したところ、「ゴリラーメン」なる気取っていない名前の店を見つけたため、すぐさまそこに決め、音声ガイドに従って歩き出した。

ゴリラーメンのラーメンは脂っこくて旨かった。ニンニクの効いた絶品の餃子(ギョーザ)をキンキンに冷えたビールで流し込むのは、最高の幸せだった。店主のゴリラ面(づら)と、荒々しい文字で「ヘルシー路線お断り！　旨いもんは体に悪い！」と記した看板が店内に掲げられていたのにには、思わず笑ってしまった。

店を出る前にトイレに入り、鏡を見て身だしなみをチェックする。ワイシャツにクリーム色のジャケット、下は黒いジーンズ、靴は黒のスニーカーだ。シャツは日によって替えているが、俺は基本的に一年中この格好だ。服装を選ぶセンスも金も、生憎(あいにく)と持ち合わせていない。

目脂(めやに)を取り、店を後にした。胸が躍り、心が騒ぐ。行く店はもう決定してある。「ピンク・キャンディ」という名前のソープランドだ。常連とまでは言えないが割とよく足を運ぶし、一時期は毎日のように通い詰めていたため、それなりに馴染(なじ)みの店員もいる。

尤(もっと)も、大阪府はソープの営業を禁止する条例を制定しており、かつて警察が総力を挙げて浄化作戦を決行したこともあるため、建前上、府内にソープランドは存在しないとされている。しかし、中学生以上なら誰もが知っていることだが、建前とは所詮(しょせん)、建前に過ぎない。

　ゴリラーメンからものの二、三分で、ピンク・キャンディへと到着した。無駄に一流ホテルのような内装の受付に行くと、見知った店員が、卑屈すれすれの笑みで迎え入れてくれた。予約はラーメンを食べているときに済ませておいた。

「ご無沙汰ですねえ」

「金欠やったんや。やっと臨時ボーナスが入ってな」

「ほんなら、ええ娘入ってますよ。ごっつい可愛いです、ホンマ」

「ほうか。ほな、その娘にしよかな」

「ちょっと高いですよ」

「ナンボやねん」

「九十分五万円です」

「そりゃアカンわ」

　言下に断った。

「四十五分、一万五千円って言うといたやないか、予約のときに」

「いやいや、ホンマちょっとこの娘は、そんなんとはレベルちゃいますよ」

「そんなんとは何や、失礼やろ。こっちはそれでウキウキしとるんやから」

「いやいや、すんません。別にお客さんを悪く言うた訳とちゃうんです。でもホンマ、一遍どうです?」

「まあ金額の方は俺も男やから、構へんと言えば構へんよ？　でも正味な話、俺、九十分も持たへんで。後半、ホンマにただの入浴になってまうやんか。情けないわ」

「問題ありませんて。この娘……、詩織っちゅうんですけどね、ホンマ、ごっつエロいですから。九十分でも足りひんくらいですよ。十万超えの高級店でも全然通用するレベルです」

「えらいハードル上げるな。大丈夫か」

「ハードルなんてナンボでも越えます。嘘やったら返金してもええくらいです」

「ホンマか？　返金してくれるんか」

「いや、そんくらい凄いっちゅうことです……」

「なんや、せえへんねやないか」

「まあ、そない言わはらんと。写真見ますか。めっちゃ可愛いですよ」

「見いひん、見いひん。どうせ修整してるやろ。食品サンプルより悪質やで、アレ」

「手厳しいこと言わんとってください。ウチのレベルの高さは知ってはるでしょ」

　俺はこのあとも難色を示すポーズを取り続けたが、内心では惹き付けられてならなかった。一万五千円でもハイレベルな女性が出てくるこの店で、店員がこれほど薦める詩織ちゃんとは、果たしてどんな女性なのか。五万円くらい、払ってしまおうか。後々パチンコで溶かして、こんなんやったら詩織ちゃんに使うとけば良かった、などと後悔するのは御免だ。それに、パチンコで手に入れた泡銭は、泡姫に使うのが筋というものかもしれない。

そんな俺の揺らぎを見透かしたのか、店員が両手をパンッと叩いて言った。

「分かりました。ほな、もし気に入らんかったら返金しまひょ」

「そこまで言われたら、断るわけにはいかへんな」

頭の中で勝利のファンファーレが鳴り響く。

「詩織ちゃん、九十分五万円。決定ですね。思う存分、搾(しぼ)り取られて来てください」

「搾り取られるんかいな！」

思わず甲高い声が出る。店員が笑った。俺も笑った。

利用料金の五万円を前払いし、詩織ちゃんがいる七号室――と言っても大きめの風呂場だが――へと向かった。鼓動と股間(こかん)が早鐘を打つ。期待と不安が入り交じった心を押しのけるように、勢いよく七号室のドアを開けた。ノックすら忘れていた。

「こんにちは」

まるで待ち構えていたかのように、すぐさま詩織ちゃんが言った。囁(ささや)くような、それでいて耳の奥まで届く、澄んだ声だった。俺は思わず立ち尽くした。彼女は、あまりにも美しかった。美しい、という言葉を使うことすら躊躇(ためら)われるほどの美しさだった。七号室は何か、ある種の幻想的な色彩すら帯びていた。

過去の経験上、ソープランドの部屋は下品なほど明るい。夜の営み時に明るい照明を好む素人女性は依然として少なく、そのことに不満を持った下品な男の下衆な欲求を満たすための仕様なのだろう。俺も大好きだ。

だが詩織ちゃんは、薄暗い照明の下、素朴な白い服を身に纏い、浴槽に上品に腰掛けていた。にもかかわらず、薄闇の中でその姿は眩いばかりに美しく、光彩陸離という小難しい言葉さえ思い起こさせた。小学生の頃に曇天の下で見た太陽の塔の迫力が、ふと思い出された。

詩織ちゃんとの距離は二メートル以上あったが、つぶらな瞳が小動物のように瞬きを繰り返すのがはっきりと見えた。胸のあたりまで伸びた濡羽色の髪は薄闇に溶け、白い肌がぼうっと浮かび上がっている。幽霊のようでもあるが、こんな幽霊にならば殺されても構わない。

「どうぞ？」

詩織ちゃんが言った。はっと息を呑み、慌ててドアを閉める。

「こっち、こっち」

からかうような声で言い、手招きしてくれた。興奮が、体の奥底からやってくる。ゆっくり近付くと、彼女は自分の隣に腰掛けるように、浴槽を叩いて促した。この店に来たことに、パチンコで勝ったことに、生まれてきたことに、心底感謝した。

隣で見る詩織ちゃんは、すぐに壊れてしまいそうな繊細で危うい美しさを放ちながら、同時に、何があっても崩れない確固たる美をも感じさせた。

「あれ、緊張してはります？　もしかして初めて？」

悪戯（いたずら）っぽい笑みだ。堪（こら）え切れずに股間が脈打つ。

「いや、久々やねん」

声が掠（かす）れた。詩織ちゃんが、ふうん、と吐息交じりの声を出すと、顔を近付けてきた。

抱きしめたいという思いとは裏腹に、体を反らせてしまう。

「どうしました？」

「いや……。餃子食うてきてもうてん」

あはっ、と少女のように無垢（むく）な笑い声を上げ、詩織ちゃんが言った。

「――可愛い」

全身が震え、荒々しく息を吸い込んだ。毛穴が見えるほどの近さで、じっと見つめ合う。丸く澄んだ瞳だ。豊かでやわらかな彼女の胸が、体に押し付けられる。綿菓子のように白くてきめ細かな肌をした彼女の、チョコレートのように甘くとろけた吐息が、俺の顔に優しく触れた。猛烈に勃起した。

彼女が俺の耳許に口を近付け、虫歯になりそうなほど甘い声で囁いた。

「ほんなら、たっぷりしたげるね」

激烈に勃起した。そして、甘美で淫猥（いんわい）な白い靄（もや）が、俺の全身を包んでいった。

4

「なんや？　顔に何か付いとるか？」

山本は腕を組み、目を閉じたまま言った。宮尾健司が慌てて首を振る。

「ほな、前見て運転せんかい」

宮尾が小さな声で謝り、ハンドルを右に切った。

「あの……、オヤジと何の話されたんですか？　今日の昼」

「別に。大した話やない」

「そうですか。すみません」

「そんなことより、何処やねん、ここ？」

山本は目を開き、窓の外を見て言った。

「能勢町……、妙見山、とか書いてますね」

カーナビを指差して答える。

「ああ……。関川組が一時期、色々捨てるんに使うてた山や」

「そうなんですか」

「十年位前にバレてから、使うてへんけどな。お前が入る前やわ」

宮尾が小刻みに頷いた。

「もうウチ来て三年経ったか」

「はい。卒業してすぐでしたから、ちょうど三年です」

「大学まで行った我が子が、極道かい。……親、泣くで」

「まあ、それまで散々、自分の方が親に泣かされてきましたから」

宮尾が淡々と言った。山本は特に反応を示さず、声を出しながら、大きく欠伸をした。

「八時までには着けてくれよ。あいつ待たしたら、またヤイヤイ言いよるから」

「はい。渋滞さえなければ着くはずです」

「渋滞してても間に合わせえ」

「はい、すみません」

宮尾が愚直に返事をすると、山本は呆れたように息を吐いた。

「しかし、三月なのに寒いですね」

「三月は大概寒いもんや。自分の卒業式思い出してみい。ガタガタ震えながら、校長のクソ長い挨拶聞いてたやろ」

「ああ、すみません。……でも、卒業式の記憶なんて全くないですね」

宮尾が記憶を探るように斜め上を見た。

「前見て運転せえって」

「なんでその歳で覚えてへんねん。ついこの間やろ」

「すみません。アニキは覚えてますか」

「覚えてない、っちゅうか、入学式も卒業式も出たことない。最終学歴は幼稚園や」

宮尾が目尻に皺を寄せて笑った。山本も相好を崩し、窓の外に目をやる。

「しかし、流石は田舎やのう。嫌味なくらい満天の星や」

山本は呟いた。二人を乗せたキャデラックは、能勢町の暗い山道を突き進んでいく。

5

愉快だ。非常に愉快だ。これまでならば、ソープランドの帰り道は索漠たる思いに囚われていたはずなのに、今日は兎に角愉快だ。財布の中身は一気に一万千二百六十二円へと減ったが、屁でもない。

ところで、ついつい索漠などという大仰な言い回しを用いてしまったが、要するに虚無だ。あるいは空虚。「なんでソープランドに一万五千円も使うてもうたんや。そんだけあったら、ビールに焼き肉にパチンコに、だいぶ楽しめたやないか」という後悔が心の淵から顔を覗かせてはいるが、射精の快感の余韻のせいで本格的に地団駄を踏む気力はない。しかし、「最高やったなあ、ソープランド」と鼻歌交じりに軽快なステップを踏む気にもならない。

この何とも言えぬうら寂しさが、今までのソープランドの帰路には付き物だった。では何故ソープランドに行くのをやめられないのか。学習能力がないのか、と言えば、事はそう単純ではない。

　確かに射精直後は「二度とこんな真似するものか」と思うものの、しばらくしてまたムラムラしてくると、「今回ばかりは、今までのムラムラとはレベルが違う。ソープランドに行かねばならぬし、行ったとしても後悔はしないだろう」と錯覚してしまうのだ。もちろんいくらか残った理性が「人間が歴史から学ぶことのできる唯一の教訓は、人間は歴史からは何も学ぶことができないということだけだ」などと昔の哲学者の名言を教訓めかして吐いてはくるが、そんな戯言(たわごと)は躍動する股間の前では無意味だ。欲望の前では何もかも完全に無化されてしまう。だからこそ人は今日も今日とてソープランドに足を運び、今日も今日とてワンクリック詐欺に引っ掛かり、今日も今日とてパチンコで有り金を擦(す)り尽くし、戦争と貧困は世界から消えてなくならない。愚か。愚の骨頂。だが愚かという言葉すら、欲望の前では虚(むな)しく響くだけだ。

　随分と話が脱線したが、閑話休題。今日はどういう訳だか、いつものように虚無感が俺の心を支配していない。人は何故欲望のために愚かな行いをしてしまうのかを冷静に分析した上で、その愚かさをも、我が子の粗相を微笑(ほほえ)んで見つめる母親のように愛することができる。それほどまでに今日は愉快だ。理由は言うまでもなく、詩織ちゃんだ。今までの三倍以上の金額を払ったにもかかわらず、今までとは較べ物にならない多幸感だ。

　詩織ちゃんには、他の娘のようなビジネスライク感がなかった。無論、露骨に仕事だという顔をする者はピンク・キャンディにはいないが、そういう気持ちはどうしてもふとした瞬間に滲み出てしまう。ところが、詩織ちゃんには全くそれがなかった。心の底から愉しんでいるみたいな、飛び切りの笑顔だった。まるで恋人と愛を育んでいるかのような、本当の夜の営みのような、そんな錯覚さえ起こしてしまった。恋人などいたことはないが、それでもそう思ってしまったのだから仕方あるまい。都会育ちの人間が古き良き日本の田園風景を見て、存在しないはずの郷愁に駆られるのと同じだ。

今、俺の全身を包み、俺の心を覆っているのは、単なる快感の余韻ではなかった。無粋を承知で言葉にするならば、これは、恋だ。

6

「どんな感じや、景気は」

スルメをしゅばしゅばとしゃぶりながら、平田が尋ねてきた。詩織ちゃんに天国へと導かれた翌日。場所は言うまでもなくいつものパチンコ屋であり、景気というのはこれまた言うまでもなく玉の出具合のことだ。

「まだ始めたばっかりや、なんとも言えんわ。ちゅうか、そんなことよりあんた、しょっちゅうスルメ食うとるな。歯抜けのくせに」

「スルメって言うな。アタリメって言い」

「それ、スルメちゃうんか」

「無知な奴っちゃ。スルメとアタリメは同じもんや」

「何を言うてんねん」

「スルメとアタリメは呼び方が違うだけで、全く同じものなんやで」

「なんで呼び方が違うねん」

「スルメやと、金を擦る、を連想させるから、商人が嫌ってアタリメに言い換えたんや。大当たりー、のアタリや。縁起ええやろ？　だから、人がパチンコ打ってるときは、アタリメって呼ぶもんや。礼儀やで」

得意げな口調だった。一つ豆知識が増えたが、一文の得にもならない。

「スルメって言うてもアタリメって言うても、あんたがパチンコに勝てへん事実は揺るがんがな」

「豚にデブって罵られることほど、屈辱的なことはない」

「残念。俺、昨日、六万も勝ったから」

「その六万円のために、今までナンボ使うたんや」

「おい、考えさすなや、そんなこと」

「ほな、不毛な争いはやめよ」

平田はそう言ったきり、押し黙った。俺も貧乏神とのしみったれた会話を中断し、全神経を目の前のパチンコ台へと向ける。

俺が今日も今日とて打っているのは、『孤影の剣』という人気少年漫画を原作にした、バトルタイプのパチンコだ。荒廃した架空都市を舞台に、大刀を背中に担いだ主人公のコジロウが、ばっさばっさと悪を斬っていくという内容だ。コジロウは名前の通り、佐々木小次郎をモデルにしている。原作漫画もアニメも一切見たことはないが、この台を幾度となく打っているため、おおよそのキャラクターと設定は把握してしまった。

『孤影の剣』では、スペシャルタイムに突入すると、十六体のキャラクターの中から一体、自分が操作するキャラを選ぶことができる。俺はいつも人気悪役のムドウを選んでいる。蛇のように鋭い目と、長身から繰り出す打撃など圧倒的な体術が魅力的だ。ムドウにならば抱かれてもいい。

などと頭の片隅で考えながら打っていたら早くも三千円が溶け消えたので、今度こそ本当に全神経をパチンコに注ぐ。

打って打って打ちまくった。玉が暗黒へと吸い込まれていき、放出され、吸い込まれていき、放出される。それを繰り返しながら、着実に所持金は溶けていく。一進一退ならぬ、四進五退の攻防。薄く張った氷の上に大きな角砂糖を置いているような感覚だ。

そうして五時間が経過した頃、遂にその時は訪れた。

「よっしゃ、きた」

赤図柄の七七七が揃った。ラウンドを全て消化し、ムドウを選択してスペシャルタイムに突入だ。

「やるがな、伊達ちゃん」

平田が声を掛けてきたが無視をする。さあ、ここからが勝負だ。どれだけ爆発させられるか。

「ええやんけ、あほんだら」

孤影の剣BONUSと画面に表示された。十六ラウンド大当たりが濃厚だ。思わず、ハンドルを握る手に力がこもる。盤面の右下に取り付けられたアタッカーが開き、玉が入っていく。上皿と下皿に玉がどんどん溜まっていく。レバーをスライドさせ、計数機に玉を流した。

「伊達ちゃん、ノッとるがな」

「話し掛けんな、貧乏神」

「貧乏が付いてるとはいえ、神と呼ばれて悪い気はせえへんな」

「喋るなて、ジジイ」

「ジジイ？　そりゃまあ、わしは自分より歳食うとるけどやなあ、伊達ちゃんかてもうおっさんやで。それをジジイとか呼ばれるいうんは、あんまりええ気はせえへん。大体、年上やって分かってるなら、まずそのタメ口をやなあ……」

「ちょう、ホンマに。平田さん。頼んますわ。集中させてもらえませんか。勝ったら、玉奢りますから」

「ほいだら許したろ」

死ね。心の中でそう毒づいてから、しまった、と後悔した。平田と喋ってしまった。無視を決め込むべきだった。運を吸い取られてしまったかもしれない。

「頼むで、ホンマ。マジで」

祈りが通じたのか、スペシャルタイムは継続された。ツイとる。気分が高揚したが、本番はここからだった。連チャンが終わらないのだ。

「六連や。止まらへん」

思わず、声が震えた。周囲の視線を感じる。

「兄ちゃん、俺と代わってえな。昨日も勝ってたやろ」

「天変地異ですよ、伊達さん」

「いやん、ええなあ、もう。こっち全然出えへんのよ」

野次馬達の歓声が聞こえてきた。哀しいかな、全て聞き覚えのある常連客の声だ。喘げ、喘げ、あほんだらめ。舐めとったらいてこますど、こら。

そして、見事にいてこましてやった。七連チャンに突入したのだ。

「カモン、カモン。来い、来い、来い。来んかい、あほんだら」

手に汗握り、血沸き、肉躍る。水面から顔を上げて息を吸ったときのように、生きているのだという実感が湧いてくる。他の客の羨望と嫉妬が入り交じった声を背に受けながら、ひたすら目の前の台だけを睨み付ける。俺がハンドルを回し、玉が流れ、常連客達が叫び、笑い、驚き、手を叩く。まるで、指揮棒を揮っているような気分だった。

7

良いことのあとには悪いことがある。幸運は長くは続かない。俺の人生経験上、これらの言葉には確かに説得力を感じる。だが、何事にも例外はあるものだ。

パチンコで勝った金で美しい女性と体を交わし、さらにその翌日、俺はパチンコで二十一万円も勝ってしまったのだ。正確に言えば、二十一万と四千二十四円。俺の過去最高勝利金額だ。

当然のことながら、有頂天だった。だが、ではすぐにその足でピンク・キャンディへ向かったかと言えば、そうではない。もちろんピンク・キャンディに行って詩織ちゃんに逢いたいのは山々だったが、店員から聞いた彼女の出勤時間は午後一時から午後六時、月水金の三日間なのだ。残念ながら、今日は四月十四日の土曜日だ。

そういう訳で、コンビニでビール二本と種々のおつまみを購入し、家路についた。家賃二万円のボロアパートすら、今日は輝いて見えた。

階段を上ると、部屋の前に人が立っていた。大家だ。年齢不詳のおばはんで、口やかましい。気性が荒い訳ではないが、大阪のおばちゃんの悪しき部分を煮詰めて乾燥させたようなところがある。つまり、口やかましい。

「あら、伊達さん！　ええとこに帰ってきはった」

俺を見るなりそう言ったが、俺がええとこに帰ってきはった、のではなく、大家が俺の帰宅を待ち受けていたのだろう。根拠はないが断言できる。そういう人なのだ。

「どうも、こんばんは」

「こんばんは、ちゃうわよ、伊達さん。あなた、深夜によく出歩いてるんやって？」

「はい？　何ですの、急に」

「だ、か、ら、他の住民さんからお言葉があったの。伊達さんがしょっちゅう、深夜にアパート出たり入ったりしてるって」

この大家は、住民からのクレームをお言葉と称する。

「深夜に出歩いたらアカンて、入居規約にありましたっけ？」

「いや、それはないよ？　でもやんか、やっぱり他の人からしたら、ちょっと怖いなあ、いうのもやっぱ、分からんでもない話でしょ？　物騒なご時世やし」

深夜に自分の部屋に出入りしているだけだ。一体それの何が怖いと言うのだ。

「仕事してますねん。深夜に行かなアカン仕事もありますねん。すみません」

「仕事って、どんな？」

「色々ですよ」

「色々って、何の仕事してはるの」

「その時々によって変わりますねん」

うんざりした声で答えると、大家がわざとらしく目を見開いた。

「もしかして、日雇い、いうこと？」

パチンコで大勝していなかったら、多分首を絞めている。

「まあ、そうです。もうええですかね？　疲れてるんで」

大家が渋々といった顔で頷いた。だが部屋に入ろうとした寸前、最後っ屁を放ってきやがった。

「こんなん言うたら大きなお世話かも分からんけど、そろそろちゃんとしたお仕事見つけた方がええんと違う？」

ホンマに大きなお世話ですわ、という言葉を飲み込み、

「大丈夫ですから」

怒気を孕んだ声で言った。大家が「まあ怖い」と言い捨てて、階段を降りていく。俺は深く息を吸い込み、大きく吐き出した。みぞおちのあたりがパチンコ玉を飲み込んだように重い。

懐の財布から二十一万円を取り出した。強く握りしめ、顔に擦り付ける。次第に口角が上がり、みぞおちが軽くなる。

ふと、空を見上げてみた。中途半端な都会の薄汚れた夜空に、小さな星が点々と瞬いていた。

8

四月十六日、月曜日。詩織ちゃんの出勤日だ。予約は昨日のうちに入れておいた。あれほど素晴らしい女性なら予約で埋まっているかもしれないと危惧したが、午後一時からの予約がすんなりと取れた。やはりツイている。

八時に起床し、スマートフォンで違法ダウンロードした音楽を聴いたり違法にアップロードされたバラエティ番組を観たりして時間を潰していたが、飽きたのでやめた。時計を見ると、まだ九時半だった。天井の木目を眺めながら十秒ほど考えたあと、パチンコ屋へ向かった。

「ヒーローのお出ましや」

席に着くや否や、隣から声を掛けられた。鬱陶しいので無視をし、台の左側にある玉貸し機に五千円札を入れると、平田が口笛を吹いた。

「五千円かい。流石、金持ちは違うなあ」

「口笛吹くな。アメリカ人か」

「こんな目ェ細いアメリカ人、おらんやろ」

「アメリカは多民族国家やから、目ェ細い奴くらいゴロゴロおるがな」

そう言ってから、舌打ちした。またついつい会話を交わしてしまった。

「そんなことより伊達ちゃん。一昨日、勝ったら玉奢りますって言うたくせに、終わったらちゃっちゃと帰ったやろ」

「そんなん言うたか？　覚えてへんわ」

「覚えてへん、いうんは殺生やわ。約束したがな」

「覚えてへんモンは覚えてへんからなあ。記憶にないわ」

「政治家みたいなこと言いな。なんや、伊達ちゃん。踏み倒す気ィけ？」

「当たり前じゃ。口約束は法的に有効やけど、約束したっちゅう証拠がなかったら、裁判では通用せえへんで。今度からは、書類作って約束交わすこっちゃな」

「そっちがそういうつもりなら、わしにも考えがある。今日はずっと、話し掛け続けたろ」

「ちょう待ちいな」

苦笑が洩れた。平田は愉快そうに笑っている。

「気ィ散って打てへんやろ。やめえ、話し掛けるな」

「法律がどうこう言うんやったら、実力行使や」

「極道みたいなことすなや。みかじめ料払えへんなら、毎日おどれンところの店通い詰めたんど、ちゅうて。悪質やで」

「ほな、約束守りいな」

「ナンボやねん」

「何とも言えん、ええ額突いてきよる」

それから五分ほど平田に話し掛けられ続けた俺は、結局耐え切れずに、三千円を支払った。

「三千円でええ」

「毎度あり。請求額は、高過ぎず、かと言って安過ぎず。これがコツや。覚えとき」

「実はあんた、昔は札付きのワルやったんちゃうか。カツアゲばっかりするような」

ため息を吐くと、平田がアタリメを嚙みながら言った。

「わしがそんなタマに見えるか」

「人は見かけによらんよってに」

「わしが元ヤンやったら、いつもわしに偉そうな態度を取る伊達ちゃんはなんや？　ヤクザか？」

そう言って、缶チューハイを啜る。

「よう分かったな。せやで。もう十年前に足洗うたけどな」

「ホンマか。道理でふてぶてしい目ェしてると思うた」

「せやろ。背中にはこう、おっとろしい和彫りの昇り龍が……」

「やかましいわ。あったとしても、せいぜい蛇のタトゥーやろ。ひょろひょろの」

平田がアタリメを蛇のようにうねらせて笑った。

「伊達ちゃん、わしのこと鬱陶しがるくせに、なんやかんや楽しい喋っとるがな」

「そりゃあんたが話し掛け腐るから、付き合ったたってんねや」

「ほいだら、違う台に座ったらええがな。わざわざ、わしの隣来て」

「今日はたまたまや。いつもはあんたが俺の隣に来るんやないか」

「そんなん言うてホンマは、好きな子には意地悪してまう、みたいなもんとちゃうか」

「気色の悪いことを言うなて」

「素直になりいな、伊達ちゃん」

「あんた見てると、アルコールとニコチンがどんだけ脳に悪影響か、よう分かるわ」

「それを言うんやったら、パチンコもや。……お、当たり来た」

平田が口を閉ざした。俺は呆れつつ、ハンドルを回した。

　結果、平田に脅し取られた分も含めて一万四千円を失った。だが、大して悔しくはない。何故なら、時刻は十二時半。あと三十分で詩織ちゃんに逢えるのだ。

阪急電車で梅田へと向かう。淀川も電車の中から遠目に見れば綺麗だ。日光を反射した水面が、ガラスの粉をまぶしたようにきらきらと光っている。

　ものの三分で梅田へと到着した。遅刻しかかった高校生のようなスピードで、ピンク・キャンディへと急ぐ。十二時五十分に店に着くと、知らない店員に迎え入れられた。

「一時からのご予約ですね。もう準備できてますけど、どうされます？」

「行くに決まってるがな」

即答してからふと自分の鼻息の荒さに気付いて情けなくなったが、構いはしない。ソープランドに来て格好付けている方がよっぽどマヌケだ。

前回同様、七号室へと向かった。ドアの前に立つと、心臓が高鳴り、緊張で胸が張り裂けそうになった。俺は客や、お客様は神様なんや、と開き直って気を落ち着かせようとしたが、扉の向こうに本物の女神がいることが分かっている以上、そんな横柄な考えはすぐに消えてしまった。深く息を吸い込み、扉を開けた。

「また来てくれはったんですね」

開口一番、詩織ちゃんが言った。

「覚えてるん？」

「もちろんです。お客さん、カッコええもん」

「よう言うわ」

ジャケットを脱ぎながら、浴槽に腰掛ける詩織ちゃんへと迫る。

「九十分もあるんやから、そない焦らんと」

そう言って、声を立てて笑った。晴れた日の昼下がりのような笑い声だった。

上半身裸になり、いそいそとズボンも脱ぐ。

「シャワー浴びます？」

「浴びんでええよ、そんなん」

「こら。お風呂屋さんやで、ここ」

可憐(かれん)な声で咎められ、思わず股間が反応する。詩織ちゃんはいつの間にかワンピースを脱ぎ、下着姿になっていた。黒いブラジャーと黒いパンティを身につけた白い肌が、薄闇の中でエロティックに浮かび上がっている。

「はい、どうぞ。ガラガラしてね」

消毒液の入ったコップを手渡され、うがいをした。さっとシャワーを済ませ、詩織ちゃんを抱き寄せる。

「お客さん。カッコええよ。ホンマに」

詩織ちゃんが甘く囁き、俺の右太腿(みぎふともも)にお尻を乗せると、そっと抱きついてきた。やわらかくねっとりとした舌が口の中に入ってくる。すべすべとした小さな手で、背中を擦られた。石鹸(せっけん)の香りと微(かす)かに漂う甘酸っぱい汗の匂いが、興奮を倍増させる。

「お客さん、好きやで」

「やめてえな。本気にしてまうで」

詩織ちゃんは曖昧に笑うと、鏡に映る俺の背中を指差して言った。

「すごいね、あれ」

「怖いやろ？　悪いなぁ」

「ううん。カッコええやんか」

首を横に振り、俺の背中で飛翔(ひしょう)する荒々しい龍を、優しく撫でた。

ピンク・キャンディを出たのは、昼の三時前だった。阪急三番街——阪急梅田駅に併設されたショッピングセンターだ——で昼飯を食べようと決め、向かっていると、交差点で一人のおっさんが雑誌を持って立っているのが見えた。手にしている雑誌は、ホームレス自立支援を目的に発行された雑誌だ。ということは、あのおっさんはホームレスか。案外、こざっぱりとした格好をしている。

特定の企業が発行する雑誌をホームレスが安価で仕入れ、その雑誌を路上で通行人に売る。売り上げの半分ちょっとがホームレスの懐に入り、そうして貯めた金を、自立のための資金に充てる。そういう仕組みだ。

本来ならば別に何の文句もない試みだと思うが、このときばかりは腹が立って仕方がなかった。何故なら、おっさんは雑誌の見本を片手に持ち、立ち尽くしているだけなのだ。声を発することも足を動かすこともなく、既存の曲を熱唱するストリートミュージシャンのファンのように、ゆらゆらとその場で微妙に揺れているだけだ。

「おいコラ、おっさん」

たまらず声を掛けると、おっさんが目を丸くして俺を見た。

「さっきからボサーッと立ち腐ってんちゃうぞ、あほんだら。目障りやねん」

ちょっと、と咎めるような声がした。振り返ると、大学生くらいの女が立っていた。ゆるくカールした茶髪のロングに流行りのゆったりとしたワンピース。没個性的な「量産型美人」だ。

「ちょっと、今のはおかしいんと違いますか？」

「何が？」

「このおっちゃんが、あなたに何した言うんですか」

「何もしてへん」

「何もしてへんのに、目障りやなんて……」

「何もしてへんからこそ、目障りやねん」

女が難解な現代アートでも見るような目で俺を見てきた。平然と無視してやり、人差し指を立てておっさんに突きつける。

「ええか？　よう聞き。おっさん、自立したいんやろ？　社会復帰したいんやろ？　ほんなら、ちゃんと雑誌売らんかい」

「売ってはるやないですか」

「売ってへんわ、買って貰ってるだけや」

「はい？　どういうこと――」

「売る、いうんはな、声出して体動かして、雑誌に興味ない奴に向けて能動的にアピールすることを言うんや。このおっさんがやってるんは何や？　ただボサーッと立ち腐って、元々雑誌のこと知ってる奴が、お情けで買うてくれるんを待っとるだけやないか。こんなもん、いくら売れたかて何の意味もあらへん」

女が何か言いかけたが、口をモゴモゴさせて言葉を詰まらせた。おっさんは何も言わず、俯いている。

「買い手を待つな。売りに行け。何様のつもりや」

そう言い放つと、二人には目を向けずに歩き始めた。友達のいない高校生の帰宅スピードで、阪急三番街へと向かう。梅田という街は、異様なほど喧しい。幸福そうな家族やカップルや友達グループの笑い声が、仕事に疲れたサラリーマンのため息が、塾へと向かう学生の足音が、居酒屋の呼び込みが、車の走行音が、何もかもが全て、不愉快極まりないほど喧しかった。

——何様のつもりや。

ついさっきホームレスのおっさんに放った言葉の残響が、頭の中で喧しく谺した。

9

その名の通り大阪市の中央を東西に走る中央大通のすぐそば、弁天町駅前交番の隣にある停止線に停まった黒塗りのキャデラックから、山本は静かに降り立った。

「また明日。ありがとさん」

「いえ、とんでもないです」

宮尾が小さく首を振る。

「ただお前、確かに『この辺でええわ』とは言うたけどやな、交番の隣で降ろすなや」

宮尾がすっと顔色を失った。

「まあ構へん、構へん。ほな、またな」

山本は苦笑して言うと、車の扉を閉め、歩き出した。五分ほどでＪＲ大阪環状線・弁天町駅に直結する高さ二百メートル超の高層ホテルに到着し、ホテル内にあるフレンチレストランへと入店した。

「八時に予約した池田ですわ。ちょっと早いけど」

アルマーニの腕時計に目をやって言った。店員が気品ある笑みを浮かべ、店の奥を見やった。

「いつもありがとうございます。お連れ様はお先に……」

店員の視線の先では、深い青のドレスを着た女がオードブルを口に運んでいた。山本はふんと鼻を鳴らすと、女の許へと歩み寄った。

「何食うてんねん？」

「スモークサーモンとホワイトアスパラのシャルロット仕立て」

「何やそれ。何語やねん」

ぶっきらぼうに言い、テーブルに着く。

「フランス語に決まってるやん。フレンチやねんから」

「まだ七時五十五分やぞ。俺が来るまで食べるのは待ってよか、いう気はないんかい」

「お腹減っててんもん。優子、お腹ぺこぺこ」

「自分の名前を一人称に使うなや。嫌いやねん」

「嫌いなもん多いなあ。好き嫌いの多い男の方がよっぽど嫌やわ」

池田優子が下唇を突き出して言うと、ギャルソンが山本にオードブルを運んできた。

「お客様には、お先に次の料理をお持ちいたしますか？」

優子が下唇を突き出したまま、首を振った。

「この人が食べ終わってから、一緒にお願いします」

「かしこまりました」

山本は旨そうやがな、と呟くと、手も合わせずにフォークを手に取った。優子が頬を緩め、口を開く。

「いつも思うねんけど、高級フレンチとかさ、皿にまでバーッてソースかけてるやんか。そんなんせんでええから、もっと食材にかけて欲しいと思わへん？　調べたら、皿に残ったソースをパンにつけたりして食べるのはマナー違反やねんて。意味分からへん」

「見栄えや、見栄え。見た目も料理の一部やろ」

「でも勿体(もったい)ないやん。せっかく美味(おい)しいソースやのに」

「じゃあむしろ、堂々と皿舐めたったらええんちゃうか」

「お行儀悪いやん。こんなお上品な場所ではできひんわ」

「ガキの頃はよく、イチゴ食べ終わったあとに、皿に残った練乳舐めてたけどな」

「練乳たっぷりのイチゴなんて、食卓に出たことないから分からへん」

「そりゃすまん」

「謝らんといてや。余計に悲しくなるやん」

優子が目尻に皺を寄せて言った。

「まあ俺も、自分ン家で出たことはないわ。連れの家で食うただけやな」

言って、メニューを手に取った。

「黒トリュフのスープ、穴子とフォアグラのテリーヌ、甘鯛のポワレ アメリケーヌソース、シャンパンとザクロのグラニテ、和牛フィレ肉のポワレ 赤ワインソース、季節のデザート、オーガニックコーヒーとプティ・フール。リッチになった気ィするな」

「なった気、ってか、リッチやん」

優子が微笑し、黙々とフォークを動かす山本をじっと見た。

「俺の顔に何か付いとるんかい」

「ううん、別に。ええ男やなあ、思うて見てただけ」

「言うとれ」

「ホンマやって。でも、なんかあった？　さっきから思ってたけど、いつもと顔違う」

「別に何もあらへん。疲れとるだけや」

「嘘ばっかり」

「嘘ちゃう」

「自分では気ィ付いてへんやろうけど、恭児さん、嘘吐くときに眉間のあたりを人差し指でぐりぐり擦るんよ。可愛いくせ」

「もうええ。やかましい。なんか違う話せえや」

山本は舌打ちしてから、ふと顔を店の入口へと向けた。視線の先では、宮尾が店員と何やら話していた。

「おい。そいつはええんや。通したってくれ」

大声で言うと、店員がさっと頭を下げ、宮尾を通した。

「なんや、どないした？」

「お食事中にすみません。西田(にしだ)社長からお電話です。ずっと鳴っていたので……」

スマートフォンを差し出した。

「おう、すまん。また車に置き忘れてたか」

「え？　ケータイ届けるためにわざわざ戻ってきてくれたん？」

優子が目を丸くした。

「もちろんです。ご無沙汰しております。相変わらずお綺麗で」

「お前はセールスマンか」

山本はスマートフォンの画面を操作しながら言った。

「ええやないの。自分は全然綺麗とか可愛いとか言うてくれへんのよ、この人。言わんでも伝わる、思うてんのかな？　昔の硬派な名優やないねんから。ねえ？」

「自分は何とも……」

「宮尾。もう帰ってええど。ケータイ、ありがとうな」

「いえ、とんでもないです」

宮尾が深く頭を下げ、去っていった。

「ちょう電話するから静かにせえ」

優子が頷き、人差し指を唇に当てた。

「もしもし、山本や。なんやえらい電話貰うたみたいやけど。ええ？　いや、構へん。何かあったんかい？　おう……。おうおう……。ほな、いつも通りやったらええな？」

山本はぶっきらぼうな口調で言った。

10

四月十八日、水曜日。世間が新年度だ何だと浮かれている中、俺の心は沈んでいた。

段ボール箱に入っている膨大な数のネジを一つずつ手に取り、見本と形が同じかどうかチェックする。形がおかしければ透明なプラスチックの箱に入れ、箱に貼り付けた紙に正の字を記す。問題がないネジは赤のプラスチックの箱に入れていき、箱が満杯になると、中に入れたネジを半自動卓上袋詰め機に流し込む。すると半自動卓上袋詰め機――この工場では半卓機と呼んでいる――は奇怪な音を立てて、掌サイズのビニール袋にネジを封入してくれる。仕組みは知らないし、興味もない。そして、投入したネジの封入が終わると、袋を別の段ボール箱に入れ、またネジを手に取って形をチェックし始めるのだ。

これが——途中で三十分の食事休憩を挟むとはいえ——、朝の九時から夜の九時までずっと続く。時給は八百五十円、日給で言うと九千七百七十五円の日雇いバイトだ。

このあまりにも単純な検品と封入の繰り返しは、本当に気が狂いそうになる。元々単純作業は嫌いではないが、ここは労働環境が劣悪過ぎる。部屋のあちこちからは半卓機の奇怪な叫び声が聞こえてくるし、作業している他の連中は軒並みおかしな奴ばかりだ。目に光が宿っていない。

さらに当然の如く冷暖房は効いておらず、部屋全体が黴臭くて埃っぽく、見張りはいないが監視カメラがあるし、その日のノルマ数をこなさないと無賃残業を迫られるためサボることもできない。しかも作業開始前の朝会で、見るからに粗暴そうな「ボス」とやらが、「お前ら、もし粗悪品見逃したら、タダじゃおかんぞ、コラ」と恫喝してくる。実際、五十過ぎのおっさんが袋叩きにされているのを、以前見たことがある。

このバイトは本当に、部屋中に負の臭いが立ち込めている。そんな鬱々たる場所で単純作業を繰り返していれば、頭がどうかしてしまいそうになるのも当然だ。

だが、仕方があるまい。公的な身分証のコピーは提出しなければならないが、それさえすればどんな奴でも雇ってくれるのがここだ。俺のように——あるいは俺以上の——脛に傷を持つ奴がこぞって集まるのだから、まともな労働環境ではないのも無理はない。

俺はこの劣悪な検品バイトに、少なくとも月二、三回は行っている。俺のような奴を日雇いで使ってくれるバイトは限られてくるため、自ずと何度も同じバイトを繰り返す羽目になるのだ。

さて、そんな間にも赤い箱が満杯になったので、半卓機にネジを流し込む。ああ、気が狂いそうだ。パチンコがしたい。

作業が一段落したのでじめじめとした休憩室で二百五十円の唐揚げ弁当を食べていると、頭の薄いおっさんに話し掛けられた。五十歳前後だろうか。

「兄ちゃん、検品ごっつ速いなあ。びっくりしたわ。何であんなパパッとできるんや」

「何回もやってますねん、このバイト。せやから慣れてましてね」

淡々と答えると、おっさんは俺の隣にパイプ椅子を置き、何の断りもなく座った。

「そうなんか。いや僕もね、昔違うトコで検品のバイトやったことあるんやけどさ、こんなにひどくなかったで、職場の空気」

「確かに、ここはひどいですね」

「ヤバい奴しかおらんよってにな。ボスもあれ、絶対に堅気と違うやんか。多分、どっかの組の準構成員あたりやで」

そう言って笑うおっさんの痩せこけた頰には、一直線に傷が走っている。

「しかしホンマ、頭おかしなりそうやでな。チャップリンみたいやわ」

「チャップリン?」

「知らんのかいな。チャップリンの映画でそんなシーンあったやんか。単純作業のやり過ぎでおかしなってもうて、病院に送られてまうねん」

「観たことないから分かりませんわ」

「チャップリンくらい観いな。オモロいで。僕らみたいな貧乏人が主人公の作品が多いし。僕、大ファンやねん、チャップリン」

「そうですか。なんちゅうタイトルなんです、さっき言うてたヤツは」

「タイトルは知らん。いちいち覚えてへん」

よくファンを名乗れるものだ。

「でもホンマにいい映画やったで。可愛い女の子と出会って、最後はその子と二人、手を繋(つな)いで長い道を歩き出すねん。希望に向かって」

おっさんが斜め上の稼働しないエアコンを見つめて言った。ふと、詩織ちゃんの顔が頭に浮かんだ。彼女と手を繋ぎ、正月の初詣(はつもうで)にでも出掛けたら、どれほど幸福だろう。

「なんか僕らも欲しいなあ、希望」

投げやりなおっさんの言葉に、俺は小さく頷いた。

11

五月十七日、木曜日。ゴールデンウィークも疾うに終わり、世間はこぞって五月病に罹患しているが、定職につかない俺はゴールデンウィークに何の感情も抱かない。

「ゴールデンウィーク、終わってもうたのう」

試しに、隣でしけた打ち方をしている平田にそう話し掛けてみたが、返ってきた言葉は案の定、「わしらには関係あらへんがな」だった。

「わしらは世間のルールや慣わしに縛られへん、自由人やで」

平田が清々しい笑みを見せた。

「自由って言葉を使う権利があるのは、果たすべき義務を履行した者だけやで」

「伊達ちゃんにそんな説教されるとは……。人殺しに人命の尊さを説かれてる気分や」

すっと息を吸い、平田を睨め付けた。俺の鋭い視線に気が付き、平田が肩を竦める。

「なんや、怒ったんかい」

「ああ。ムッときたわ」

平田が倦んだような視線を俺に向けてきた。

「伊達ちゃんは、ゲイちゃうな」

「あ？　どういう意味や」

「ケツの穴が小さい」

心臓が締め付けられるような苛立ちが湧き起こり、俺は平田の肩を拳で打った。

「暴力反対やで、伊達ちゃん」

平田が右手で肩を擦りながら言い、左手でパチンコ台のハンドルを回した。

「あんたのう、もう還暦超えてるんやろ？　三十過ぎの若造に小突かれて、悔しくないんかい？　やり返してこいや」

「三十過ぎは若造ちゃうで、伊達ちゃん。現実を見いや」

「揚げ足を取るな」

「わしは平和主義者やねん。暴力に暴力で対抗したら、憎しみが連鎖するだけや」

「偉そうに。ガンジーみたいなこと言うな」

「ヘアスタイルはガンジーと一緒やで」

右手で頭をつるりと擦り、再びパチンコ台に目を向ける。

「あんた、パチンコがそんなに大事かい」

「当たり前やがな。生き甲斐や。……伊達ちゃんも、パチンコだけが生き甲斐やろ？　違うとは言わせへんで。わしと並んで、この店の常連ツートップやねんから」

「確かにパチンコは好っきゃけど。でも、『だけ』ではない」

「ほう？　なんや、他に何があんねん」

「まあ、女もおるし」

平田が瞳に驚愕の色を湛えた。が、すぐに含み笑いを洩らした。

「伊達ちゃん、スケおるんか」

「まあ、せやなあ……」

「またまたそんなん言うて、どうせヘルス嬢やろ？」

「ちゃうわ、あほんだら！」

俺は憤然と抗議した。ヘルス嬢ではなく、ソープ嬢だ。ピンク・キャンディの詩織ちゃん。九十分五万円。

付き合って何年も経つのに性交に至らないカップルが大勢いることを考えれば、まだ五回しか逢ったことがないとはいえ、俺と詩織ちゃんの関係はそんじょそこらのカップルなんかよりもよっぽど濃密なものだろう、というのはいかにもストーカー気質の男が抱きそうな、じめじめとした薄気味悪い考えだ。だが、頭ではそう分かっていても、どうしてもそういった気持ちを完全には拭い去ることができない。つまり、俺に抱かれているときの詩織ちゃんは仕事を忘れているのではないか、という妄想、あるいは願望が、どうにも真実味を帯びている気がするのだ。眉間に薄っすらと皺を寄せ、甘い声で悦楽の声を洩らすあの姿は、到底演技とは思えない。

「伊達ちゃん、ヘルス嬢に入れあげてるんやろ」

俺の独白を断ち切るようにして平田が言った。すかさず舌打ちを返す。

「ヘルス嬢と違う、言うてるやろ」

「ホンマに言うてんのかいな」

「ホンマに、ヘルス嬢と違う」

「ホンマに？　ホンマにオンナおるんか？」

俺は肯定と取れるような表情を浮かべ、パチンコ台に向き直った。当たりは来ない。

「蓼食う虫も好き好きやのう」

平田が言った。憤懣遣る方ない、といった声の調子だ。どうやら、俺に彼女がいると本当に思い込んだようだ。実に小気味好い。俺は、断じて嘘は吐いていない。本当のことを言っていないだけだ。

「伊達ちゃんの何処を好きになんねん？　もしかして伊達ちゃん、実はごっつい稼いでるんか？　年収ナンボや」

年収。俺には存在しない概念だが、強いて計算すれば、百万円ちょっとだろうか。収入源は主に、各種日雇いのバイト、稀にゴミ漁りだ。ゴミと言っても、漁るのは本格的なゴミではない。本や服、バッグなど、持ち主の都合上ゴミというラベルを貼られてしまっただけで、まだ充分使えるモノだけだ。それらを売り捌き、時には自分で使ったりしている。

「平田さん。俺が稼いでるように見える？」

平田が舐めるように俺を見たあと、小さく鼻を鳴らした。

「稼いでたら、そんなテロッテロな生地のジャケットは着いひんわな」

「御明察」

「ちゅうことはなんや、駄目な男を放っておけないわ、母性本能がくすぐられるわ、いうやつか？　腹立つのう。もうええわ。伊達ちゃん、絶交や」

「そもそも、友達になった覚えがない」

平田が俺の言葉を無視し、ハンドルを回す。妬み嫉みを隠そうとしない、鬱陶しい幼児性老人だ。

しかし殊更考えたことはなかったが、年収百万円とは、なかなか恐ろしい金額だ。よく今まで生きてこられたものだ。

出費もこれまたちゃんと考えたことはなかったが、計算してみると——月によって多少の変動はあるだろうが——、毎月およそ十万七千円ほどだろう。携帯代が月々七千円。食事は一日一食、全て外食か弁当や惣菜で、酒も含めて月々二万五千円。家賃は三畳半のボロアパートで、月々二万円。水道光熱費は五千円。パチンコは勝ったり負けたりした末、結局、月々おおよそ五万円のマイナス。これらの合計が、約十万七千円だ。

若い頃に蓄えた貯金を取り崩しつつ、二、三日に一度、日当一万円程度の色々なバイトをすることで、俺はどうにかこうにか、のらりくらりと今まで生き延びてきた。だが着実に貯金残高は減っているし、歳を重ねるにつれて日雇いのバイトは過酷さを増している。パチンコに行く頻度も使う額も、徐々に大きくなりつつある。

つまり、暗い未来が着実に迫ってきているということは、誰の目にも明らかなのだ。しかし、こんな俺を嗤う権利など誰にもない。何故なら、人間は皆そうだからだ。人間はこのままではいけないと分かっていながら環境破壊を続けるし、このまま行けば勝てるはずがないと分かっていても開戦する。そんな愚かな人間共に、俺を嗤う権利などあろうか、いやあるまい。反語。

などと自分を正当化しながらパチンコを打っている間に千円が溶け、俺もまた愚かな人類の一員であることを思い出し、しかもその中でも愚かさという点で言えば俺はトップクラスに位置しているのではないかと自問自答し、落胆し、絶望という名の深淵（しんえん）を覗いたり覗かれたりしている内に、さらに二千円が溶けた。

「あかん、今日は調子悪いわ。負けるかもしれへん」

独り言つと、平田がアタリメを持った手を俺に向け、きびきびとした声で言った。

「伊達ちゃん。勝負の最中に負けを考えるような奴は、絶対に勝たれへんで」

「それは、オリンピックのメダリストとかが言う台詞（せりふ）や。パチンコ依存症のジジイが言う台詞と違う。大体、俺とはもう口利かへんのちゃうんかい」

「絶交とは言うたけど、口利かんとは言うてへん」

「なんや、それ。子供の屁理屈かい」

こうしてまた俺は平田と無為な会話を繰り広げながらほぼ一日中パチンコを打ち続け、七千円負けた。悔しい。確かに悔しい。だが、心は何処か安らいでいる。何故なら明日は、詩織ちゃんの出勤日だからだ。

12

スキンヘッドの大将が無愛想な表情を崩さず、山本にたこわさびを差し出した。山本は仏頂面のまま受け取り、箸を伸ばす。宮尾がジョッキを置き、口の周りに付いたビールの泡を手の甲で拭った。場所は大阪市中央区谷町九丁目の一画にある小料理屋、客は山本と宮尾の他には一人だけだ。

「なんか、何もかも憂鬱やのう」

山本はそう言ってから、大きな声を出して欠伸をした。カウンターに突っ伏していた男性客が顔を上げ、眉を顰めて口を開きかけたが、山本と宮尾の風体を見てそっと口を閉じた。

「何か悩み事ですか？　自分でよかったら、伺います」

宮尾が真摯な声で言うと、山本は薄い笑みを浮かべ、眉間を人差し指で擦った。

「悩みなんかあるかい。単なる五月病や」

「そうですか……。キャバクラでも行って、気分転換しますか」

「お前が行きたいだけやろ」

「バレましたか」

宮尾が顔を皺くちゃにした。山本はふんと鼻を鳴らし、宮尾の頭を軽く叩いた。

「サヤカ、っちゅう子、頼むわ」

谷町六丁目にあるキャバクラ「キャット」の入口に掲げられたパネルを指差しながら、

山本は静かな声で言った。顎鬚を生やした店員は山本と宮尾を足許からじろりと見つめ、すっと息を吸った。

「もしよろしかったら、ナオミいう一番人気の子が今空いてますんで、そっちにしはりますか」

「いや、この子でええわ」

「サヤカもナオミも、同じ指名料でやらせて貰うてますが」

「いや、ええわ。ナオミってこの写真の子やろ？　タイプちゃうねん」

「いや、でも、気立てのええ子ですし……」

「構へん、言うてるやろ。まああと何人かは、適当にそっちで見繕ってえな」

店員は一瞬困ったような笑みを浮かべたあと、小さく頷き、二人を店内へと導いた。

席数は二十と少なめだが、テーブルやソファなどのインテリアには品があり、天井から吊り下げられた巨大なシャンデリアが、豪奢な光を店内に注いでいる。客は山本らの他に二組だ。

案内されたソファに座ると、すかさず女が三人やってきた。女は順に、アイコ、ミホ、サヤカと名乗った。山本と宮尾の間にミホが座り、山本の右隣にサヤカ、宮尾の左隣にアイコが座る。

「何にしはります？」

やわらかな声でアイコが言った。

「バランタインの30年、ある？」

山本は言った。ミホとアイコがさり気なく視線を交わし、山本に向き直る。

「少々お値段張りますけど、よろしいですか」

ナンボ？と山本が尋ね、ミホが十五万円と答える。

「定価の倍くらいするんちゃうか。一見客やから、一応先に払うとくわ」

一万円札を十五枚、テーブルの上に置いた。ミホが頭を下げ、それを受け取った。

「なんでも好きなもん頼みや」

「じゃあ、自分、フルーツ盛りを」

宮尾が口を開くと、山本は小さく息を吐いた。

「店の子に言うたんや。お前には言うてへん。お前は今日、全額自腹やど」

宮尾が弱々しい呻き声を上げ、ミホとアイコは口を押さえて笑った。サヤカは笑わず、手入れされた綺麗な爪に目を落としていた。

入店してから五分ほど経ち、各々が酒を飲み始めた頃、山本はサヤカを見やって口を開いた。

「自分、えらい大人しいな」

サヤカはぱっと顔を上げ、微笑を浮かべると、すぐにまた視線を逸らした。

「サヤカちゃん……」

穏やかだが有無を言わさぬ声で、アイコが言った。サヤカは渋々といった顔で、山本に顔を向けた。

「すみません、お客さん」

ミホが謝罪すると、山本は小さく首を振った。

「別に構へん、構へん。横でダラダラしとってくれたらええ」

サヤカは少し目を瞬かせたあと、ようやく口を開いた。

「お客さんら、何のお仕事してはるんですか？」

場の空気が凍り付く。サヤカが悪戯っぽい笑みを浮かべると、山本は肩を竦めた。

「会社員や」

「嘘やん。見えませんね」

「ほう。何に見えんねん？」

「ヤクザ？」

山本はグラスを持つ手をぴたりと止め、サヤカを見た。

「あれ、怒りました？」

「いや。ホンマのこと言われても、別に怒らへんわい」

「ふうん。まあ、別に怒ってもいいですけど」

「えらい強気やのう」

「船越組の村本さん。ここの常連さんなんです。私のこと、気に入ってくれてて。大物ですからねえ。お客さんらなんか、ぴゅーって吹き飛ばしてまいます」

サヤカが山本に向かってそっと息を吹きかけた。

「サヤカちゃん……。ごめんなさい、お客さん」

ミホが上目遣いで山本を見た。山本は表情を崩さず、酒を呷(あお)る。

「親戚の芸能人自慢するガキじゃねえんだよ。アニキに舐めた口利いてんじゃねえぞ」

貧乏揺すりをしながら、宮尾が低い声で言った。

「アニキやって。やっぱりコレ」

サヤカが頰を指でなぞり、笑みを浮かべた。

「てめえ、このアマ……」

「宮尾、まあええがな」

宮尾が不満げに大きく息を吸い込み、口を噤む。

「サヤカちゃん、奥行ってなさい」

サヤカは頰を膨らませ、席を立とうとしない。

「サヤカちゃん！」

「ええやないですか。お客さんも構へん、言うてくれはったんやし。折角、指名もしてくれはったんやから」

「指名してくださったんやから、尚(なお)のことしっかりして」

「はーい」

サヤカが生返事をし、アイコとミホはもう一度山本らに謝罪を述べた。山本は不思議そうな表情を浮かべ、口を開いた。

「この子、いつもこんな感じかい？　これでやっていけてるんか」

「すみません。ご気分害されましたよね」

「いや、まあ、ようこれで接客業が務まるなあ、思うて」

「あんたらも、もうちょっと指導した方がいいぜ」

宮尾が低い声で言った。サヤカは微笑を崩さない。

「なんでもっとガツンと言わねえんだよ。船越組の村本さん、のパワーかよ？」

宮尾がうんざりした声で言った。ミホとアイコは一瞬沈黙し、すみませんと呟いた。

「入口で店員が渋った理由が分かったわ」

山本は口許に笑みを洩らして言った。

「サヤカちゃんのう。強気で生意気な女は嫌いちゃうけどな、お偉いさんに凭れ掛かって威張り腐るんは違う。あんま調子に乗ってたら、そのうち痛い目に遭うで」

サヤカが囁くような声で、はーい、と言った。宮尾が頬を上気させ、アイコがそっと宮尾の膝に手を置く。

「その村本某は、自分の何処を気に入ったんや？」

山本は呆れた声で言った。サヤカが小首を傾げる。

「愛嬌、ですかね？　女は愛嬌が一番ですから」

「俺らには全然、愛嬌振りまいてくれへんやないか」

山本は目を細めて言った。

「その村本いうの、ええ男なんかい」

「はい。豪快で男らしくて、三歩後ろを付いて歩きたくなるような素敵な方です」

「三歩後ろ？」

山本は眉を顰めた。

「なんで三歩後ろを歩くねん」

「ええ女は、男性の三歩後ろを歩くもんですから」

サヤカの言葉に、山本は小さく舌打ちした。

「それを女が言うんかい。気に食わんのう。つまらん男に迎合して気楽に生きてきたせいで、しょうもない価値観が脳味噌にこべり付いてもうとる」

「それが昔っからの、日本古来の美徳ですもん」

サヤカが拭ったように笑みを消し、真面目な顔で言った。

「そんなもん知らんがな。ええ女なら、しゃきっと男の隣歩いたらんかい」

「お客さん、なに苛ついてはるんですか」

幾分か揶揄するような口調だった。ミホとアイコはもはや口を開かない。

「女が男の三歩後ろを歩くのが、なんか嫌なんですか」

「ああ、気に食わん」

「モテへん女の人みたいですね。女は男の三歩後ろを歩く、いうんを女性差別やなんや言う女の人は、前を歩いてくれる男性に出会われへんから、嫉妬してるんですよ」

「ほらのう。そうやって今みたいに、男の三歩後ろを歩いてきた気楽な女は、一人で大手を振って歩いとる女を小馬鹿にするやろ？　それが気に食わん、ちゅうてんねん」

「お客さん、なんでそこまで怒ってはるんですか」

不可思議なものを見る目で、サヤカが山本を見据えた。山本は大きく息を吸い込むと、グラスの酒を呷り、押し黙った。

重苦しい沈黙が流れたが、ミホが明るい声で口を開き、強引に話題を変えた。山本と宮尾は最初こそ険しい表情を崩さなかったが、次第にその顔は和らいでいった。

それから十分ほど経ち、山本はつまらなそうに座るサヤカを見やって言った。

「ああ、指名してすまんかったのう。もう下がってくれて構へんで」

アイコが立ち去るように目で促すと、サヤカはふと笑みを浮かべ、口を開いた。

「やっぱり、ええ女は男の三歩後ろを歩くもんやと思います」

一音一音確かめるような言い方だった。場が静まり返り、山本は眉根を寄せた。

「客が気に食わんっちゅうてることを、しつこく繰り返すなや。神様扱いせえとは言わんけどの、不快感与えんとってくれや。キャバ嬢やろがい」

「お客さんの言うことには、納得できなくても従わなアカンのですか。それって充分、神様扱いやと思いますけど」

「別に賛同はせんでええねん。黙っといてくれたら」

「女が男の三歩後ろを歩くのは、そもそも江戸時代に——」

「おい、コラ。喋るな。次それ言うたら、ホンマに殴るど」

「殴ったらどうなる思いますか。さっき言うた村本さん、船越組の若頭補佐ですよ」

「若者に人気のカリスマモデル、って言われてもおっさんには何のこっちゃ分からへんのと同じでな、船越組の若頭補佐なんて、俺にとっては知ったこっちゃないねん」

「嘘吐き。船越組を知らへんヤクザなんて、モグリですよ」

「ヤクザはみんなモグリや」

「女を殴るなんて、最低ですよ」

「二十一世紀やど。男女平等じゃ」

「殴れるもんなら殴っていいですよ。あとでどうなっても知らんけど」

「お前は躾のできひん親か」

サヤカが眉を顰め、首を傾げる。

「躾のできん親は、電車で騒いでるガキに向かって、静かにしなさいって言わずに、車掌さんに怒られても知らんで、って言うやろ。他人事かい、っちゅう話や」

「お客さん、さっきから何言うてはるかよう分かりません」

「船越組の村本さんを持ち出すな、って言うてんねん。殴られたくないなら、自分の口で殴るなって言うたらええがな」

「別に殴りたかったらどうぞ。でもホンマに、村本さんは怒ると思いますよ」

山本は舌打ちし、サヤカから顔を背けた。

「もうええわ。早よ去ねや」

山本はスタッフルームと記された扉を顎で指したが、サヤカは立ち上がらなかった。

「男らしさ、女らしさを嫌う人は、自分がそれをできひんから、できてる人に嫉妬してるだけです。ええ女はやっぱり、ええ男の三歩後ろを黙って歩くもの」

山本はソファに座り直し、サヤカに顔を向けた。

「見解の相違やのう。まあ何はともあれ、ちゃんと宣告はしたで」

言うや否や、サヤカの鼻梁に拳を放った。ぐしゃりと鈍い音が鳴り、サヤカが顔を手で押さえて蹲った。指の隙間から、鮮血が流れ落ちる。山本は不快そうに顔を顰めた。

サヤカの絶叫が店内に響き渡る。

「ほな、接客の続きしてくれや」

騒然とする他のテーブルを気にする様子もなく、言い放った。サヤカが足をもつれさせながら、席を立つ。ミホとアイコは目を瞠ったまま、身じろぎもしない。

「接客の続き、してくれるんか、くれへんのか、どっちや」

首を掻きながら言った。二人がゆっくりと立ち上がり、店の奥へと消えていく。

「ハズレやったのう、この店。新地で飲み直そか」

気怠そうに言って腰を浮かせると、短髪の若い男が近寄ってきた。

「お客さん、何やってるんですか。困りますわ」

店長と記されたプレートを胸につけ、きちんとしたスーツを着ているが、堅気とは思えない投げやりな態度が滲み出ている。

「何がいな？　教育的指導やないか」

再び腰を下ろし、テーブルの上に両足を乗せた。

「店の子殴って、タダで済むと思うとんかい」

「ガキのくせにどえらい口調やのう。お前も教育したろか」

「ウチのケツ持ちが誰か知っとるんか」

「おいおい、ケツ持ちとか言うてええんかいな。暴対法知らんのかい。お巡りさんに言いつけたろか」

「やれるもんならやってみい。あんたも堅気ちゃうやろ、そのツラ」

「どこやねん、ケツ持ち？」

「麻生(あそう)組や」

「知らんのう。游永会(ゆうえいかい)か」

「当たり前やろ。游永会船越組系や」

游永会は兵庫県に総本部を置く日本最大の暴力団であり、山形、広島、鹿児島、沖縄を除く全ての都道府県に進出している。

「その麻生組とか言うの、ちゃんとケツ持てるんかい」

山本はせせら笑うように言った。

「やかましい。このままでは済まさへんぞ」

「しょうもないキャバクラの店長風情が、何でそないに偉そうやねん」

言って、店長を足で指した。

「店の子殴られて怒らへん訳ないやろ。こっちにもメンツがあるんや」

「メンツのう。極道にも堅気にもなられへん半端モンが、粋がるなや」

山本は諭すように言った。

「大体、元はと言えば、てめえの従業員教育がなってねえからだろうが！」

宮尾の怒号に店長は一瞬怯んだが、すぐに鋭い目で二人を見据えた。

「船越組の若頭補佐とは、親しくさせてもらってる。ウチの常連さんや。大体、お前らが手ェ出したサヤカも、補佐のお気に入りやぞ」

「あの女も同じようなこと言うてたわ」

山本は苦笑した。

「まあええわ。帰らせてもらうで。ナンボや？」

「待たんかい。サヤカを殴った落とし前は、きっちり付けてもらわな」

店長が粘っこい声で、ゆっくりと言った。宮尾が立ち上がり、声を荒らげる。

「ヤクザぶってんじゃねえぞ、チンピラ！」

店長がすっと息を吸い込み、小さく身を反らす。山本は舌打ちし、顎をしゃくった。

「ほいだら、麻生組呼べや」

店長は山本達から離れて椅子に座ると、電話を掛け始めた。

「アニキ。麻生組ならまだしも、船越組の若頭補佐とやらが出てきたら……」

宮尾が小さな声で言った。

「ビビり腐るな。情けない奴っちゃ」

「ビビっては……」

「ほな、黙っとれ」

山本はグラスにウイスキーをなみなみと注いだ。

二十分後、山本と宮尾を除く客が全て帰らされたあとで、三十代と思しき男達が三人やってきた。全員、これといった特徴のない黒スーツを着ているが、辺りを睥睨する眼光の鋭さが、堅気ではないことを示している。

店長と目配せをし、素早く山本に近付いてきた。

「どうも。麻生組の三島、いいます。お宅は？」

角刈りの男がズボンのポケットに手を入れたまま言った。

「他の二人も名乗らんかい」

「えらい高圧的やな。酔うてるんか」

「名乗らんかい、ちゅうてんねや」

男達は小さく息を吐き、下田と本庄と名乗った。山本は頷き、グラスを口に運ぶ。

「あのサヤカいうネエちゃんな、客に対して、あの態度はないんとちゃうか」

三人を見やってそう言うと、三島が顎を引いて言った。

「お宅ら、何処の組ですねん。同じ游永会同士、揉めるのは何かとまずいでしょ。穏便にいきましょうや」

「俺の話は無視かい」

「そんなんどうでもよろしいねん。何処の組?」

「山本組や」

三島が記憶を辿るように斜め上を見てから、口を開いた。

「直参の組ちゃうね。三次団体? 四次団体?」

「三や」

「上は?」

「関川組や」

「関川組……」

そう繰り返してから、三島がふっと息を吐いた。

「関川組やと?」

「二回も言わすなや」

「あんた、名前は?」

「山本や。山本恭児」

三島が目を細め、山本をじっと見た。

「なんや、どないしたんや」

下田が訊くと、三島は小さく首を振った。

「こいつ、あの山本や。関川組の若頭の……」

「だから、それがなんやっちゅう――」

「田宮組ンとこの関川組やないか」

三島が苛立ったように答えると、下田と本庄もかっと目を見開いた。

田宮組は東京都荒川区に総本部を置く広域指定暴力団だ。同じく関東に拠点を構える白稜会、関東山王会とともに、侠東連合と称するカルテルを結成し、長年游永会と対立してきた歴史がある。游永会は一九六〇年代から徐々に関東進出を果たしてきたが、侠東連合の関西進出は殆ど阻まれている。連合を組織する三組の中で、関西に二次団体の事務所を構えることに成功したのは田宮組だけというのが実情だ。

その数少ない成功例が、大阪市旭区に事務所を構える誠林会と、大阪市北区に事務所を構える関川組だ。

「……で、なんや？」

山本は口許に笑みを湛えたまま言うと、店長を目で指した。

「あのボケ、船越組の若頭補佐とは仲良くさせてもらってる、言うてたけど、そんなもん関係あらへん。游永会の二次団体の幹部チラつかせても、俺ら別に何も怖ないで。余所者やからのう」

下田が小さくため息を吐き、目頭を押さえた。

「同じ代紋背負った組同士の内輪揉めは、よっぽどの事情がない限りあり得へん……いうて、高を括ってたんとちゃうか？　サヤカっちゅうネエちゃんもあのガキも、おのれらも」

「そんなに態度悪かったですか、サヤカは」

「悪かったのう。接客業の態度ちゃうで」

「指導しときますわ。申し訳ない」

「お前らがまともな教育できひん言うんやったら、きちんと行儀を弁えるようになるまで、ウチで預かったってもええねんで。ソープなんかどうや？　上手いこと摘発されんと稼いでる店、ナンボでも紹介したるで」

「ソープに沈めるのは、勘弁してもらいた――」

「沈める、っちゅうのは人聞きが悪いのう。自分の意思でソープ嬢になって、ええ気持ちでぷかぷか浮かんでる女もようけおるっちゅうのに」

三島の言葉を遮り、山本は言った。汗の浮かんだ三島の額が、油を塗ったように光る。

「大阪で極道と揉めても、所詮はみんな游永会。他愛のない兄弟喧嘩で終わるはず……。そう思うて気ィ緩んでるんやろうけどなあ、三島くん。大阪にいる極道は、游永会だけちゃうねんど。うん？　せやろ？　ウチを忘れてもろたら困るで」

「大阪弁やから、てっきり身内やと。地元の人間やのにあえて関川組に入った変わり者がおる、いう話を忘れてましたわ」

「関川組の山本は影が薄いと、そういう意味か」

「ちゃいますやんか。そない、いきり立たんとってください」

「極道やねんから、舐め腐った態度取られたら、そりゃいきり立つがな。俺は別に、麻生組とでも船越組とでもコト構えてええねんど」

　山本はソファに凭れ掛かったまま冷然と言い放ち、三島らをひたと見据えた。三島がポケットから手を出し、押し黙る。視線が交錯し、物々しい沈黙が流れた。

　やがて三島が息を吐き出し、口を開いた。

「サヤカのことを生意気や、いう気持ちも分かります。でも、そちらさんも手を出したんやから、それでおあいこにしましょうや」

「ちょう待ってください。おあいこて……」

　店長が口を挟んだ。本庄が体をそちらに向け、声を張り上げる。

「お前は黙っとかんかい！」

　店長はたじろぐと、言葉を飲み込んだ。怪訝（けげん）な目つきで山本と宮尾を見る。

「山本さん。おあいこ、っちゅうことで、よろしいか」

「構へん。そもそも、あのガキが引き留めへんかったら、帰るつもりやったしのう」

「じゃあ、そういうことで」

　山本は立ち上がった。

「ナンボや？」

店長に顔を向け、尋ねる。

「お代は結構ですわ。色々、失礼したみたいやから」

三島が柔和な態度で言うと、山本は三島に顔を近付けた。百八十センチ超の長身が、百七十センチに満たない三島を見下ろす。

「おのれには言うてへんねん。あのガキに訊いたんや」

三島が唾を飲み込む。

「おい、ナンボや？」

「……三万七千、八百六十円です」

「あの接客でかい？　ぼったくりやのう」

山本は財布から一万円札を四枚取り出すと、ぱっと床に投げ捨てた。

「それから、こっちは治療費や」

帯封が付いたままの百万円をテーブルに叩き付けた。

「もしまだ治療費やら慰謝料やらが足りひん言うんやったら、ウチの事務所まで来てくれや。ナンボでも残り払うたろ」

ため息交じりに言うと、店長の許につかつかと歩み寄り、肩に手を置いた。店長がびくりと体を震わせる。

「客を見送るときは、またのご来店をお待ちしております、って言うもんやで」

「……またのご来店を、お待ちしております」

絞り出すような声だった。

「二度と来るかい、ボケ」

山本は店長の頭を叩くと、宮尾と二人、笑いながら去っていった。

13

七月六日、金曜日。大阪は空を溶かすほどの暑さに襲われていた。アスファルトは重たく熱気を吐き出し、鳥は飛ぶことを放棄していた。街全体が茹(う)だるような暑さに包まれていたその日、俺は冷や汗を流しながら、銀行のＡＴＭの前で預金通帳を握り締めていた。

「どういうこっちゃ……。アカンやんけ」

俺は呟いた。受験を来月に控えた浪人生が、返却された模試に記されたＥ判定の文字を見たときに発するような声だった。

何故こんなことになってしまったのか。知らんけど。一体どうしたと言うのだ。

――八百二十三円。

預金残高が、たったこれだけだというのか？　冗談じゃない！

……そう、冗談じゃない。れっきとした事実、確固たる現実だ。なんてったって、はっきりと通帳に刻み込まれているのだから。財布の中身を含めても、全財産が七万円ちょっとしかない。

のろのろとATMの前を離れ、クーラーの効いた行内の椅子に倒れ込むようにして座った。頭がぼうっとする。まるで夢の中みたいだ。だが夢でないことは、最前から手の甲を抓り続けても一向に目覚めないことから明らかだ。

――「これが最悪」と言っていられる内は、まだ本当の最悪には至っていない。

シェイクスピアの『リア王』にそんな台詞があったはずだが、真っ赤な嘘だ。先程からずっとアカンという言葉が口を衝いて出てくるし、今は紛うかたなきアカン状態だ。

三か月前は、全財産が四十万円以上あった。それが七万円に減っている。どうしてこうも激減しているのか。ちゃんと日雇いのバイトもそれなりにしていたではないか。いや、むしろこれまでより多く行っていたくらいだ。そりゃあパチンコはしょっちゅう打っていたが、そんなことは今に始まったことではない。にもかかわらず、金がない。何故だ。何故だ。一体何故なんだ！

「……なあ、しばらく来られへんわ」

詩織ちゃんの膝の裏を指で擦りながら言った。詩織ちゃんが甘い吐息を洩らしたあと、目を真ん丸に開き、俺の顔を覗き込んできた。美しく、虚ろな瞳だ。

「なんでなん？」

口許を引き攣らせつつ、俺は言った。

「情けないんやけど、金がのうて……」

全財産、残り二万千五十六円。

「それは、しゃあないね……。ごめんね、あたしが高いから」

詩織ちゃんが寂しげな笑みを洩らした。詩織ちゃんの一人称は「あたし」だ。可愛い。

「いや、詩織ちゃんのせいと違うよ」

「ほんま？　だって伊達さん、しょっちゅう来てくれるやん。何回来てくれた？」

「いちいち覚えてへんわ、そんなん」

今日で十三回目だ。四月十三日の金曜日に初めて詩織ちゃんを抱いて以来、ほぼ週に一回のペースで来ている。

「あれ、どうしたん？」

俺の股間に這わせていた手を止め、小首を傾げる。

「ああ、ごめん。考え事してて」

「あたしを前にして元気なくすやなんて、ショックやわ」

「ごめん、ごめん」

三か月で六十五万円の出費、という現実を直視してしまい、思わず萎えてしまった。

「この部屋は夢の中やで。現実は忘れて、楽しまな」

そう囁くと、唇を重ねてきた。一気に気持ちが昂る。俺の最も敏感なものが、彼女の秘部へと優しく滑らかに導かれた。怒張した先端が、絹糸のようにやわらかな彼女の毛に触れ、そのまま奥へと押し込まれていく。詩織ちゃんが小さく呻いた。そのあとはもう、描写不能、理性を超越した感覚だけの世界だ。快感の花火が打ちあがり、恍惚（こうこつ）の火花が散り、脳味噌が大気圏外へとぶっ飛んでいった。

　こうしていつもの如く泡沫（うたかた）の夢が終わりを告げ、七号室を後にしようとしたそのとき、詩織ちゃんがぽつりと鼻にかかった声で言った。

「嫌やな、やっぱり……。もう逢われへんのは、嫌や」

　はたと足を止め、詩織ちゃんの方を振り返った。

「どういう意味？」

　掠れた声で尋ねると、詩織ちゃんが伏せていた顔をぱっと上げ、俺の目を見つめた。

「寂しいですよ、当分逢われへんやなんて……。伊達さんは、ホンマに素敵なお客さんやから。あたしの扱いも優しいし……。あたし、その日予約の入ったお客さんの名前見て、伊達雅樹（まさき）って書いてあったら、すんごいお腹があったかくなるんです」

　鼓動が速まり、掌にじっとりと汗が浮かぶ。

「そんなん言われたら、詩織ちゃん、俺のこと好きなんちゃうかって思うてまうわ」

「……好きですよ」

　息が詰まったが、どうにか笑顔のまま口を開くことができた。

「アカンで、そんなん軽々しく言うたら……。ボディタッチのやたら多いクラスの女子と一緒や。そっちは軽い気持ちでも、男側は本気にしてまう。好き、いうんはどうせ、客として、ってことやろ」

やや間があってから、詩織ちゃんが弱々しく頷いた。思わず、鼻の穴から小さな息が洩れる。

「ほらな？　じゃあ、そんなん言わんとってえな。九十分五万円、この部屋だけの関係や。気楽で楽しいがな。……また、気が向いたら来るわな」

そう言ってふっと息を吐くと、七号室の扉を開けた。扉を閉める寸前にちらと目に入った詩織ちゃんの頬には、一筋の涙が伝っていた。

澄んだ青空の中で、太陽が飴のように溶けている。口の中で、暑い、暑い、暑い、と呪文のように繰り返しながら、行く当てもなく梅田の街を彷徨い歩いた。好きですよ、という詩織ちゃんの言葉が全身を駆け巡り、頬で光る涙が俺の胸を湿らせる。

あの涙の意味は、一体何だったのだ。見間違いか？　それとも、きつい言い方をしたから傷付いたのか？　でも、どうして傷付くのだ？　それは、彼女が俺のことを――。いや、それは希望的憶測、妄執的願望か。いやしかし、彼女は確かに、涙を流していた。

「どういうことやねん」

強い口調でそう言ったが、無論応える者はいない。アスファルトの舗道を濡らす陽の光が目の中でちかちかと点滅し、それはいつしか、バサバサと音を立てて飛翔する、白い翼の生えた一万円札の群れへと変貌を遂げていった。アカンと呟いたときには既に、前のめりに倒れ込んでいた。膝と腹部に衝撃と鈍痛が走る。道路に撒き散らされたゲロの酸っぱい臭いに顔を顰めていると、次第に意識が遠退いていき、魂が体から蒸発していくような感覚に襲われた。

「暑いですから、気ィ付けてくださいね」

制服を着た中学生らしき三人組は、そう言って頭をひょこりと下げ、去っていった。彼らは道のど真ん中で倒れていた俺を端に寄せ、肩を叩きながら声を掛け、自販機で購入したスポーツドリンクを飲ませてくれたのだ。侮蔑に近い眼差しを向けながら通り過ぎていく大人達とは違い、なんと素敵な連中だったことか。いやはや、日本の未来は安泰だ、などと言って俺はついつい気分を良くしてしまい——もしかしたら軽い熱中症で頭がぼんやりしていただけかもしれないが——、渋る学生達に三千円を握らせた。全財産、残り一万八千五十六円。

気が付くと、俺は喉の奥で笑っていた。何が可笑しいのか分からないが、笑いの衝動が抑えられない。道の端でぽつねんと佇み小さな声で笑う俺に、通行人達は意味ありげな視線を向けていた。そんな通行人共の表情を見ているうちに、ヤバっさんのことを思い出してきた。

子供の頃に近所に住んでいたみすぼらしいおっさん――それがヤバっさんだ。常軌を逸した眼光を放つそのおっさんは、日中も深夜も街中を徘徊(はいかい)し、時折奇声を上げたりしていた。

昔シンナー中毒だったらしいと大人達が陰で言っているのを耳にしたことがあったが、今思えば、多分あの当時も現役バリバリでシンナーを吸引していたのだろう。大人達は「あの人とは関わったらあかん」と口々に言っていた。

ヤバっさんという綽名(あだな)の由来は、七福神の恵比寿(えびす)様だ。恵比寿様のことを関西では「えべっさん」と言うが、そのパロディのつもりで俺達子供は、おっさんのことを「ヤバっさん」と呼んでいた。ヤバいおっさん、略してヤバっさんだ。

ヤバっさんについては、様々な噂(うわさ)がまことしやかに囁かれていた。小学生を追っかけ回して生き血を啜ったとか、極道者三人の目を傘の先で抉(えぐ)り出して食べたとか、この街に野良猫が少ないのはヤバっさんが食べているからだとかいった類の噂だ。要するに、面白半分の都市伝説だ。大人達がヤバっさんを忌避しているのに反し、俺達子供は――屈折した形でとはいえ――ヤバっさんが好きだった。

そんなヤバっさんは、俺が小学五年生のときに交通事故で死んでしまった。死ぬ二日前、俺はヤバっさんと二人きりで話をした。

放課後、家路を辿る最中のことだった。ヤバっさんは人通りの少ない道でしゃがみ込み、アスファルトの地面をべたんべたんと掌で叩いていた。なんとなく薄気味悪さを感じて一人で立ち竦んでいると、ヤバっさんが俺に気が付き、歯の殆どない口を開けて笑った。俺はその無害そうな笑みに安心し、何してはるんですか？　と尋ねた。ヤバっさんはもう一度笑い、黒ずんだ掌を見せつけてきた。

「蟻をな、叩き潰してるんや」

　言葉の意味を理解した途端、頭の芯が冷たくなった。足が小刻みに震え始めるのを感じながら、俺は再び地面を叩き始めたヤバっさんを見ていた。

「砂糖を撒いてやるとな、アホみたいにぶわーって寄ってくるんや。ほいで、ようけ集まってきたトコをバーンや。こいつら、自分が死ぬなんて思ってへんねんで。巣に砂糖持って帰ろう、思うて喜んでたら、いつの間にか死んどんねん。オモロいやろ」

　ヤバっさんははたと手を止めると、急に立ち上がり、俺の方を見て口を開いた。

「人間も一緒や。人間はな、死ぬその瞬間まで、自分がホンマに死ぬとはこれっぽっちも信じられへんもんなんや」

　真ん丸に見開かれた目が、俺を凝視していた。がらんどうの瞳だった。俺は恐怖に震え、すぐさまその場から立ち去った。この二日後、ヤバっさんは隣町で飲酒運転の軽自動車に轢かれて死んだのだった。何故だか分からないがほっと安堵し、同時に、とても悲しく感じたのを覚えている。

　あの当時ヤバっさんに向けられていた大人達の顔と、今俺に視線を向けている通行人達の顔は、相似形だ。その事実が、俺の笑いを加速させた。いい加減笑い終えないと職務質問されるぞ、と自分を諫めながら尚も笑い続けていると、ふと近くの電柱に貼り付けられたビラに目が留まった。
――即日融資、スピード審査。日文企画
赤地に白い文字でそう書かれている。まるで特売のチラシみたいだ。そう思った瞬間、脳内に稲妻が走り、頭の中で、歯車が嚙み合ったような、かちりという音がした。

14

七月八日、日曜日。一昨日見たビラに記されていた住所を頼りに、JR塚本駅から徒歩八分の雑居ビルを訪れた。

「初めまして。日文企画、営業担当の三村です」

薄暗い路地裏に佇む寂れたビルの外観とは裏腹に、応対してくれた社員は大学のテニスサークルにでもいそうな、マッシュルームカットの好青年だった。艶のあるサラサラの髪の毛。天使の輪ができている。

「初回のご融資は、十万円までとなっておりますが」

「じゃあ、十万お願いします」

食い気味に答えると、三村が頷き、テーブルの上に一万円札を十枚置いた。日雇いバイトを十日以上してようやく稼げる額が、一瞬で目の前に現れた。動悸が激しくなり、思わず唾を飲み込む。こんな紙切れ如きの何が有り難いのだ、という反骨精神が一瞬頭をもたげたが、すぐさま弾けて消えた。詩織ちゃんの蠱惑的(こわくてき)な肌触りが甦(よみがえ)ったからだ。

テーブルに伸ばしかけた手をすっと引っ込め、三村の目を窺(うかが)い見た。

「消費者金融って初めてなんですけど、大丈夫なんですかね」

「大丈夫、とは？」

「いや、なんかよう知りませんけど、利息とか……」

しおらしい声で言うと、三村が小さく首を振った。

「確かに、中にはえげつない業者さんもいてはります。十日で一割のトイチとかね。あれは暴利ですよ。鬼ですね。でもその点、うちは年利が五十パーセントぽっきりですから、なかなか良心的な金利でやらせて貰うてます」

三村が砕けた大阪弁で言い、爽(さわ)やかな笑みを浮かべた。俺も心の中でほくそ笑んだ。

貸し金が十万円未満の場合、金融業者が設定できる上限金利は年率二十パーセントと法律で定められている。同様に、十万円以上百万円未満の場合は十八パーセント、百万円以上の場合は十五パーセントだ。年利五十パーセントは、充分過ぎるほど暴利だ。

「ほな、お借りしよかな」

明るく間抜けな声で言うと、三村が思い出したように口を開いた。

「そういえば、一つだけ。お借り入れの理由をお聞かせ願えますか」

「お恥ずかしい話なんですが、風俗嬢に入れあげてしもて……」

俯いて消え入りそうな声で答えると、三村が目尻に皺を寄せて微笑んだ。

「構いませんよ。ようある話です。恋する気持ちと時の流れは誰にも止められません」

その皺には俺に対する侮蔑が刻み込まれていたが、見て見ぬフリをし、十万円を懐に収めた。俺が提示した免許証のコピーに目を落とし、三村が口を開いた。

「それじゃあ、きっちりお返しくださいね、伊藤正明さん」


この調子でさらに三軒の闇金業者に足を運び、合計で三十五万円を借り入れることに成功した。自宅に帰ったのは、午後六時過ぎだった。じりじりと不快な太陽は西の果てへと退きつつあるが、空は相変わらずの澄み切った青だ。

今日金を借りたのは、四社とも暴力団がバックに付いていない闇金業者だ。かつては闇金と言えば殆どイコール暴力団のフロント企業だったが、現在では特定の暴力団との繋がりがない闇金業者もザラに存在する。

俺の過去の経験で言えば、暴力団がバックに付いている闇金業者は、債務者が誠意ある態度を見せていれば返済が多少滞ったとしても意外と優しいし、債務者を人間扱いする。その代わり、最終的な取り立てはえげつない。一方、暴力団がバックに付いていない闇金業者は少しの金でも執拗に催促してくるし、返済の遅れた債務者に対しては露骨に嘲笑、侮蔑の態度を取るが、取り立ての厳しさはタカが知れている。

ではここで何故俺が後者の闇金から金を借りたか、だが、それはもちろん、俺には借りた金を返済する気が、ミドリムシの毛の先ほどもないからだ。借りられるだけ借り、踏み倒すのみだ。どうせ、闇金業者には何もできない。返済を拒む債務者を山に埋めるような気骨のある者は、今どき闇金などやっていない。いやそもそも、暴力団がバックに付いていない闇金如きでは、俺の住所や電話番号が出鱈目だと気付いたところで、そこから俺の本当の素性を突き止めることなど不可能だろう。金を借りた伊藤正明なる人物は、煙のように消え失せるのみだ。

スマートフォンでアバの「マネー、マネー、マネー」を聴きながら、唐揚げ弁当を頬張り、三本目の缶ビールを開けた。発泡酒じゃなく、本物のビールだ。

さて、俺は明日もまた、別の業者を探すつもりだ。大阪中の闇金業者のブラックリストに「俺の名前」が追加されるまでに、一体いくら稼げるだろうか。タイムリミットは恐らく、今日から一か月弱だろう。

口許に笑みを浮かべながら、唐揚げをまた口に運んだ。酔いが回り始めた頭に、白い翼の生えた一万円札の群れが部屋中を飛び回るイメージが浮かんでは消え、消えては浮かぶ。天使のような詩織ちゃんの姿が幻覚とは思えないほど鮮明な輪郭を伴って目の前に現れた。思わず手を伸ばしたが、その手は虚しく空を切った。小さく呻き、床に突っ伏す。温かい液体が胸の中をとくとくと満たしていくような、快い感覚があった。顔を綻ばせ、口に残った唐揚げを咀嚼した。ニンニクの効いた唐揚げの肉汁が、口中にじゅんわりと広がっていった。

15

「また、来てくれたんやね。……ありがと」

七月九日、月曜日。詩織ちゃんは俺の目をじっと見つめながら、そう言った。睫毛に喜びを湛え、声が慈愛に満ちている。この笑顔が単なるビジネスであろうか。

「でも、お金大丈夫なん？　無理はせんとってね」

そう言われると無理をしてしまうのが男の性というものだが、俺は曖昧な笑みを浮かべ、詩織ちゃんをそっと押し倒した。股の間に顔を埋める。女性器を見るたび、鶏冠を連想してしまう。生々しく、グロテスクで、卑猥だ。詩織ちゃんが俺の顔を手で優しく撫で回しながら、掠れた声で、伊達さん、と呟いた。その声だけで、危うく爆ぜるところだった。

その夜、綿菓子でできた雲に足を踏み入れ、そのままずぶずぶと沈んでいく夢を見た。死を感じる恐ろしい夢だったが、同時にとても甘く、幸福な夢でもあった。

以降、俺は暴力団と繋がりのない闇金から偽造免許証で金を借り、ピンク・キャンディに通い詰めるという享楽的な生活にますますのめり込んでいった。

16

「社長の西田いいます。よろしゅう。……伊藤正明さん、ね」

手許の書類を一瞥した西田は眼鏡を押し上げ、小さく息を吐いた。八月二日、木曜日。今日のカモは、京阪電鉄中之島(なかのしま)駅から徒歩四分の場所に事務所を構える、ユウアイファイナンスだ。

「ご両親は既に他界されてる、っちゅうことは、保証してくれる人はおらんと」

「はい、すみません。兄弟もいてませんし、親戚付き合いもないです。友達もいてません。仕事は日雇いのバイトです。それでも、大丈夫ですやろか」

「いやいや、伊藤さんの住所さえ分かれば、全然大丈夫ですよ」

軽い調子で西田が言った。大した自信だ。面白い、やれるものならやってみろ。

「ほんで、いくらほどご融資を？　初回は二十万が限度ですが」

「おう、二十万！　ほな、二十万お願いします」

「ちなみに、用途は？」

「それは、言わなあかんのですかね」

「いえ、別に。参考程度にお訊きしただけですから。ああそれから、金利は八十五パーセントですよ」

よろしい、完全に違法だ。これだけ暴利なら、踏み倒しても全く良心が痛まない。

「じゃあ、二十万円、お貸ししますね。ちゃんと、返してくださいね」

西田が金歯を見せて笑った。その輝きは、夜眠りにつくまでずっと、喉に刺さった魚の小骨のように胸につかえていた。

17

八月七日、火曜日。大阪府堺市にあるシティプロという闇金に金を借りに行ったところ、応対した社員は俺の差し出した免許証を見て一瞬顔を強張らせた。悪い予感が胸に去来し、俺は社員の手から免許証をひったくると、逃げるように事務所を出た。というか、逃げた。社員達が「おい、こいつや!」と叫びながら俺を追ってきたのだ。どうやら、伊藤正明の情報が大阪の闇金業者の間で共有され始めたらしい。

命からがら喉カラカラで逃げ切り、「闇金狩り」から手を引くことを決めた。暴力団がバックに付いていないとはいえ、闇金は闇金だ。厄介な事態は避けたい。元々期間限定のボーナスチャンスのようなものだったのだから、少しでも危険が生じたならば手を引くに限る。それに何より、この一か月ほどで、二百三十二万円も手に入れた。闇金狩りを始めてからは月水金、全てピンク・キャンディに行ったため六十五万円も使ったし、パチンコでは二十八万円も負けたし、滅多に食えないような旨いものをたらふく食べたが、それでもまだこの時点で百二十四万円も残っていた。

この金が底を突くという悲劇を繰り返すのは、何としても避けなければならない。そう決意し、闇金狩りを終えてからは日雇いのバイトを再開した。三日に一度バイトをし、二日に一度パチンコを打ち、週に二度ピンク・キャンディを訪れた。目に映る景色全てが鮮やかな色彩を帯びているように感じられた。幸福だった。幸福な日々だった。幸福で幸福でならなかった。全財産は、残り六十八万と四千百七円。

18

九月二十日、木曜日。闇金狩りから手を引いて四十四日が経過したが、もちろん何処の闇金業者からも全く接触はない。血眼になって捜しているのか、不運だったと歯軋りして諦めたのかは分からないが、愉快だ。偶然街中で遭遇してしまう、という事態がやや心配だが、まあ大丈夫だろう。

さて、同日午後五時。俺は阪急石橋駅から徒歩三分のインドカレー屋を訪れた。インドカレーに今まで興味はなかったが、昨日平田に勧められ、パチンコで五千円勝ってしまったこともあり、ついつい足を運んでしまったのだ。

店に入ると、インド人の店員――訊いた訳ではないのでインド人ではないかもしれないが――が爽やかな笑みを向けてきた。

「はい、ナマステー。何メ様ですか?」

人差し指を立てると、店員がにっこりと笑った。

「お好きな席、どぞー」

テーブル席に腰を下ろした。ディナータイムが始まったばかりだからだろうか、俺以外にいるのは男女のカップル客とサラリーマン風の男だけだった。

店内に流れるBGMはてっきりインド風の音楽かと思いきや、低音ボイスの日本人がパーソナリティを務めるラジオ番組だった。淀みない語り口で曲紹介がなされる。

「続いてのバンドは今、若者の間で人気急上昇中、ボーカルの甘いルックスと野性的な歌声のギャップに虜になる人、続出です。ナイト・ドリーマーで、『月光』」

聞き覚えのあるバンド名だと思いながら曲に耳を傾けていると、以前ネット番組で観たことのあるロックバンドだと思い出した。「ロックンロールだぜ、人生は!」と歌っていたバンドだ。今流れている曲はそれとは別の曲だが、悪くない。インドカレー屋には合っていないが。

などと考えつつメニューを眺めていると、店員がおしぼりと水を持ってきた。

「ナマステー。ご注文お決まりですか?」

「えっと、エビマサラカレーの中辛とゴマナン。あとマンゴーラッシー」

店員は頷くと、煩わしい注文の繰り返しなどはせず、そそくさと厨房へ消えていった。そのすぐあとで、カウンターに座っていたサラリーマン風の客がレジへと歩いていった。

「ナマステー。千百円です。……はい、ちょうどですねー。ありがとございましたー。ナマステー」

厨房で調理する他の従業員達も一斉に、ナマステーと言った。

「何回言うねん」

俺は呟くと、スマートフォンでインターネットを開き、ナマステと検索した。意味は、おはよう、こんにちは、こんばんは、さようならなど。これ一語で挨拶全般賄える便利な言葉だという。汎用性が高いという意味では、日本語の「ヤバい」が思い出される。

「初めにサラダです。よろしくお願いしまーす」

サラダとマンゴーラッシーが運ばれてきた。ベタな緑のサラダに、マヨネーズとケチャップを混ぜたようなオレンジ色のドレッシングが掛かっている。フォークを手に取って一口食べてみたが、これがかなり旨い。何味かと問われれば答えに窮するが、まあとにかく旨い。

平田のくせに、なかなかええ趣味しとるがな、などと思いながらサラダを完食し、マンゴーラッシーを一口飲んだ。びっくりするほど甘い。そして旨い。

「お待たせしましたー。よろしくお願いしまーす」

店員がエビマサラカレーとゴマナンを運んできた。唾液がぶわっと湧いてくる。スプーンを手に取り、カレーを一口啜った。旨い。香辛料のハーモニーがどうたらこうたら、などと言うつもりはない。ただ一言、旨い。それだけで充分だ。ゴマナンも食べてみたが、やはり旨い。ほのかに甘いゴマナンとスパイシーなカレーが食欲を掻き立ててくる。夢中で食べ進めた。

「ナマステー。何メ様ですか」

「ああ、俺ら客と違うねん」

下品な声が店内に響いたので何の気なしに顔を上げると、男が二人、俺のテーブルの前にやってきた。そして、何の断りもなく席に腰を下ろした。

「どうも、中岡いいます。こっちは斉藤。……ユウアイファイナンスですわ」

金髪の男が言った。ユウアイファイナンス、という単語は最初、何の意味も持たない音の響きとして俺の鼓膜を震わせただけだったが、エビマサラカレーの入った金色の容器を見た瞬間、ふっと記憶が呼び起こされた。思わずスプーンを持つ手が固まり、口の中から味が消え失せる。

「元本二十万、利息が五十日で二万三千二百八十七円。とっとと返さんかい」

何故、ユウアイファイナンスの社員がここにいる？

店員が困惑した視線を向けてきたため、柔和な笑みを浮かべて小さく頷いてやった。

「嘘の身分証で金借りて姿消す、いうんは悪質な契約違反や。違約金も貰わんとな」

中岡が剣呑な口調で言った。心拍数が上昇する。気持ちを落ち着けるために、カレーを口に運んだ。旨い。

「なに無視しとんねん！」

ニキビ跡の残る斉藤が声を荒らげ、テーブルを叩いた。店員達が、一斉に視線を向ける。中岡が軽薄な笑みを浮かべたまま、斉藤の肩に手を置いた。

「まあまあ、そんな叫ぶなや。他のお客さんに迷惑やろが。どうも、すんません」

カップルに小さく頭を下げた。彼氏は苦笑交じりに頷いたが、彼女の方は俺達に目もくれず、チキンカレーを食べ続けている。

「なんでこいつら俺の居場所を知ってんねん？　そう思うて、ビビってるんでしょ？　伊藤正明さん。……いや、伊達雅樹さんか」

中岡が得意げに言った。俺は鼻から小さく息を吐き、マンゴーラッシーを飲んだ。

「なに飲んどんじゃ、われ、コラ！」

斉藤が鋭い声で叫んだ。

「おいおい、やめえって。伊達さんも、驚き過ぎて声出えへんだけやんけ。あんまり、いじめたんなや」

中岡がチンピラ特有の口調――まさにそれ以外の言葉が見当たらない、一度でもチンピラと接した経験のある者ならば誰もが知る、あの口調だ――で言った。斉藤が口許を歪め、低い声で言った。

「借りたものはちゃんと返す。ガキでも知っとるルールや。ええ歳こいてそんな簡単なことも守られへんで、どないすんねん。……おう、コラ？」

斉藤の言葉に反応を示さず、ゴマナンを口に抛った。

俺がこの店に来るのは今日が初めてだ。にもかかわらず、こいつらはここにいる。ということは、アパートから尾けられていたのだろう。俺の本名も住所も筒抜けということだ。しかし、たかだか街の闇金如きが、どうしてあの偽造免許証から俺の素性を突き止められたのだろうか。

俺が脳味噌をぐるぐると回転させている間も、斉藤は俺にメンチを切り続けていた。

「ほな、えらい邪魔しましたね。どうぞゆっくりカレー食いながら、金を返すか返さへんか、考えてください」

中岡はそう言うと、インクのシミのように不快な笑みをテーブルに残して去っていった。二人が店を出る際、店員らは一瞬迷ったあとで、ナマステー、と言った。

さて、これじゃあ駄目だろうと薄々気付いていながら気付いていないフリをしてしまう、というのは人類共通の愚行だ。上司に撥ね返されるだろうと思いながらも企画書を練り直さないサラリーマン、通学中の電車内で勉強すれば間に合うはずだと言い聞かせてテストの朝まで教科書を開かない学生、そして、ユウアイファイナンスに正体が知られたことが明白なのにもかかわらず、そのままアパートへと帰宅した俺だ。

回りくどい前置きはこの辺にして結論を述べよう。午後七時三十分、中岡と斉藤がアパートにやってきた。

カレー屋を出た俺はとりあえずパチンコを打って気を落ち着かせ——六千円負けた——、その後帰宅した。別にこんなボロアパートに思い入れも無ければ大切なものを置いている訳でもないが、なぜか帰ってしまった。一旦アパートに戻ってから今後のことを考えれば大丈夫だ、という無根拠な自信に基づく非合理的な行動だが、人間とは得てして非合理的な行動をとってしまう生き物なのだ。

などと他人事のように述懐している場合ではない。先程からずっと、チャイムが鳴りっ放しである。

「伊達さーん、ユウアイファイナンスです」

中岡の甲高い声が、薄いドア一枚を隔てて聞こえてきた。

「いるのは分かってますよー。伊達さん、あんたあちこちから偽名で金借りて、踏み倒し腐ってるらしいなあ。なかなかええ度胸しとるがな！」

「あんた、元極道かなんか知らんけど、俺らからしたらそんなもん珍しないねんど、コラ！　かかって来んかい、伊達さんよう！」

「金返さんかい、コラ！　違約金もあるどっ！　おう、ボケが！　ドア開けへんねんやったら、ぶち壊すど！」

「アパートの皆さん、うるさくてすんませんなあ！　金回収したら、すぐ去りますから！　皆さんには一切危害加えませんから。警察に通報とかせえへん限りはね！」

リズミカルに繰り出される怒号と恐喝に、息ぴったりのええコンビや、と感心していると、どんどんとドアを蹴り叩く音がし始めた。

俺は考えた。警察は呼びたくない。かといって、このままあの二人を放置する訳にもいかない。だが二対一では、些か分が悪い。あの二人は、それなりに喧嘩の経験も積んでいるだろう。何か、効果的な撃退方法はないものか。

さらに考えた末、ジャケットを脱ぎ捨て、口紅を手に取った。以前、部屋に呼んだデリヘル嬢が忘れていったものだ。

人間が抱く最も純度の高い感情は、恐怖だ。肉体的苦痛を忌避するが故の恐怖、社会的地位を失って恥辱に塗れることへの恐怖、大切なものを失うことへの恐怖など、恐怖にも色々とあるが、一番は何と言っても、得体の知れぬものに対する得体の知れぬ恐怖だろう。闇金業者という暴力に対抗し得るのは、これしかない。目には目を、などと言って下手に暴力で対抗しようとすれば、却って相手の暴力を過激化させてしまうだけだ。

ふと気が付くと、顔中に口紅を塗りたくっていた。鏡を見て思わず笑みが零れる。顔中真っ赤っかだ。滑稽だが、それゆえ薄気味悪い。

ワイシャツ、黒いジーンズ、真っ赤な顔面という奇天烈な姿で、ドアの前に立った。さあ、得体の知れぬ恐怖を最大限見せつけてやろう。

「やかましい！　今から開ける！」

怒鳴ると、二人はぴたりと押し黙った。俺は勢いよくドアを開け、叫んだ。

「おどれら、また来たんかい、コラッ！」

声が裏返ってしまった。恥ずかしくて顔が赤くなりそうだ。あ、もう口紅で真っ赤か。

などと一人でくだらないことを考えていると、つい噴き出してしまった。

中岡と斉藤は呆気に取られた表情を浮かべながら、立ち尽くしている。

「何を笑うてんねん」

中岡が顎を突き出し、苛立たしげに言った。

「なんやねん、それ？　その顔？　何を塗っとんねん」

血ィを塗ってるんや！　と叫ぼうとしたが、寸前で言葉を飲み込む。確かに血を顔に塗っている奴がいれば怖いが、どことなく嘘っぽい気もする。こいつ、俺達をビビらせて撃退するつもりやな、と悟られては水の泡だ。

「無視してんちゃうぞ、コラ！」

斉藤の叫びを無視して頭を回転させ、口を開いた。

「パチンコ打っとったらこう、銀色の玉がジャラジャラジャラジャラいうて流れてくるわな。それがなんやUFOと同じ色いうことでか知らんけど、なんかこう、ごっつ呼応するんやろな。ほいでせやから、ある日、パチンコ打ってて気ィ付いた訳や。宇宙の真理や。マサラ星人の命令や」

「あん？　何をごちゃごちゃ言うとんじゃ」

「やかましい！　黙って聞かんかい。死んでまうど、コラ！」

野太い声で吼えると、中岡と斉藤が鋭く息を吸い込み、唇を結んだ。

「マサラ星人のナマゴンは教えてくれたんや。人類の起源を、終焉を。そこは眩いばかりの光芒、自己の絶対的存在の哲学的小宇宙や。パチンコは宇宙の根源的伝達っちゅうことやな。マサラ星人のＵＦＯから発信されとるんや」

「ユーフォーやと？　コラ！　何抜かしとんじゃ、ボケ」

「ああ、ＵＦＯ言うてもアダムスキー型ちゃうで？　アレはあれや。ナチスが開発してＣＩＡが実用化した兵器やからのう。ＵＦＯとは呼べへん。俺が言うてるんは、球型のヤツや」

「お前、ホンマに何言うてんねん……」

「なんで分からへんねん？　宇宙の神秘が味噌汁の渦の中に現れるのと同じじゃないか。パチンコの玉の一つ一つが、ナマゴンの精神の波動、歯車的輪廻なんや。ほいで俺も、その歯車的輪廻の森羅万象的一員いうこっちゃ。でもお前らは、その俺を妨害しよるいう訳や。ホンマに、どういうこっちゃ、あほんだら！」

　思いつく単語を滅茶苦茶に繋ぎ合わせただけの面妖な文章を早口で捲し立て、最後だけ急に叫んでやると、二人はびくりと体を震わせた。間抜けめ。

「帰れ！　帰らんかい！　最後の審判がやって来んど！」

　俺はそうして怒鳴り散らしたあと、不意に優しく微笑んだ。慈愛に満ちた、菩薩のような笑みだ。

　狂気のパフォーマンスに高笑いは逆効果だ。いかにも俺は狂っているだろうという自己演出が透けて見え、薄ら寒い陳腐な印象を与えてしまう。むしろ微笑の方が、効果的な不気味さが生まれるだろう。

そういう計算に基づいた笑みだ。そして案の定、俺の微笑を見た斉藤は、まだ九月中旬だというのに歯をがちがちと鳴らした。中岡が親指の爪を噛み、声を絞り出す。

「おい。こいつの言うてること分かるか？」

「分かる訳ないやろ。宇宙の神秘は味噌汁、ってなんやねん」

「――演技や。演技に決まっとるやないか。頭おかしいフリして、俺らをビビらそうとしてんねん。金返されへんからって、卑怯な奴っちゃ」

中岡が俺を睨み付けながら言った。嘲笑するような声の調子だったが、恐怖がほんの一滴混ざっているのを俺は聞き逃さなかった。笑みを絶やさず、二人を見据える。

「おい、コラ！ 伊達ェ！ そんな小細工が通用する思うたら大間違いやぞ、コラ！」

中岡が甲高い声で叫んだ。俺は依然として微笑の仮面を外さない。

「こいつの目ェが演技に見えるんかい。こいつ、マジでおかしいぞ。カレー屋で会うたときも、一個も喋らんと気色悪かったんや」

斉藤が言った。苦虫をすり潰したジュースをたらふく飲まされたような顔だ。

「何をビビっとんねん。ビビるなや。この腐れの思う壺やないか」

中岡が冷静さを取り戻したような声で言ったため、すかさず口を挟む。

「そうや！ 壺なんや！ 流転の壺が宇宙と生命の渾然一体を成してるんや。よう分かっとるやないか！」

「じゃかましいんじゃ、ボケェ！」

中岡が叫んだ。金髪のチンピラがまるで駄々っ子のように見える。

しかし、いくら脅されたからとはいえ、これほど騒いでいるのに誰も顔を覗かせないとは、このアパートの住民は一体どういう神経をしているのだ。自分に無関係なことは無関係なのだ、というスタンスか。何たる無関心。恐ろしい。現代社会の闇だ。

と、つい気を緩めてしまった一瞬の内に、中岡が勢いよく迫ってきた。体当たりを喰らい、俺は吹っ飛んだ。自室のドアに激しく背中を打ち付ける。炭酸水を一気飲みしたときのような不快感が胸に迫り上がってきた。

「舐めんなよ、おっさん」

中岡が低い声で言い、俺の顔面に拳を揮った。眼前に星が散る。足の踏ん張りが利かなくなり、俺は尻餅をついて仰向けに倒れ込んだ。久しぶりに殴られたなあという感慨に浸りつつ、鼻骨に響き渡る痛みに顔を引き攣らせていると、中岡が俺のシャツの襟を乱暴に摑み、今度は右頬を力強く殴りつけてきた。右の頬を打たれたら左の頬も差し出しなさい、という聖書の言葉が一瞬脳裏を過ったのも束の間、左の頬も殴られた。まだ差し出してへんやろが。ジーザス！

頬を何度も何度も殴られた。雨の日の濡れた鉄棒のような味が、口中に広がっていく。そう言えばソムリエがワインを褒める際に、濡れた子犬のような香りという表現を使っているのを耳にしたことがある。他にも白ワインを猫のおしっこだの、赤ワインを腐葉土だのと表現するのも、定番のフレーズらしい。どんな香りやねん。

などと混濁した意識の中でガラクタのような思考の数々が押し寄せてくる一方で、ある一つの澄んだ感情が、仄暗い湖の底に差す一筋の月光のように、俺の心を貫いた。

――憤怒だ。このボケ、何発殴るねん、という至極当然の怒りだ。

俺は小さく息を吸い込むと、拳を振り上げる中岡の無防備な腹部に、思い切り前蹴りを喰らわせた。倒れた状態からの蹴りだったため威力は充分でないが、不意を突かれた中岡が大きくよろめき、尻餅をついた。

「このカス、何すん――」

「何発手ェ出すねん、コラ！　多いんじゃ！　おどれは千手観音か！」

中岡の言葉を遮って激昂すると、ドアノブに手を掛けて素早く部屋へと逃げ込み、鍵を掛けた。二人の怒号を背に受けながら大急ぎで冷蔵庫付近まで走り――もちろん土足だ――武器を手に取ると、ドアまで再び戻り、鍵を外してドアを蹴り開けた。もし壊れたら大家に怒られるだろうな、というか多分次に顔を合わせたときに、「他の住民からお言葉があった」と言われて追い出されるのだろうな、などという考えが頭の中に去来し、俺はそれを払い除けんとして叫んだ。

「戻ってきたでえっ！」

怒号を放とうとして大きく息を吸い込んだ斉藤が、そのまますっと表情を失った。

「なんや、それ……」

「ビール瓶やがな。見てみい、この美しい輝きと魅惑のフォルムを」

そう言って微笑を洩らし、左手の甲で顔を拭った。手の甲が深紅に染まった。口紅の滲んだ汗なのか血なのか判別できないが、その鮮やかな赤は、憤怒の炎をさらに激しく燃え上がらせてくれた。ビール瓶を振り上げ、威嚇するように喉の奥で唸る。

「おい、やめんかい、コラ！」

中岡が怖気付いたような声で叫んだ。素人ならばここで、「おっ、こいつらビビっとるがな、案外チョロいがな」と気を緩めてしまうだろうが、俺の場合はむしろ逆だ。

「やっぱ、こいつら喧嘩慣れしとんの」と気を引き締めた。何故ならば、この二人はビール瓶の恐ろしさを身を以て知っているということだからだ。

ドラマなどで相手の頭をビール瓶で殴り付けるシーンが散見されるためだろうか、酒場などでたまに酔っ払いがビール瓶を手に持って威嚇しているのを目にするが、あんなもの危険極まりない。酔った勢いでバタフライナイフを取り出せばすぐに警察官がやってくるが、ビール瓶を手に持っても、周りの客や店員などは「まあまあ」などと言って宥めすかそうとしがちだ。だが、これは大きな間違いだ。ビール瓶はこれ、正味な話、鈍器である。

ドラマではビール瓶で殴られた相手は流血しながら痛みを訴えるし、殴った瞬間にビール瓶は木っ端微塵に砕け散る。だが現実に人間の頭をビール瓶でぶん殴れば、相手は無言でぶっ倒れるし、ビール瓶にはヒビ一つ入らない。当たり前だ。ドラマに登場するビール瓶は飴細工だが、現実のビール瓶はビール瓶なのだ。喧嘩をしたことがないためにその強度を知らず、安易にビール瓶を振り回すような馬鹿は、一度自分の頭とビール瓶を交互に指で弾いてみるがいい。頭蓋骨とビール瓶のどちらが硬いか、すぐに分かるだろう。

だが俺は今、ビール瓶を振り回している。頭に当たれば確実に死に至るであろう勢いで、ぶんぶんと振り回している。何故ならば、猛烈に怒っているからだ。

「おい、置けって、ボケ！」

「その空っぽの頭ぶち割ったるから、こっち来んかい！」

「ああっ？　人殺す度胸あるんかい！　ブタ箱で臭い飯食う覚悟あんのか、コラ！」

「ブタ箱がなんぼのモンじゃい！　人間はみんなブタや！　人生は所詮、泡沫の夢、幻なり！　夢こそ真の世界なんじゃ！」

中岡が下唇を薄く嚙み、一歩俺の方へ踏み出してきた。

「われ、コラ、やるんかい！　いてまうど、コラ。おう、おう、おう？」

すかさず目玉が落ちそうなほど目を見開き、ビール瓶を振りかざす。

「こいつ……。この目ェ、やっぱおかしいやろ」

薄気味悪そうな顔で斉藤が言った。

「ビビってんちゃうぞ」

中岡が苛立たしげに言ったが、声が薄い皮膜に覆われていた。斉藤が吼える。

「殺すぞ、コラ！」

「殺すなんちゅう汚い言葉は使ったらアカンて、お母さんに習わんかったんか！」

「じゃかましい、ドアホ！」

「アホ？　アホちゅうたか。アホちゅうたんか。俺にアホ言うたんか。俺にアホって言ったんか」

一切の感情を押し殺し、テクノのように無機質なリズムと声で言ってみた。

「おいおい、なんやねん急に……。こいつやっぱ、ホンマにヤバいんちゃうんか」

「ヤバいってなんや。ヤバいっちゅう言葉は俺、正味な話、気に食わへんで。何でもかんでもヤバいヤバい、言い腐ってあほんだら。何がヤバいんや！　ヤバいっちゅう言葉の方がよっぽどヤバいんとちゃうんか、あほんだら！　はい、ナマステェッ！」

「何言うてんねん、こいつ」

斉藤がテストが全く解けない小学生のような目で、中岡を見やった。天井に取り付けられた時代遅れの蛍光灯が、バチッと音を立てて消えた。淡い闇が廊下に降りる。

俺はとりあえず「だーっ！」と叫び、ビール瓶を持った右腕をぶんぶんと回してみた。

斉藤と中岡は俺を凝視したあとで顔を見合わせ、再び俺に目をやり、もう一度顔を見合わせた。

何故だか分からないが、叫びながら腕を回していると次第に怒りが薄れていき、段々と楽しくなってきた。小学生のとき、理由も目的も持たずに坂道を叫びながら走っていた、あの無意味で無性に楽しい放課後の記憶が、ふと思い出された。

だが、幸福に浸る俺を現実に引き戻さんとして、斉藤が声を荒らげた。

「お前、ええ加減にさらせよ、コラ！　金返せへんからって、何しとんねん！」

あくまでも金を回収するまで引く気はないらしい。最悪だ。これだけ得体の知れぬ恐怖を演出しても立ち去ってくれないならば、もう駄目、打つ手なし。俺は絶望に打ちひしがれた。

だが同時に、腕をぶんぶんと振り回していることによって相変わらず幸福感は生じ続け、思わず笑いが零れてきた。それは腕を振り回していることで生じる動物的な笑いであり、愚鈍なことをしている自分に向けた自虐的な笑いでもあり、そして、この場をどう乗り切るのだ、八方塞(はっぽうふさ)がりではないか、という愕然(がくぜん)たる現状から目を逸らすための乾いた笑いだった。

「何笑うとんねん、お前！」

中岡が殆ど悲鳴に近い怒号を上げる。

「もうどうなっても知らんで、あほんだら！」

俺も殆ど悲鳴に近い哄笑を上げた。斉藤が後退(あとずさ)り、中岡が鋭く息を吸い込むのが見えた。すると次の瞬間、俺の手からビール瓶が離れていた。あ、と小さな声が洩れる。

ビール瓶は猛スピードで斉藤と中岡の間をすり抜け、外廊下の手擦りを越えて夜の闇へと吸い込まれた。一瞬後、ビール瓶は一階の地面に落ちて砕けた。パリンッと甲高い音が響く。

「このクソ、投げてきよった」

殺す気か、という怒り交じりの恐怖が言外に込められていた。だが、投げたのではない。腕の疲労と汗で滑っただけだ。しかし、むしろ好都合かもしれない。

俺は腕をだらりと垂らし、直立不動の姿勢を取った。心を喪失したように無表情を作り、二人の間に立ち込める闇を見つめる。

「お前、ホンマ……。舐めとんか！」

斉藤が怒号を放ち、喚き散らしたが、無視を決め込む。

闇と同化しているかのような、完全なる無。何の感情も転がっていない、茫漠たる曠野の如き心。そんな狂気を演出しているつもりだ。

「今日はやめや」

やがて、中岡が苦々しげに言った。思わずガッツポーズをしそうになるが、棒立ちを続ける。斉藤は不服そうに息を吸い込んだが、口を開こうとはしなかった。

「行くで」

二人は俺に背を向けるのを恐れているのか、じりじりと後退りしながら階段を降り、夜の闇に消えていった。

「へっへっへ」

唇の端が痙攣し始め、堪え切れずにげらげらと笑った。手を叩き、身を捩じらせて笑った。最高だ。最高の気分だ。

「ざまあみさらせ、あほんだら！」

夜の虚空に向かって叫び、ステップを踏んで小躍りした。はしゃいで踊る俺の周りには、暗澹たる闇が広がっていた。

19

九月二十一日、金曜日。目を覚ましてカーテンを開けるとアパートの周りをユウアイファイナンスの社員達に取り囲まれている、という悪夢を見たが、正夢にはならなかった。

鼻歌交じりにアパートを出て、パチンコへ向かう。今日は詩織ちゃんの出勤日だ。腹が減っては戦はできぬ、パチンコせねばソープへ行けぬ。などとくだらないことを独り言ちながら歩いていると、後ろから唐突にクラクションを鳴らされた。思わず飛び上がり、苛立ちの滲んだ目を向けると、黒塗りの外車がゆっくりとこちらに迫ってきていた。キャデラックだ。キャデラックはそのまま俺の隣まで来ると、運転席の窓から男が顔を覗かせた。黒髪、短髪、吊り目。まだ二十代半ばだろうか。

「何じゃい、コラ」

男を睨め付けながら、低い声で言った。男が無表情のまま、口を開いた。

「あんた、伊達雅樹だな？」

一瞬にして体が固まる。

「なんや、お前？」

「質問してんのは俺だよ。伊達雅樹だな？」

「いや、違う。そんな奴、知らへん」

男が虚を突かれたように間抜けな表情を浮かべた。

「嘘吐くんじゃねえよ。てめえだよ。ツラ知ってんだぞ、コラ」

「ほいだら最初から訊くなや、あほんだら」

言うや否や、振り返って走り出そうとした。だが、振り返った俺の前には、いつの間にか誰かが立っていた。そいつに勢いよくぶつかり、尻餅をついた俺に、キャデラックから降りた男が素早く迫る。突如として、腰に強烈な痛みが走った。言葉にならない叫び声を上げ、地面に転がる。全身が硬直して動かず、腰の辺りだけがまるで巨人に捻じ切られたかのように痛い。

「あれ？　気絶しねえ？」

喉の奥から呻き声を上げ続ける俺を見て、男が困惑したように言った。俺は目に涙を浮かべながら、男を見上げた。その手にはスタンガンが握られている。

スタンガンで人間は気絶せえへんわ、ボケ。ドラマの見過ぎじゃ、あほんだら。そう叫んだつもりだったが、舌がなめくじのようにぬらぬらと動いただけだった。一瞬後、男のつま先が顔面に刺さり、視界が高速でぐるりと回転すると、ゆっくりと頭に空白が落ちてきた。

＊

赤みを帯びた空。薄くたなびく雲。放課後の帰り道。前方に立ち塞がる太田(おおた)の敵意に満ちた視線と、取り巻き連中の浅薄な笑み。二年生のリーダー格。振り返ったが、後方にも取り巻きがいた。

「逃げよう思うても無駄じゃ」

「別に思ってへんけど、早(は)よ帰りたいねん」

「お前、生意気やねん。根性叩き直したる」

「自分に従えへん奴を暴力で何とかしようういうんは、ダサいで。私服もダサいけど。何、その柄モンのTシャツ？　わざわざ学校終わってから急いで着替えたん？　それ、カッコいい思うてんの？　きっつ。センス激ヤバやな」

太田が獰猛(どうもう)な唸り声を上げながら突進してきた。前方の取り巻き二人は、出遅れたのか動かない。ちらと後ろを見たが、後方の一人もまだ動かない。俺は小さく息を吸い、地面を思い切り蹴り上げた。砂利が飛び散る。太田が立ち止まり、砂利が目に入るのを防ごうと、反射的に顔を横に向けた。素早く走り寄り、太田の股間目掛けて拳を放つ。

詰まり気味の排水口みたいに不気味な声を出し、太田が蹲った。丁度いい位置に来た太田の顔面を、力いっぱい蹴りつける。太田が勢いよく倒れ込んだ。

取り巻き共が呆気にとられている隙に、俺は走って逃げた。連中の怒鳴り声を背に感じながら、全速力で走る。あまりの速さに周囲の風景が見えなくなり、真っ白な光に包まれているような感覚に陥った。

「走り速いなあ、伊達くん」

いつの間にか立ち止まり、息を弾ませていた俺に、吉永が言った。ぐるりと辺りを見渡す。青空。真上から照り付ける太陽。校庭。体操着姿のクラスメイト達。

「なんか、スポーツやってんの？」

吉永に訊かれた。俺は首を振った。吉永。俺のように素行は悪くない。顔も悪くない。頭は良くも悪くもない。今まで話したこともない。ただ、確か――。

「吉永は、野球部やっけ？」

尋ねると、吉永が弱々しく首を振った。

「やめてん、野球」

「ええ、なんでやねん？　吉永確か、上手かったんちゃうん？　ＰＬのスカウトに、目ェ付けられてるって聞いたけど」

「肩、壊しちゃって。もうあんま投げられへんからさ、陸上選手に転向や、って思っててんけど、今の伊達くんの走り見てたら、自信失くしてもうたわ」

言って、陽気に笑った。グラウンドの乾いた土に、吉永の笑い声は空々しく響いた。吉永が唇をきつく結び、唾を飲み込んだ。喉仏が上下する。俺は自分の喉を触った。真っ平らだ。吉永の顔にはいつの間にか、寂しげな笑みが浮かんでいた。心臓がとくんと鳴り、胸がきゅっと締め付けられた。俺は声を絞り出した。

「でも、野球でそんだけ結果出せたんやから、他でも大丈夫やろ。努力できる人ってことやんか。俺なんか、なんもしてへんもん。四捨五入したらギリ死んでるで」

「そんなことないやろ。俺、伊達くんのこと、格好ええなってずっと思っててん。一匹狼やんか。この前も、太田くんらと喧嘩して勝ったんやろ？」

「勝ってへんよ。負けてもないけど。それに俺は、群れに入らへん孤高の一匹狼じゃなくて、群れに入れてもらえへん孤独な羊やで」

「そうやって、一歩引いてるクールな感じが、普通のヤンキーと違ってええやん。髪も染めてへんし」

「なんや、それ。髪染めてへんのは、体質的に染めたら頭皮が荒れるからやし」

俺は頭を掻いた。無性に照れ臭かった。

「ほんま、格好良いわ」

吉永がぼそりと呟き、遠くを見やった。視線の先は、野球部の倉庫だった。吉永の横顔を見ていられず、俺は瞼を固く閉じた。再び目を開くと、いつの間にやらそこは仄暗い公園だった。

「あれ？　吉永、えらい雰囲気変わったな」

吉永が得意げに笑い、改造した学ランのポケットからマイルドセブンを取り出した。宵の口。煙草に火を付ける吉永の金髪を、蛍光灯の頼りない光が照らす。

「三年になって俺結構サボりがちやから、会うの久しぶりやな。元気やった？」

煙を吐き出しながら、吉永が言った。

「俺は元気。吉永こそ、元気？」

「見ての通りや。どう？」

そう言って、誇らしげに髪をかき上げた。

「ええんちゃう？　垢抜(あかぬ)けてる。似合(にお)うてるよ」

時々登校する俺に対して、「汚い字でごめんな」と言いながらノートを見せてくれた、二年生のときの坊主頭の方が、似合っている。でももちろん、そんなことは言えない。

「煙草、吸うねんな」

「うん。酒も飲むし。ビール、ええで。喉越しがな、コーラとはやっぱ違うわ」

「変わらんやろ」

「変わんねんって、これが」

「へえ、大人やな」

「せやろ？　セックスもしたで」

煙草を地面に落とし、踏み付けた。俺は短く息を吐いた。

「そうなんや」

「なに落ち込んでんねん。あれ、伊達ってもしかして、まだ童貞？」

「まあ、一応」

「先越されたからって、拗ねんなや」

「ド突くで、ホンマに」

「怒んなって、ごめん、ごめん。伊達は、どういう女がタイプなん？」

「……やっぱ、単純にエロだけが目的なら、一番興奮するんは、黒髪ロングでパッチリお目目で白い肌の、可愛い系巨乳かな。背ェは、あんま高くない方がいい」

「ミックスグリルくらい盛り沢山やな」

「一番勃起するんは、やっぱそういうのやな。好きになるのは、また違うけど」

「違うん？　俺はもう、眼鏡っ子に一番興奮するし、好きになるんも眼鏡っ子やわ。眼鏡っ子との出会いを渇望してるわ」

「そっか……。俺はやっぱ、エロと恋心はまた微妙に違うと思うな。まあ、一致することもあるやろうけどさ、全然タイプじゃない人を好きになることもあるやんか。たとえその相手がどんな人でもさ、好きになってもうたら、それはもうしゃあないやん」

「なんや、分かるような分からんような……」

吉永が小首を傾げた。もどかしさが胸を衝く。

「なんでやねん。吉永も、自分がどんなんに勃起するかってのは、大体分かるやろ？」

「分かる、分かる。俺はメイド姿の眼鏡っ子。御主人様って呼ばれたい」

「それ、あんま人に言わん方がええで。でもさ、話戻るけど、勃起は勃つ前にもう、ああこの手のタイプに俺は勃起する、って分かるし、勃起したら、ああ勃起してるわ、って一目瞭然やろ？　でも恋は、気付いたらいつの間にか落ちちゃってる感じやんか？　しかも、これって恋なんかな？　って曖昧で、なかなか気付かなかったりもするし。自分でも、意外な人に恋したりするしさ。だから、好きなタイプはないっちゅうのが、一番しっくりくる答えかも」

「勃起って言い過ぎや、話入ってけえへん。ちゅうか、それにしても伊達、めっちゃ乙女やな。第一印象最悪な転校生に恋する、少女漫画の主人公や」

吉永が小馬鹿にしたように笑って言ったが、冗談の範疇だと分かる口調だった。俺は、けたけたと笑う吉永の肩を、冗談だと思われる程度の威力で殴った。

「分かった。要するに、ミシュランシェフの焼くステーキと彼女の作ったハンバーグやったら、旨いのはステーキやけど、食べてて幸せになるのはハンバーグ。やから、彼女がミシュランシェフやったらええな、いう話やろ？」

「なんやねん、その喩え。よう分からん」

　俺はかぶりを振ったが、心の中では小さく頷いた。確かに、ある意味その通りだ。一番性的興奮を抱ける相手——黒髪ロングでパッチリお目目で白い肌の、背が高くない、可愛い系巨乳——が目の前に現れ、その子に恋をするのが、一番幸せだろう。そんな相手を好きになれば、何も気にすることなく、思う存分、何処までも恋に溺れることができる。

「吉永、セックスしたってことは、恋人できたんや？」

「ううん、体だけの関係。エロいやろ？　伊達にも紹介したろか」

俺は曖昧に笑い、首を振った。

「俺はええわ。体もええけど、やっぱ心で繋がりたいやん」

「不良のくせに、えらい純粋やな。プラトニック・ラブやん」

吉永が噴き出した。つられるようにして、俺も笑った。

「でもホンマ、変わったな、吉永」

「そうかな？　変？」

「別に、変ちゃうけど……」

「しばらく、会うてへんかったからやろ」

「そうかな。ああ、そうや、またさ、ちょこちょこ会おうや。今までは教室でたまに顔合わせるだけやったけどさ、学校サボってどっか遊び行こうや」

「ええな、遊ぼ。修学旅行もあるし、二人で一緒に回ろうや。部屋も一緒にして」

「俺は友達おらんからええけど、吉永、野球部の奴らはええん？」

「あいつらはまあ、なんか、離れてもうたわ」

右肩に触れ、あっけらかんとして言った。

「伊達と一緒に回れるんか。楽しみやな、修学旅行」

吉永が嬉々として言い、俺は頷いた。その瞬間、多くの映像が俺の脳裏を過った。平日の昼間から映画館でポップコーンを貪り食う吉永。ジャングルジムの上で、得意げな顔をして煙草をふかす吉永。修学旅行の飛行機で騒ぎ、担任に激怒される吉永。不貞腐れた面で窓に凭れ掛かる吉永。窓から見える富士山に機嫌を直す吉永。修学旅行先ではしゃぐ吉永。修学旅行最後の夜、困ったような笑みを俺に向けた吉永。修学旅行の三日後、太田らに生意気だとヤキを入れられた吉永。そして——。

蛍光灯に集う虫は徐々に数を増していき、やがて、公園全体に深い闇が降りてきた。

漆黒。

再び光が戻ると、目の前は教室の扉だった。しばらくその場で立ち尽くした後、何かに突き動かされるようにして、扉を開いた。クラス中の視線が一斉に俺に注がれた。軽いどよめきがクラス中に走り、教師は咳払いをして俺に着席を促すと、授業を再開した。だが俺は自分の席には行かず、太田に歩み寄った。クラスが再び騒がしくなり、教師が何やら俺に言ったが、耳には入らない。

「なんやねん？」

太田が俺に向き直り、軽薄な笑みを浮かべた。俺はただ一言、謝れ、と呟いた。忍び笑いがあちこちから聞こえてくる。ちらと吉永の方に目を向けると、視線を落とし、じっと自分の机を見つめていた。

「おいおい、伊達ちゃーん、意外とケツの穴小さいのう！」

太田が声を張り上げて言うと、爆竹を放り投げたように教室中がどっと笑いで弾けた。

俺は荒々しく息を吸い込むと、鞄からレンガを取り出し、太田の後頭部を強かに殴り付けた。骨が砕ける鈍い音がした。不快な感触が腕に伝わり、血飛沫が散る。鋭い叫びを洩らした太田の後頭部を、もう一度殴った。

太田がばたりと床に倒れ込む。低い唸り声が聞こえてきたが、太田が発したものなのか、それとも俺の内側から込み上げてくるものなのかは、判別できない。突然、足許がぐらぐらと揺れ、浮遊するような感覚に襲われた。どくどくと脈を打つ音が鼓膜を震わし、全身の血が逆流している気がする。

耳を聾する金切り声がした。教室中が大騒ぎだ。そんな喧騒の中、太田は床に臥したまま、全く動かない。

目の前の光景に、少しも現実感がない。同級生の悲鳴が、妙に芝居がかって聞こえる。やたらと嘘っぽく響く。まるで夢のようだ。太田は相変わらず、人形のように床に倒れている。次第に太田の輪郭が溶けていき、教室全体がぐにゃりと歪み始めた。

*

「おっ、起きたか」

ぱっと視界が明るくなり、右側から声がした。気怠さを感じながら、のろのろと体を横に向ける。焦点が上手く合わず、目を細めてじっと凝らす。不意に網膜が像を結び、はっきりと眼前の人物を捉えた。

「久しぶりやのう、伊達ェ」

続けて声がした。俺はゆっくりと鼻から息を吸い込み、唾を飲んだ。心臓がとくんと脈を打つ。

「なんか言わんかい。口利けんくなったんか」

「――あ、あ……」

舌が固まったように、言葉が出てこない。脳味噌が、網膜に映る人物の処理に全く追い付かない。

「とりあえず、適当にドライブしとけばいいですか」

違う男の声がした。せやな、と目の前の人物が返事をする。金縛りが解けたように全身から力が抜け、俺はふっと息を吐いた。

「ご無沙汰してます……」

「えらい堅い挨拶やんけ。おい、目ェ覚ましたど」

呼び掛けられた運転席の男はちらと後部座席の俺を振り返り、どうも、と呟いた。少しして、俺にスタンガンを喰らわせた男だと気付いた。

「こいつ……、この人は？　俺、バチッてやられましたよね？……山本さん」

囁くような声で尋ねた。意識がはっきりと戻ってくるに従って、顔面と腰の痛みまで舞い戻ってきた。

「山本さん、か……。なんか気色悪いのう」

「他に、呼び方もないでしょ」

「まあ、せやな」

山本さんが淡々と言った。俺は大きく息を吸い込み、小さく吐き出した。

「こいつは宮尾や」

宮尾がバックミラー越しに頭を小さく下げた。俺は薄っすらと眉根を寄せながらも、きちんと会釈を返してやった。

「とりあえずあなたを連れてくるように言われまして……。知らなかったもんで、すみません。お顔、大丈夫ですか」

「ええまあ、大丈夫ではないですけど」

抑揚のない声で答えると、宮尾はバツが悪そうに頭を下げた。山本さんが相好を崩す。

「まあ、そない怒ったるなや。宮尾も悪気があったんやない。俺の説明が足らんかったんや。ちょっとした行き違いや。すまん、すまん。それよりお前、どえらいブサイクなツラになっとんど。ピカソの絵みたいや」

「昨日むっちゃ顔殴られて、腫(は)れてますねん。いつもはもっと男前ですよ。ミケランジェロの彫刻みたいな」

そう言って笑うと、山本さんはやかましいわと言いながら俺の脇腹を肘(ひじ)で小突いた。

「でもホンマに、お久しぶりです」

「分かったっちゅうねん」

「いやホンマに、びっくりしましたわ。そういえば、若頭になりはったんですよね？　なんかの週刊誌で、たまたま見ましたわ」

「おう、せや。山本組っちゅう自分の組も持ったしのう。まあ、俺入れて十三人しかおらんけど」

「いやいや、ホンマ、凄いです。じゃあ宮尾さんも、山本組の組員さんですか」

こんな若造にさん付けは些か不服だが、仕方あるまい。

「いや、こいつは若頭付き見習いっちゅう形で、一応関川組に籍置いとる。街でチンピラやってたこいつを、たまたま拾うたんや。お前ンときと一緒やな」

「そうですね……」

俺は笑顔を作り、「それで、今日はどないなご用件で？」と尋ねた。すると山本さんは不意に顔つきを変え、ドスの利いた声で言った。

「お前、ユウアイファイナンスから借金しとるな。あれ、とっとと返したらんかい」

笑みが顔面に貼り付き、心臓は冷凍保存された。

「何の話、ですか」

「おい。言動には気ィ付けえよ、コラ。よう考えてから物言え。もう一遍訊くぞ。お前、ユウアイファイナンスから金借りとるな？」

鋭く息を吸い込み、静かに吐き出してから、そっと首を縦に振った。

「素直でよろしい。ほいだら、それ返せや」

「俺が金を借りたんは、ユウアイファイナンスです。山本さんは関係ないやないですか」

「ユウアイファイナンスがお前に対して持っとる債権を、山本組が買い取ったんや」

「山本組はユウアイファイナンスのケツ持ちと違うでしょ？　ユウアイファイナンスのバックに暴力団は付いてないはずです」

「社長の西田とは友達なんや」

「いくら社長と友達やからいうても……」

「ええか？　債権っちゅうんは、債権者の意図で誰にでも自由に譲渡できる。誰にでも、や。だからウチは時々、お前みたいな厄介な債務者の処理を請け負うたってんねん。もちろん、有料でやけどな。お前が借りた金を返さへん……どころか、逆切れして暴れ腐ったせいで、ユウアイは怒ってウチに債権を譲ったんや。聞いたで？　奇声発しながら、ビール瓶振り回したらしいやんけ。相変わらず、糸が切れたら何するか分からんのう。流石や」

「ありがとうございます」

「褒めてへん。……話、元に戻すぞ。確かに山本組はいつもユウアイファイナンスのケツ持ってる訳ちゃうけど、ことお前の借金回収に関しては、既にウチのシノギや。相手がお前でも関係あらへん。ビジネスである以上、きっちりツメる」

　ぬるい汗が背筋を伝っていく。この状況はかなりまずい。極道が義理と人情を重んじていた時代など今は昔、竹取(たけとり)の翁(おきな)が野山にまじりて竹を取っていた時代の話であり、きょうびの極道が重んじているのは組のメンツと金儲(かねもう)けだけだ。借金回収というのは、組のメンツと金儲けの両方がかかったシノギだ。

　リサーチが甘かった。ユウアイファイナンスは暴力団のフロントではないという情報だけで安心してしまったのが失敗だ。まさか山本さんが出てくるとは。道理で、ユウアイファイナンスに俺の居場所を突き止められたはずだ。俺の偽造免許証は、山本さんが昔用意してくれたものなのだ。

「全額、返してくれるな？」

　山本さんが言った。思わず頷いてしまいそうになるが、ここで黙って言いなりになる訳にはいかない。どうにか、抵抗を試みよう。

「山本さん、それはあきません」

「何がや？」

「暴力団に債権を譲渡するんは、法律で禁止されてます。法律違反ですわ。せやから俺は、金を返す必要はない。いやそもそも、闇金で借りた金に返済義務はないんです」

　得意げにそう言い終えた瞬間、視界に火花が散った。鼻に鋭い痛みが走り、薄絹を折り重ねたような靄が頭の中にかかる。拳を擦る山本さんが薄っすらと目に入り、顔面を殴られたのだと気付いた。

　首を微かに振り、山本さんをひたと見据える。口許に冷然たる笑みを浮かべていた。目の奥が、完全に死んでいる。澱んだ瞳。昔の淀川のようだ。

「伊達ェ、あんま調子こくなよ。ド突くぞ」

「……ド突いてから言わんとってください」

　鼻血が垂れてきた。鼻の奥で、鉄のような味がする。

「シートに血ィ垂らしてみい。ペンチで仕切り引きちぎって、鼻の穴一つにしてまうど」

　素直に頷き、ジャケットの裾で鼻を押さえた。クリーム色の裾が鮮血に染まっていく。

「なあ、伊達よお。法律がなんぼのもんじゃい。堅気ぶってんちゃうぞ。法律いうのはなあ、真っ当な人間のためにあるんや。借りた金も返さへんクズに、それも元極道に、法律なんて適用されるかい。クズには何の権利もないんじゃ」

　全ての人間は法の下に平等です。そう言いたかったが、火に油を注ぐ愚は犯さない。小刻みに頷いた。

「昔は牧歌的でええ時代やった。今は法律が厳しなってもうて、極道は闇金から手ェ引き始めとる。金返さへん奴からは骨の髄までしゃぶり尽くして搾り取れ、最後は攫って殺してまえ、いう訳にもいかん時代なんや。代紋ちらつかすだけでお巡りが飛んできよるからのう。無茶して回収するくらいなら泣き寝入りの方がマシ、いう考えに至ってまうのも分かる。中には極道のこと舐め腐って、堅気のくせして平然と『返せまへん』って言い腐る奴もおるらしい。それどころか、どっかの誰かさんみたいに、嘘の身分証で金借りて『闇金狩りや』言うて粋がる奴もおるんやわ。由々しき事態やと思わんか」

選挙の投票率の低さを嘆く有識者のような口調だ。

「でもなあ、伊達ェ。泣き寝入りするなんちゅうんは、真っ当な極道の話や。そんなお行儀のええ損得勘定は、俺にはできひん。元本も利息も、残らず取り立てる。ハイリスクローリターン、大いに結構。そのハイリスクを回避したらええだけの話やし、もし回避できんかっても、まあそれはしゃあない。甘んじて負けを受け入れるわいな」

「要するに、俺の借金は何が何でも回収しはると……」

「そういうこっちゃ。警察に駆け込みたかったら、駆け込んでもええ。ただし、あとで絶対に殺したる」

「そない脅さんとってください」

「脅してるんちゃう。注意事項を述べてるんや。罪刑法定主義や」

どのような行為が犯罪に当たり、それを犯すとどのような罰を受けるかということは、予め法律で定めておかなければならない、という近代刑法の大原則が罪刑法定主義だ。つまり、警察に訴えたら殺すと宣告したのだから、もし警察に駆け込んだ場合は、本当に殺すぞ、ということだ。

そして俺は、この人が「本当に殺す」人だということを知っている。たとえ元舎弟であろうと今の舎弟であろうと、恋人だろうと盃を交わしたオヤジだろうと、必要とあらば、この人は殺すだろう。

「でも、ホンマに返す当てがあらへんのです」

「当てならこっちで用意したる。ただただ金返せって怒鳴るだけと違うて、山本組は親切なんや」

「当て、ってなんですの。危ないことと違いますよね」

「お前はアホか。危ないことに決まっとるやろ。楽して安全に金稼げるのは、頭のええ奴だけじゃ」

最悪だが正論だ。

「何したらええんですか」

「そない大層なことはさせへん。受け子、出し子、運び屋、美人局……。せいぜいこんなとこや」

「犯罪やないですか」

「ああ。一点の曇りもなく、紛うことなき犯罪じゃ」

「金のために犯罪おかすなんて、地雷原で埋蔵金探しするようなもんです」

「今更何を言うとんねん。それに安心せえ。ちゃんと、地雷探知機くらい用意したる」

「探知機、ですか」

「俺や。俺が、全面的にサポートしたる」

「ほな、安心ですかね……」

「ちゃんと作動するかどうかは保証できひんけどな」

「アカンやないですか」

「ジョークや」

山本さんはそう言って快活に笑ったが、全く笑えない。だが、ここで俺はふとあることに思い至った。俺の今の全財産は六十万円以上あるが、俺のユウアイファイナンスに対する借金は、確か利息込みで二十数万円だ。なんと、全然払えるではないか。どうしてすぐに気が付かなかったのだ。思いがけない再会に気が動転してしまっていたのか。

「山本さん。ユウアイに借りた金、全額返しますわ。二十万ちょっとですよね？」

安堵の笑みを浮かべると、山本さんが小さく首を振った。

「何を眠たいこと言うとんねん。百二十二万円じゃ」

「え？　ちょっと待ってください、なんでそんなに膨れてますの」

「元本二十万、利息が二万ちょっと、偽造した身分証で金を借りたことに対する違約金が百万」

「違約金って、そんな滅茶苦茶な」

「お前、ユウアイと契約書交わしたやろ？　どうせ偽名やから関係ないわって、ちゃんと読まんかったんやろうけどの、下の方に小さい字で、違約金云々の話は書いてたはずやで」

「偽名で交わした契約書なんぞに、法的拘束力は――」

「俺に異議を唱えるんかい」

大理石のような目に見据えられた。

「すみません。何でもないです……」

山本さんが当然だといった顔で頷く。

「ああ、それから、おどれがあちこちの闇金から踏み倒した債権、あれも全部山本組が買い取ったから。締めて、五百万円や」

「ごっ？……ごっ、ごひゃっ、ごっ……、ご、ごっ？ご……」

「溺れてるみたいな声出すな」

「ご、五百万は盛り過ぎでしょ？」

「盛ってへん。あちこちの闇金から金借りまくったら、そりゃそのくらい膨らむわ」

「五百万は、でも流石にぼったくりでしょ」

「闇金は全部ぼったくりやがな。正確には五百万飛んで五千円ちょっとやけど、まあ端数は誕生日祝いっちゅうことで免除したろ。今日やろ、誕生日？」

「……覚えてくれてはったんですね」

「ああ。アンハッピーバースデートゥーユー」

山本さんが冷たい声で言った。俺の心の奥底に立てられた蠟燭（ろうそく）の火が、ふっと消える。

「ちゅうことで、五百万ぽっきり、きっちり払うてんか」

「無利子ですか」

「お前はアホか、馬鹿。ボケ」

「一遍に三つも悪口言わんとってください」

「寝言が言いたいんやったら、寝かしつけたろか」

「腕枕してくれたら嬉しいです」

　山本さんは三度瞬きをした後、ため息を吐いた。

「もうええ。お前の軽口は昔っから調子狂うねん。……話を元に戻すと、年利は十パーセントや。合法の利率やろ」

　今後の利率が合法だとしても、そもそも五百万円が違法に膨れ上がった結果なのだ。

「ほんで、お前の今の全財産が六十五万。五百万からこれ引いて、残り四百三十五万」

「なんで俺の全財産を知って――」

　俺ははっと口を噤み、ジャケットの懐に手を入れた。いつも肌身離さず持っている通帳とキャッシュカードが消えている。

「さっき寝てる間に貰うたで」

　悪びれもせずに山本さんが言う。

「勘弁してください、全財産ですねん。家賃払えませんやんか」

「踏み倒せや。闇金から借りた金踏み倒そうとしてんから、大家くらいどうにでもなるやろ」

そういえば、昨日俺が中岡や斉藤と繰り広げた乱闘騒ぎは、もう大家の耳に入っているだろうか。いや、今はそんなことを気にしている状況ではないか。

「いや、ホンマ、勘弁してください。電気とかガスとか止められたら敵わんですし、色々お金いりますねん。せめて二十万だけでも残してください。お願いします」

「どうせパチンコで溶かすやろがい」

「……なんで俺がまだパチンコ好きやって、知ってはるんですか」

山本さんが眉根を寄せ、ため息を吐いた。

「お前くらいどっぷりパチンコに嵌まっといて、そこから抜け出せた奴を一人も見たことないからや。実際、どうせまだ続けとるやろ？」

俺は弱々しく頷いた。山本さんが喉を鳴らして笑う。

「まあええわ。ほいだらキリ良く、五十万だけ貰っといたろ。お前の借金は、残り四百五十万や。おい、宮尾。どっかコンビニ寄って、ＡＴＭで五十万下ろしてきてくれ」

そう言って、宮尾に俺の通帳とキャッシュカードを渡した。

「毎月一日に返せるだけ返せ。利息のカウント開始日は、十月一日からにしたる。温情や。なんか質問は？」

俺は力なく首を振った。鼻血がようやく止まった。

「じゃあ、今日はコンビニで金下ろして解散や。また連絡するから、連絡先」

山本さんが手を差し出し、俺は素直にスマートフォンを手渡した。

「ロックしとるがな。パスワードは？　ああ、キャッシュカードの暗証番号もやな」

「スマホの方は、００００です」

「不用心やな。パスワードの意味あらへんがな。個人情報流出したらどないすんねん」

「流出して困るような情報、ありませんねん。友達もいませんし」

「哀しいのう。まあ、今俺の番号とか登録しといたから、パスワードちゃんと変えろよ。流出させたら損害賠償三百万請求すんど。ほんで、キャッシュカードの暗証番号は？」

「０３２６です」

呟いてから、山本さんの横顔を見た。山本さんは顔色一つ変えず、スマートフォンを俺に返した。

「あの、伊達さんに一つお尋ねしてもいいですか？」

宮尾がミラー越しに言った。話などしたくはないが無下にもできないので渋々頷く。

「伊達さんは、どうして組を辞められたんですか」

小鼻を掻く山本さんの手がぴたりと止まる。

「まあ、それはええがな。それより宮尾、こいつのことは呼び捨て、タメ口でええ。俺の元舎弟やいうても、今は山本組の債務者や」

戸惑ったように俺と山本さんの顔を交互に見やったが、やがて、はい、と答えた。

「さあ、運命の再会は終わりや。今日からオモロなるで」

山本さんが正面を見据えて言った。動悸が激しくなっていくのがひしひしと感じられる。

やがてコンビニへと到着すると、宮尾が車を降りた。

「のう、伊達。一個だけ、訊いてええか」

「はい、なんです？」

「長谷川と、河川敷で何があった？　なんで殴り殺した？」

山本さんが目を細め、静かに言った。心臓がさらに激しく波打ち始め、胃の底が重たくなるのが感じられる。俺は笑顔を作り、小さな声で答えた。

「知ってはるでしょ」

「ホンマに、あれが全てか」

「もうええやないですか。忘れましたわ、そんな昔の話」

山本さんが片眉を上げ、小刻みに頷いた。

「まあ、ええわ。ともかく、感謝はしてるで」

「いえ、昔の話ですから」

「……じゃあ、また後日やな。逃げんなよ」

俺は眉を下げ、大きく頷いた。パチンコに行く気も詩織ちゃんに逢いに行く気も、疾うに失せていた。

20

九月二十三日、日曜日。山本さんと再会してから二日後。明日、朝八時半にアパートに迎えに行くから待っとけ、とだけ書かれたメールが送られてきたため、アパートの階段で座って待っている。空を見上げると、透き通った青の中に鱗雲（うろこぐも）が散っていた。まるで小便の泡みたいだ。

しばらく見ていると、階段の下から、伊達さん、と呼び掛けられた。視線を向けると、大家だった。

「おはようございます。伊達さんねえ、昨日他の住民さんから――」

「お言葉がありましたか？」

大家の言葉を遮り、不機嫌な声で言った。大家は一瞬目を見開いたあと、わざとらしいため息を吐いた。

「出ていったらええですか？　すんません」

投げやりな声で言ってやると、大家が口許を綻ばせ、小さく首を振った。

「そんな寂しいこと言う訳ないやないの。私は、伊達さんを心配してるんよ。家賃、ちょっとくらいなら待ったげるし。あんま、物騒な人らと関わったらあかんよ」

穏やかな声だった。思いがけない言葉に、鼻の奥がつんと熱くなる。口を開こうとし

た瞬間、

「おい、伊達ェ！　時間や！」

粗暴な声がした。振り向くと、キャデラックの中から山本さんが顔を覗かせていた。

立ち上がり、階段を降り始める。ちょっと伊達さん……、と大家が呟き、心配そうな目を向けてきた。曖昧に笑って頭を下げ、大家のそばを通り抜けると、キャデラックに乗り込んだ。車内は七人乗りと広く、席が三列ある。二列目、山本さんの隣の席に腰掛けると、すぐさまキャデラックは発進した。

「時間ぴったり。偉いがな」

「ありがとうございます」

頭を下げると、山本さんが俺の肩を平手で叩いた。

「お前、座るときはジャケットのボタン外さんかい」

「何でですか」

「マナーや。生地が伸びてジャケットの形が崩れるやろがい」

「なるほど。でもどうせ安モンですから、とっくに崩れてますわ」

「まあ、着てる本人が崩れとるからな」

俺は白目を剝き、眉を上げて舌をぺろりと出した。

「そない変顔せんでも、元々変な顔やで」

宮尾が声を上げて笑った。明らかに嘲笑する声の響きだった。一昨日とは打って変わった態度。なんと切り替えの早い奴だ。憤りを顔の底に沈めていると、山本さんが俺のジャケットを摑んだ。

「もっと上等なやつ買うたらどうや？」

「金ありませんねん。買うてください。あ、そうや、これ、血ィ落とすの大変やったんですから」

ジャケットの裾を山本さんに見せつけた。

「もう一着くらい持ってへんのか」

「浮気はせえへん、硬派なタイプなんです。一年中、これですわ」

「一年中？　皮膚の感覚が死んどるんかいな」

「実は俺ね、変温動物ですねん」

「言われてみたら確かに、爬虫類(はちゅうるい)みたいな顔やな」

自分だって蛇みたいな顔ですやん、という言葉を飲み込み、不貞腐れた顔を浮かべる。ふと、車内を羽虫が飛んでいるのに気が付いた。くるくると旋回する羽虫に呼応するかのように、一体何をやらされるのだろうかという不安と、どうにでもなれというやけっぱちな気持ちが、心の中で渦を巻く。

山本さんがそっと手を差し出して羽虫を捕まえると、窓を開け、外に逃がした。

「優しいですね」

「無益な殺生はせん主義でな」

思わず顔を綻ばせると、山本さんが笑みを湛えたまま続けた。

「裏を返せば、有益な殺生はする、いうこっちゃ」

ぞっとするほど冷たい声だった。山本さんは実際に殺人罪で服役した過去を持つだけに、その言葉には恐ろしいほどの説得力がある。

山本さんは二十三年前、游永会の二次団体・金城連合会と関川組が抗争に陥った際、連合会の事務所にトラックで突っ込み、組員を殺害したのだ。拳銃を構えた連合会の組員は三発もの銃弾を山本さんに放ち、うち一発が肩に命中したが、山本さんはそのまま突進し、相手を扼殺したのだという。山本さんが二十四歳のときの話だ。

そもそも山本さんが金城連合会の事務所を襲撃したこと、そのときドスを所持していたことなどから、正当防衛や過剰防衛は認められず、結果、山本さんは懲役八年の刑に服した。だがこれがきっかけで、出所後に関川組の幹部になったのだ。

「それで、俺は何をしたらよろしいですか」

尋ねると、山本さんが脇に置いてある小さな鞄を手に取った。

「今日一日掛けて、全部下ろしてこい。下ろした額の三パーセントがバイト代や」

鞄の中には、大量の通帳とキャッシュカードが入っていた。出し子。振り込め詐欺で被害者が振り込んだ金など、銀行に預けられた不正な金を引き出しに行くバイトだ。

「全部でナンボあるんですか」

「ざっと二千三百万円」

「二千三百万の三パーセント、っちゅうことは……、六十九万ですか！」

思わず声を張り上げた。山本さんが呆れたように、現金な奴っちゃ、と呟く。

「この金は全部、借金返済に充てなあかんのですか？」

「いや、別に。借金返済日は毎月一日や。そのときナンボ返すかは、お前に任せる。返せる額を、ちょっとずつ返していけや。あんま舐めた額やったら、ド突くけど」

俺は唾を飲み込んだ。大量のパチンコ玉が洪水のように頭の中を流れ、そのパチンコ玉の波の上では詩織ちゃんが優雅に泳いでいる。

着きました、と宮尾が言った。かなり離れたところに、コンビニが見える。

「じゃあ、一つ目、五十万円下ろして来い。ああそれから、これ付けて行け」

眼鏡と野球帽、マスクを渡された。

「カメラあるからのう。一応、変装や」

「怪しないですか、帽子に眼鏡にマスクて」

「そんな奴、ナンボでもおるわ。それに、お前のその腫れた顔面の方がよっぽど怪しい。早う治せ」

「すみません」

「まあ、その金が警察に追われることはまずないやろうけど、用心するに越したことはない。お前が捕まったら困るしのう」

「ありがとうございます」

そそくさと変装を済ませ、車外へ出た。何故か、山本さんも一緒に車を降りた。

「あれ、付いてきてくれはるんですか」

「ドアホ。お前のバイトに付き合うほど、暇ちゃうわ。この近くで用事や」

「え、じゃあ俺、宮尾さんと二人きりですか」

「おう、新旧舎弟同士、親睦を深めえや」

コンビニとは逆の方向に歩き去っていった。

「早く下ろして来いよ」

宮尾が運転席の窓を開け、横柄な口調で声を掛けてきた。

「はいはい、行きますよ」

「何だよ、その返事？　もしお前が通帳とか金を持って逃げようとしたら、殺してでも止めろ、ってアニキに言われてるからよう。妙な気、起こすなよ。マジで殺すぞ」

やれるもんならやってみんかい、という言葉を飲み込み、コンビニへ向かって歩き出した。こうして俺は宮尾に連れられるがまま、大阪と兵庫のあちこちのコンビニに赴き、ATMで金を下ろし続けた。通帳にはそれぞれキャッシュカードと暗証番号の記された付箋が貼られており、それに従って金を下ろした。最初の五件ほどは、不自然な挙動を示していないか、店員や客がこちらを窺い見ていないか、などという漠然たる不安に襲われ、カードを持つ手が震えたが、慣れというのは恐ろしいもので、最後の一件では鼻歌交じりに悠々と金を下ろしていた。全て下ろし終えたときには、時刻は午後五時前になっていた。宮尾とは、車中で殆ど会話を交わさなかった。

「わあ、びっくりした」

コンビニから戻り、キャデラックのドアを開けると、山本さんが座っていた。

「お疲れさん。六十九万と三千円や」

無愛想な声と共に、札束が差し出された。

「ありがとうございます」

頭を深々と下げて受け取り、紙幣の数を数える。

「なんだお前、アニキが信用できねえのかよ」

宮尾がムッとしたような声で言った。

「おい、無視してんじゃねえぞ」

「まあ、ええがな。いちいち突っかかるなや」

言って、煙草を銜えた。銘柄は昔と変わらず、両切りのピースだった。

「あの、山本さん。端数の七百五十円も、貰えますか？」

「そういうとこは、きっちりしとんのう。しゃあない、晩飯奢ったろ。宮尾、どっか旨いラーメン屋探してくれ。こいつ、麺類好きなんや」

「よう覚えてはりますね」

「そんくらい覚えとるわ」

俺は頬を緩めた。

「三人で食べるんですか」

宮尾が乾いた声で言った。

「なんや、不服か」

「いえ、そういう訳では……」

「これからは、ちょくちょく三人で行動することになる。あんじょうせえや」

宮尾が唇を薄く嚙みながら、頷いた。

しかし、たったこれだけのことで六十九万円とは……。たった一日、金を下ろし続けただけで、六十九万円。気が狂うような検品のバイト、六十九日分だ。もしかしたら、ユウアイファイナンスと山本さんが繫がっていたのは、結果オーライだったのかもしれない。

「また、じゃんじゃん連絡ください。大概のことなら、何でもしますわ」

「現金な奴っちゃ」

山本さんが呟き、デュポンのライターで煙草に火を付けた。車が信号で停止する。

「性癖とフェチの違い、知っとるか？」

唐突な質問に戸惑いながらも、首を横に振った。

「性癖は、実は単なるくせのことを指す。字面はヤラシイけどな。趣味嗜好、くせ、性格の傾向……。こういうんは全部性癖や。逆にフェチの方こそが、性的対象の特定の部位なんかに執着することを意味する」

「相変わらず、物知りですね。でもなんで急にそんなこと？」

「うん？　俺なあ、溶けたマスカラフェチやねん」

自販機の横で膝を抱えて座る女を指差した。何があったのだろうか、女は黒い涙を流していた。

「どえらい特殊なフェチですね」

「じゃかましい。人の好みに口出しすな」

山本さんが低く唸り、煙を吐き出す。

「お前は、何フェチや」

「俺ですか……。膝の裏ですかね」

「裏？　裏ってなんやねん。変態か」

「溶けたマスカラよりはマトモやと思いますけど」

「宮尾はどうや？」

宮尾は一瞬、躊躇(ちゅうちょ)したように口を結んだが、すぐに開いた。

「フェチって言うのか分かりませんけど……。目つきの鋭い女に、血が滲むまで噛み付かれるのが好きですね」

「お前が一番イカレとるやないか」

山本さんが絞り出したような笑い声を上げた。宮尾が照れ臭そうにはにかむ。

「まあ、人の好みに優劣はないわな。宮尾も俺も伊達も、どいつもこいつも腐れ変態いうこっちゃ」

「みんな違ってみんないい、いうヤツですね」

「先公みたいなこと言うなや」

「すみません。……じゃあ、ああいうのにも偏見はあらへんのですか」

俺は人気ニューハーフタレントの広告看板を指差した。

「別に。偏見なんかあらへん。理解はできひんけどな」

「理解はできひんのですか……」

「そりゃそうや。男が男を好きになったり、女装したりなんちゅうのは、よう分からん」

「理解できひんのに、よう偏見持ちませんね」

「自分の理解できひんモンにいちいち偏見持ってたら、生きていけへんやろ。みんな違ってみんないい、ならぬ、みんな違ってみんなどうでもいい、やな」

そう言ってから、ふっと笑みを浮かべた。

「俺が知ってる中で一番オモロい奴は、警官のコスプレマニアやな。警察官の格好して、道行く奴に職質掛けて、それで勃起しとんねん。普段は逮捕される側の仕事しとるくせに、けったいな奴や」

「それで、どうやって興奮するんですかね」

「分からへん。権力欲と露出癖のハイブリッドちゃうか」

「ユニークなお友達がいはるんですね」

「類は友を呼ぶ、いうてな」

「そうですね」

「そうですね、やと？　そこは、そんなことありませんよ、ちゃうんか」

まずい。安易に返事をしてしまった。

「俺、そんなにユニークかい？」

ユニーク、の部分を強調するような言い方だった。慌てて激しく首を横に振る。

「すみません」

「言動には気ィ付けえよ。金利が何パーセントかは、俺の匙加減で決まるんやで」

違う。法律で決まっているのだ。心の中で抗議しながら、山本さんと昔交わした会話を何となく思い出した。詳細は思い出せないが、俺が「誤解を恐れずに言うたら、そんなもんアホのやることですやん」と言った途端、山本さんの顔がふっと曇ったのだ。

「誤解を恐れずに言うと、って言うたな、今？　どういう意味や」

「どういう意味……」

「なんで誤解を恐れへんねん？　普通は相手に自分の気持ちを誤解されへんように、丁寧に丁寧に言葉を尽くして喋るもんと違うか？　誤解を恐れずに、いうことはお前、俺に誤解されても別にええと思ってるんやな？　ええ、おい？　お前にとって俺は、誤解を招いたところで痛くも痒くもない、怖くも何ともない、どうでもええ相手いうこっちゃ。えらい舐め腐っとんのう」

「そういうつもりで言うた訳ちゃいます」

「誤解を恐れずに言うと、なんちゅう言葉は、今から暴言吐くけど怒らんとってや、って宣言してるようなもんや。目上の人間に対して使う言葉と違うで。のう?」

俺が青ざめ、弱々しく首を縦に振ると、

「冗談やがな」

山本さんは急に破顔し、からからと声を上げて笑った。

「今のが極道の手口や。巧いやろ? 相手の論旨にイチャモン付けるんやのうて、言葉尻を捉えて難癖付けるんや。どうや? ビビったやろ」

「心臓止まるか思いましたわ」

「揚げ足取らせたら、極道の右に出る奴はおらへんで」

あのときの山本さんの純粋で屈託のない笑みを思い出し、俺は苦笑した。

やがてラーメン屋へと到着し、俺らは店内に入った。

「好きなもん頼めやな、宮尾。伊達は千円以内や」

ケチ、と心の中で呟き、ネギラーメンを注文した。山本さんと宮尾はラーメンやら餃子やら唐揚げやらを盛大に頼んだ。

「餃子、ちょっと貰うていいですか」

「ええ訳ないやろ」

「すみません」

ケチ、と心の中で呟き、運ばれてきたネギラーメンを食べ始める。店内のテレビを見ると、ニュースで全国各地のご当地キャラの特集が放映されていた。

「俺、こういう奴ら、嫌いですねん」

「なんでだよ？」

宮尾が言った。お前には話し掛けてへんねん、と言いそうになる。

「一部の自治体がこれで成功してもうたもんやから、クソ寂れた町が、こぞってご当地キャラ作り始めたでしょ？　大してアピールにも活性化にもならんくせに。あれが腹立ちますねん。お前ら税金をなんや思うとんねん、っちゅう話です」

「大した税金払うてへんやろ」

山本さんが間髪を容れずに言った。

「いや、でも消費税とかは払うてますし、それに……」

「うるさいのう。飯くらい黙って食えっちゅうねん」

「飯は楽しい食べた方がええでしょ。何を食べるかより誰と食べるかですよ」

「嫌いな考え方や。何を食うかの方が重要じゃ。旨いもんをゆったり黙って食うのが、飯の醍醐味や」

「まあ、一理ありますね」

「せやろがい」

「でも、二理はないです」

シニカルな笑みを浮かべてみせたが、山本さんに嘲笑の眼差しを向けられた。

「うまいこと言うたつもりかい、ドアホ。一理っちゅうんは、一つの道理いうこっちゃ。二理はない、言うたかて、そりゃそうや。そんな言葉、ハナから存在せえへん。お前どうせあれやろ？　一理って、十分の一の理屈とか百分の一の理屈とかいう意味やと思うてたんやろ」

その通りだ。恥ずかしい。

「分かったら、黙っとれ」

素直に黙ることにした。もう一度テレビに目をやると、相変わらずつまらないニュースが続いていた。バラエティ番組に変えて欲しい。そう思っていたが、あるニュースを見てあっと声を上げてしまった。

「人気バンド、ナイト・ドリーマーのボーカル、リュウヘイこと本名、名越隆平容疑者が、本日午後、覚醒剤取締法違反の疑いで逮捕されました」

アナウンサーが淡々と原稿を読み上げ、パトカーで連行される銀髪の若者の映像が流れた。

「わーお、ロックンロールだぜ、人生は」

何故だか嬉しくなり、思わずそう口走った。

「お前、シャブでも食ってんのか」

宮尾が怪訝そうな目を向けてきた。

「シャブ食うてるんはあいつですわ」

俺は箸でテレビを指した。

「夢が叶ってこれからやっちゅうのに、ようクスリなんかしますわ」

呆れた声で言うと、宮尾が口を開いた。

「ああ……。俺、こいつら知ってるよ。昔はインディーズで、ノイズとかサイケとか、かなり前衛的な音楽やってたんだけど、一年くらい前から急に今風の日本ロックやり始めたんだよ。三百六十度、完全に方向転換だ」

「三百六十度やと、方向転換せずに元に戻っちゃってますね」

「うるせえな。いちいち細かいことはいいんだよ。とにかくさ、自分の信念曲げた途端に人気急上昇だぜ。やってらんねえよ。夢が叶ったっつっても、最初に思い描いてた夢じゃねえだろ？　そりゃクスリに手ェ出したくもなるよ」

――煌びやかに光り輝く夢の正体は、どす黒い呪縛や。

ふと、山本さんが昔言っていた言葉が、生々しい響きを伴って胸に迫ってきた。

底冷えのする十二月下旬、大阪の阪急豊中駅前でのことだ。路上漫才を披露し終えた若者二人――コンビ名は「グッチョ」だった――に、俺は一万円札を差し出したのだ。

今の俺ならば一円だって払わないが、当時はピカピカの極道一年生、羽振りよく見せたくて粋がっていた。

「ありがとうございます！　絶対、売れて見せます！」

生まれて初めて雪を見た沖縄県民のような顔で、グッチョは俺の手を強く握り、頭を深々と下げた。

「頑張ってや」

偉そうに言い、手を振ってその場を離れた。少し離れた場所でその様子を眺めていた山本さんは、戻ってきた俺に尋ねた。

「あいつらの漫才、オモロかったか」

俺は一瞬躊躇したあと、曖昧な笑みを浮かべて答えた。

「まあ……、でしたかね」

「いやいや、全然オモンなかったやろ」

つっけんどんに言い放ち、山本さんは続けた。

「煌びやかに光り輝く夢の正体は、どす黒い呪縛や」

「どういう意味です？」

「夢は、諦めるよりも追っかけてた方がよっぽど楽やろ。夢を追ってたら、たとえ結果が伴わんでも、自分は夢を追って充実してるんや、っちゅう夢を見てられる。でも夢を諦めたら、否が応でも現実を見なあかん。『夢を叶えられなかった』っちゅう後悔が一生付きまとう現実をな。せやから人は、現実から逃げて夢に縋る。『平凡でしょうもない現実』と戦えへんから、夢を美化して、甘美な夢に逃げ込む。夢は美しい、夢を追いかけることは尊い、夢を追っているからこそ自分には存在意義があるんや……、いうてな。こんなもん、強迫観念と変わらへん。言うたら、呪いや」

「えらい夢のない話ですね」

「お前が一万円も渡したお陰で、あの兄ちゃんらは自分達に巻き付いてるどす黒い呪縛を、煌びやかな光やと錯覚してもうた……かもしれへんな」

「何か、悪いことしましたかね？」

「まあ、別に気にすることあらへん。あいつらの人生は、あいつらの人生や。夢を追うっちゅう選択をしたんは、あいつら自身や。それにもしかしたら、ごっつい売れるかも分からんしな」

「そうなったらええですね、ほんまに」

「そしたらお前、『あのとき一万円を渡した者です』言うて接触せえよ。芸能界は金のなる木や」

「ええですね。がっつり、黒い交際したりましょか」

そう言って山本さんと顔を見合わせ、声を出して笑ったのだった。だがあの日以降、グッチョというコンビ名を耳にしたことは、一度としてない。

21

十月一日、月曜日。山本さんへの返済日だ。今日の夜七時、アパートへ迎えに行くと連絡があった。また新しいバイトがあるという。

とりあえず、四十万円返済するつもりだ。これで借金は残り四百十万円。しかも、あれ以来二回詩織ちゃんに逢い、パチンコで二万溶かしたが、手許にはまだ二十八万円ほど残っている。

約束の時刻は夜七時。とりあえずパチンコで三千円溶かしたあと、ピンク・キャンディを訪れた。四時半から六時までの九十分コースを予約している。お相手は言うまでもなく、詩織ちゃんだ。

「なんかええことあったん？　最近、顔明るい」

開始から数十分経ち、小休止していると、詩織ちゃんが目許を綻ばせてそう言った。

俺は弾んだ声で答えた。

「ええ仕事見っけてん」

「危ないことと違うよね？　最近顔明るいけど、その代わり怪我してるやん」

返事をせずに微笑み、詩織ちゃんの髪に指を絡めた。

「なあなあ、伊達さん。いいニュースと悪いニュースがあるんやけど、どっちから訊きたい？」

「ええ？　何や、そのイギリスのジョークみたいな言い回し……。なんか怖いやん」

眉を顰めると、詩織ちゃんは、どっちから？　と囁いた。

「じゃあ、悪いニュースから……」

「分かった。あたしね、このお店、今週で辞めるねん」

周りを流れる時間の粒子が一斉に活動を停止した。全身を硬直させながら、なんとか口だけを動かす。

「いいニュースは？」

「あれ？　悪いニュースの方はノーリアクション？」

「いや、唖然としすぎて反応できひん」

無機質な声で言うと、詩織ちゃんが声を上げて笑った。

「じゃあ、いいニュースね。……て言っても、もしかしたら伊達さんにとってはそない大したニュースやないかも知れへんけど」

なに？　と尋ねたが、正直どうでもいい。悪いニュースの衝撃で何も考えられない。

「ええ、でもホンマ、やっぱそんな、伊達さんにとってはどうでもええ話かも」

「いやもう、そんなんええから、何なん？」

思わず苛立ったような声を出してしまった。すかさず、ごめん、と謝る。

「実はね、今度神戸で、あたしの好きな画家の特別展があるの。一緒に行かへん？」

浮かべていた。

「……へ？」

俺は素っ頓狂な声を上げた。詩織ちゃんが俺の目を見つめたまま、艶やかな笑みを浮かべていた。


ピンク・キャンディを出た俺は、恍惚と幸福に酔い痴れながら、梅田を歩いた。夜が街を飲み込み、その中でネオンサインが煌めいている。その輝きはまるで、俺を祝福しているかのようだった。

胸を躍らせながら、アパートへと戻った。十五分ほどして、キャデラックが夜の底から姿を現した。軽快な足取りで乗り込み、山本さんに四十万円を返済する。

「大金を手放すのに、えらい機嫌ええがな。なんかあったんかい」

「色々ですわ。知りたいですか」

「いや、別に。興味ない」

山本さんが無愛想に言い放ち、キャデラックは発進した。俺は窓の外に目をやった。夜の帳の中で、無数の光の群れが蠢いている。

「綺麗ですね。恋人なんかと一緒に見たい景色ですわ」

「いねえだろ」

宮尾がすかさず言ったが、全く腹が立たない。微笑を浮かべていると、薄気味悪そうな顔をされた。

「夜景って、デートにぴったりですわ」

もう一度そう言うと、山本さんが静かに口を開いた。

「夜景は労働者達の命の灯火や。恋人達の前戯の道具やない」

極道のくせに労働者代表みたいな口を利くな。

「それで、これ今どこに向かってるんですか」

「中之島にあるラブホテルや」

「男三人で？　まあ、俺は吝かではないですけど」

「おい、コラ。アニキが話してんだよ。ふざけてねえで、真面目に聞きやがれ」

宮尾が苛立ったように口を挟んできたので、軽く頭を下げる。

「ラブホテルで何を？　美人局ですか」

「冴えとるがな。その通りや。十三歳のションベン臭いガキと脂ぎったおっさんが何やかんやしよるから、事が済んだら出ていって、がっぽり脅し取ったれ」

「事が済んだらって、セックスさせるんですか？　する前に出ていったらええでしょ」

「未成年と淫行した、っちゅう負い目を背負ってる方が、すんなり金払うんや」

「十三歳ですよね？　中学生でしょ？　子供やないですか」

「子供は自分で主張するほど大人ちゃうけど、大人が見縊ってるほど子供でもない」

有無を言わさぬ声で言われ、俺は押し黙った。まあいい。俺には関係のないことだ。

断れば殴られるだろうし、承れば金が貰えるのだ。

「ホテルに着いたら三〇七号室に行け。ガキと付き添いの男が待っとる」

「ホテルの従業員に引き留められませんかね」

「大丈夫や。心配せんでええ」

「ホテル丸ごとグルですか。それで、どうやってターゲットのおっさんを探すんです？」

「児童ポルノのDVDを販売しとる会員制の通販サイトがある。そこの顧客データをもとにターゲットを選んで——。まあ、ええやろ、詳しい話は」

「児童ポルノ……。腐ってますわ」

「その腐った男をカモにしようとしてる俺らも、充分同類やけどのう」

俺は肯定の代わりに薄く笑った。

「それで、取り分は？」

「脅し取ったうちの三割がお前や」

「山本さんは仲介料とか取らへんのですか」

「取って欲しいんかい」

慌てて首を大きく振る。

「俺はちゃんと組織と取引しとるから、お前はいらん心配せんでええねん」

「組織？」

「売春と美人局を仕切っとるグループや。詳しく聞きたいか」

「いや、遠慮しときます」

「ナンボ脅し取るかはお前の才覚に任せる」

「腕の見せ所ですね」

俺は淡泊な声で言った。

「でも、もし相手がヤバい奴やったらどうしましょ」

「関川組の組員とか山本組の組員やった場合は、電話してこい。俺がどやしつけたる。まあ、よりにもよってそんな奴を選ばんやろうけど」

「游永会の組員やったり、ネジの飛んだチンピラやったりしたら……」

「チンピラやったらサクッといわしてまえや。游永会の組員やったら、とっとと逃げえ」

「そんな……。もし殺されたらどないするんですか」

「手ェくらい合わせたる」

「化けて出ますよ」

「出てみい。塩漬けにしたる」

「そんな無責任な……。ケツ持ってくださいよ」

「なんでお前を守るために、游永会と揉めなアカンねん」

「山本さんともあろうお方が、游永会を恐れるんですか」

「メリットがない、言うてんねん」

「四百十万も借金残ってるんですから、もし俺が死んだら、その分パーになりますよ」

「確かに、それはそうやな。分かった、電話して来い。助けたる。ただし、極力自力で片付けえよ」

「游永会の組員相手は無理ですわ。チンピラでも厳しいかも分かりません」

「お前、腐っても元極道やろ？　ハードボイルドに生きんかい」

「固ゆで卵は嫌いですねん」

「その減らず口、縫うてもうたろか」

唇を強く引っ張られた。

「痛いです、痛いです。すみません、尽力します」

「なんかあったら電話せえ。帰りは自力でタクシーでも呼んで帰れやな」

もし死んだら、絶対に呪いで道連れにしてやる。そう決意し、車を降りた。

「おい、コラッ！　十三歳の幼気な女の子を無理矢理手籠めにして、それでもおどれは男かい、あほんだら！」

久しぶりにきちんとした恫喝をするということで些か心配だったが、意外にもよく声が出た。完全防音のラブホテルだから、思う存分声が出せる。エンジン全開、絶好調だ。

「無理矢理って……。なに、何言うてんねん！」

銀縁眼鏡、やや薄毛、そして全裸の三十代男が弱々しく叫んだ。件の十三歳の少女

――ヒカリと名乗った――はそそくさと男から離れ、か弱い顔で俺の背後に隠れている。付き添いの男――久米田と名乗った――は、「金を脅し取れたら連絡ください。次のカモを連れてきます」と言い残して消えた。

ベッド脇に乱雑に置かれたスーツの生地から見て、この眼鏡男は恐らくきちんとした社会的身分を備えているだろう。ということは、ぶくぶくと太ったひ弱なカモだ。

「つつ、つ、美人局やろ、これ！」

「せやったら何やっちゅうんじゃ、われ、コラ！　未成年相手に一発かましたんは事実やろがい、コラ、ボケ！　文句あるんやったら警察呼ぼか？　うん？　お巡りさんと会社の上司と顔突き合わせて、ゆっくり話し合おうか？　夜は長いど、コラ！」

淀みなく脅し文句を並べ立てると、男が顔を引き攣らせた。警察、そして会社の上司、という単語が効いたようだ。

「あの男もそのガキも、十三歳やなんて言わんかった」

「この顔と体が大人に見えるんか。眼鏡の度、合うてるか」

「せやから、十八歳かと思ったんや」

「苦しい言い訳やのう。この顔の何処が十八やねん？　童顔とかいうレベルちゃうやろが。おう、コラ？　ホンマは分かってたんやろ」

「知らんかった。十八やと思った。ホンマに十八やと思った。十八やと思ったんや」

「何回言うねん。壊れかけのレコードか、ボケ。十八やと思った、いう主張を貫きたいならそうせえや。警察、検察、裁判所でもそう言うたらええ。家族、親戚、友人、知人、同僚、近所に何と言われようとも、十八やと思ったって主張し続けたらええ。その覚悟があるんやな」

勢いよく捲し立てると、男が歯軋りした。

「ナンボや……」

「なんや、コラ。タメ口かい？」

荒々しく息を吸い込み、ナンボですか……と言い直す。

「百万やな」

「それは無理ですわ……」

「ナンボやったら出せる？」

「……十万」

「よし、警察呼ぼう。金取られへんのは残念やけど、十三歳に手ェ出すようなクズを社会的に抹殺できるなら、それでもええわ。溜飲が下がる」

「いやいやいやいや、すんません、勘弁してください」

「じゃあ眠たいこと抜かし腐ってんと、とっとと百万用意せんかい、コラ！　今まで努力して築き上げてきた社会的地位と百万円、天秤に掛けたらどっちにどう傾くか、考えんでも分かるやろ、あほんだら」

「……コンビニで、下ろしてきてもいいですか」

「免許証置いて行け。逃げられへんようにな」

「……はい」

男は免許証を差し出すと、のろのろと服を着て、重たい足取りで部屋を後にした。

「おっちゃん、凄いですね。こんな速攻で百万って！　今までの人とはレベルが違うわ」

ヒカリが瞳を爛々と輝かせて言った。おっちゃん、という言葉に些か傷付きながらも、俺は胸を張った。

「ホンマ、目がヤバいもん。何するか分からへん目ェしてるわ。マジ爆笑」

そう言って、手を叩いて笑う。はだけたシャツから、ふっくらと膨らみかけた乳房が見えた。

「ブラジャーせえや」

目を逸らして言った。ヒカリはけたけたと笑い、ベッドの側に落ちているブラジャーを拾いに行った。確かに、女としての魅力が全く無いかと問われればそうとも言い切れないが、しかしやはりまだ子供の体つきだし、何よりあのあどけない笑顔はまだ少女だ。絶対に手を出してはいけない。その程度の倫理観もないような奴らからは、金を毟り取ってもいいはずだ。俺は断じて悪くない。

「結局、自分を正当化したいだけやんけ」

ため息交じりに笑うと、ヒカリがさっとこちらを振り返った。

「おっちゃん、なんか言うた？」

「いや、独り言や」

「独り言？　気持ち悪ぅ」

ヒカリが笑った。子供の笑顔だった。俺はありとあらゆる負の感情を顔の底に沈め、やかましいわ、と言って笑った。金のことだけを、詩織ちゃんとパチンコのことだけを考えた。

*

「アニキ。一つ、訊いてもいいですか」

宮尾が慇懃（いんぎん）な口調で言った。

「なんや、えらい改まって」

「伊達を仕事で使ってることを、オヤジはご存じなんですか」

山本は眉を顰め、宮尾を見た。宮尾が緊張した面持ちで山本を見返す。

「どういう意図の質問や」

「伊達って、同じ関川組の組員を殺したんですよね？　それで組を辞めた。そんな奴を使ってたら、オヤジの顔に泥を塗ることにはなりませんか？」

「伊達が殺人でパクられたこと、誰に聞いた？」

「伊達雅樹ってネットで調べたら、当時の新聞が出てきました」

「何でもかんでも検索や、現代っ子め」

山本は嘆息し、フォークを置いた。

「同じ組の人間を殺したら、普通は絶縁、少なくとも破門や。でも伊達は、自分から除籍を申し出て、組もすんなりそれを受け入れた。出所したあいつに落とし前を付けさしたりもしてへん。なんでか言うたら、殺された組員……、長谷川いうんやけど、そいつはちょっとした問題児でな、オヤジもそのうち組として処分を下す肚やったらしい。まあその前に、伊達が殺ってもうた訳やけど」

「なるほど。でも、なら、出所したあいつを組に戻してやっても良かったんじゃ？」

「なんや、同情してるんかい？」

「いや、そういう訳では……」

山本は鼻を鳴らして笑い、言葉を続けた。

「いくら死刑囚でも、執行前に刑務官が勝手に殺したらあかんやろ。それと一緒で、伊達が組織の命令やなしに、勝手に組員を殺してしもたことに変わりはない。だから形式上、オヤジは伊達の除籍届を受理した訳やけど、確かにお前の言う通り、ちょっと酷かもしれん。オヤジもそう思うて、出所したあいつに適当な仕事を見繕ったるつもりやった。組への正式な復帰は、体面があるから無理やけど」

「そうだったんですか」

「ああ。でも、足を洗うからと断られた。それ以来、あいつは組の誰とも会うてへん」

「アニキが最後に会ったのは？」

「判決が出る前に、一回だけ面会が許されてな。そんときが最後や」

山本は再びフォークを手に取った。

「伊達は絶縁、破門された訳ちゃうから、あいつを今こき使うても、オヤジの顔にも組の代紋にも泥は塗らん。出所したあいつが自分から会いに来ない以上、特に理由なくこちらから接触することも控えよう……いうのがオヤジの言葉やったけど、債権回収のためっちゅう立派な理由もあるしな。まあ、わざわざ報告もしてへんけど。お前も、いちいちオヤジに言わんでええで」

そのとき、着信音が鳴り響いた。宮尾がすぐにスマートフォンの音を消した。

「出たらええやんけ」

「いや、大丈夫です」

「掛け直せって。緊急の用件やったら困るやろ」

宮尾が頭を下げ、スマートフォンを取り出した。

「種本さんからでした」

目を僅かに瞬かせて言った。種本拓海。山本組の組員だ。山本組の組員達は、組長である山本と親子の盃を交わしているが、全員、山本の弟分である宮尾より年上だ。そのため、宮尾と山本組の組員達は、互いに敬語を使っている。

「種本が？　珍しいのう」

「掛け直しますね。……もしもし、宮尾です」

――種本です。オヤジと連絡が付かないんですけど、一緒じゃないですか。

「アニキなら、ここにいますよ」

――マジっすか。さっきから何回もケータイ鳴らしてんだけど、全然繋がらなくて。代わってもらってもいいっすか。緊急の用件です。

「緊急の用件だそうです」

スマートフォンを差し出した。山本はそれを受け取ると、店の外に出た。しばらくして戻り、宮尾にスマートフォンを返す。

「とりあえず、出よか」

会計を済ませ、店を後にした。駐車場へと歩みを進めながら、宮尾が尋ねる。

「何があったんですか」

「うん……。上田が、どっかの誰かにボコボコにされたらしい」

宮尾が目を見開き、山本の顔を見た。上田哲也。山本組の若頭だ。

「誰がやったかは分からん。まあとりあえず、小田医院で診て貰うとるらしい。命に別状はないけど、結構重傷みたいやわ」

「なんで小田医院に？」

「ちゃんとした病院に連れていったら、事件化してまうやろ。どうせ捕まってもションベン刑や。山本組の若頭をしばき回しといて、それで済ますかい」

山本は低い声で呟いた。

「とりあえず、この件については緘口令を敷くように言うといた。お前も喋るなよ」

キャデラックの後部座席に乗り込んだ。

「また忘れてたわ。紐付けて、首から掛けとかなアカンな」

後部座席に置かれたスマートフォンを手に取り、自虐的に笑った。席に座り、スマートフォンの画面を見て、口許を綻ばせる。

「めっちゃ着信来てるやんけ」

「ああ、種本さんが何回も電話したって言ってましたよ」

「いや、ちゃう。種本からも着信あるけど、それより――」

山本はスマートフォンの着信画面を宮尾に見せた。

「伊達からや」

＊

パンツ一丁でベッドに腰掛ける本日二羽目のカモの姿を見るや否や、俺はドアの前で呆然と立ち尽くした。いきなり部屋に入ってきた俺を見て、向こうも目を丸くした。

「おどれは……。おどれ、ゴラァッ！　伊達ェッ！」

ユウアイファイナンスの中岡だった。ヒカリが怯えたように眉を上げ、俺の方へと歩き出す。だが、中岡がベッドから跳ね起き、素早くその手を掴んだ。ヒカリがか弱い叫び声を上げる。

　中岡がヒカリを乱暴に引き寄せ、小麦色の首筋に手を掛けた。

「逃げたらこのガキの首折るぞ、コラ」

　ヒカリが唾を飲み込んだ。俺は静かにドアを閉めた。

「どういうこっちゃ、これは？　説明せんかい」

　答えないでいると、中岡が荒々しく息を吸い込んだ。

「美人局やな？　ふん、やっぱりおかしい思うてん。俺を狙うたんか」

「いや、偶然や。最悪の偶然や。とりあえず、その子、放したれや」

「おい、伊達ェ。えらい普通に喋るがな。お前、やっぱりアレ演技やってんのう、コラ。UFOがどうのこうのとか言い腐って、ボケが」

「……社長から聞いてるやろ。もう、俺に対する債権は別の人に移った」

「知っとる。社長の知り合いに譲渡したんやろ」

「やから、あんたが俺を狙う理由はなくなった。分かったら、その子放して早よ去ね」

「仕事は関係あらへん。あんな臭い芝居でお前にしてやられたことも、ビール瓶投げられたことも、俺を美人局に引っ掛けようとしたことも、全部気に食わん。落とし前付けさせたる」

「最初の二つはすまんかった。謝る。ただこの美人局は、お宅の社長の知り合いにやらされとんねん。勘弁してくれ」

「知るかい、ボケ。大体俺は、何者か知らんけどその知り合いとやらに、社長が勝手に債権譲渡するんも気に食わへんねん。時々しよるけど、そんなんせんでも、俺らで回収できるっちゅうねん」

不満げな顔を浮かべて言った。

「分かったから、とりあえずその子放しいな」

「こっち来い。近付いて来い。そしたら放したる」

俺は中岡の言う通りにした。距離が一メートル程まで迫ったとき、中岡は不意ににやりと笑い、ヒカリを勢いよく突き飛ばした。鋭い悲鳴を上げながらヒカリがよろめき、ベッドの角に顔をぶつけた。ヒカリに目を奪われた一瞬の隙に、中岡は足を踏み出していた。拳が眼前に迫る。避けろ、と脳が命令したときには、既に床に転がっていた。左頬がじんじんと痛み、喧嘩に対するブランクの長さを痛烈に実感した。

「ヒカリー、大丈夫か？」

声を張り上げると、泣きじゃくった声が返ってきた。やっぱ子供やん、と思っていると、「自分の心配せえ、タコ！」という怒号とともに、つま先が飛んできた。またかい、と思いながらそれを顔面で受け止めると、視界が白黒に点滅し、幕が下りてきた。

ほんの数秒だけ意識を失っていたように感じたが、目を覚ますと、俺の体はガムテープでぐるぐる巻きにされていた。ヒカリに目をやると、同じくガムテープで縛られ、床に転がされていた。一見した限りでは、特に酷い怪我をさせられたりはしていないようだ。ヒカリはそのまま、バスルームへと連れていかれた。

「おい、ヒカリをどうするつもりや」

「うん？　起きたんかい」

中岡がそう言うと俺の髪の毛を摑んだ。隣には斉藤が立ち、その隣には、見覚えのない男が肩を怒らせて立っていた。強面のパンチパーマだ。

俺の視線に気付いたのか、パンチパーマの男が口を開いた。

「酒井組の新田や」

酒井組。大阪の岸和田市に事務所を構える、土着の小さな暴力団だ。游永会をはじめとした如何なる広域暴力団にも属していない。

「安心せえ。あのガキには何もせん。売春してる言うても、流石に子供殺すのは、色々と厄介やからな。それよりお前、中岡から話は聞いたで」

「なんやあんた？　関係ないやろ？」

「中岡は中学ンときの後輩や。可愛い後輩コケにされたら、そら黙ってられへん」

「関係ないやろ。放せや。堅気に手ェ出して、タダで済む思うとんか、コラ」

「堅気ィ？　お前、関川組の元組員なんやろ？　しかも殺人の前科持ち。どこが堅気じゃい、コラ。よう？」

「元組員にはえらい強気やのう。現役にも同じ態度取れるんかい？」

新田が無言で俺の腹を蹴り上げた。緩やかな吐き気が込み上げてくる。

「六甲山か大阪湾か、どっちがええ？　好きな方、選ばんかい」

「脅してるつもりか、あほんだら。お前どうせ、人殺したことないやろ。極道のくせに優しい目ェしてるわ。学級委員長みたいな目や」

今度はつま先で肩の辺りを蹴られた。尖った痛みが走る。

「ちょい待ち、ちょい待ち。オッケー、分かった。ごめん、ごめん。冷静に話そう」

「命乞いか？　なんや、聞いたんで」

「俺は今、ユウアイファイナンスの社長の知り合いの命令で美人局してる。だから文句があるんやったら、そっちに言うてくれ。それに俺を殺したら、その人は怒るで。その人に俺、めっちゃ借金してるから。回収し損なった借金、あんたらに請求行くで」

「誰やねん、その知り合いって？」

中岡が横から言った。

「山本恭児。山本組の組長や。関川組の若頭」

早口で言った。全員の顔が強張るのが分かった。

「あり得へんやろ。お前、昔に関川組の組員殺してパクられたんやろ。そんな奴を庇う訳ないやんけ」

新田が低い声で言った。

「庇うとかちゃうねん。利害関係、損得勘定や。債務者と債権者や」

「電話せえ。電話して山本呼び出せ。そしたら信じたる」

新田がそう言って俺の肩を足で踏んだ。中岡と斉藤も蹴りを加えてきた。俺の言葉が事実だった場合に備えて、今のうちに危害を加えておこう、という魂胆か。

しばらく蹴られたあとでガムテープを外された。中岡からスマートフォンを返され、全身の痛みを堪えながら、山本さんに電話を掛ける。スピーカー通話に切り替えると、ラブホテルの一室に着信音が鳴り響いた。やがて音が止むと、「お掛けになった電話をお呼びしましたが、お出になりません」という事務的な音声が流れた。俺は嘆息し、もう一度電話を掛けた。少ししてまた、「お掛けになった電話をお呼びしましたが、お出になりません」という声がした。

「出えへんのかい」

「いや、まあ、そないすぐにはね。ちょっと待ってくださいね」

媚びるように笑い、電話を掛け直した。

「全然出えへんやないか、コラ！」

新田のローキックが首筋に炸裂した。

「いや、ちょう待ってくださいって。便所かなんか行ってるんやと思います」

「三十分もかい。ナンボほど便秘やねん」

怒ったような顔で新田が言い、俺は思わず噴き出した。

「なに笑うとんねん。緊張感ゼロか。舐めとんか！」

拳骨で額を殴られた。脳がぐらぐらと揺れる。軽く吐きそうだ。

「あかん。こいつ腹立つわ。もう待てへん。殺そう。お前ら、手伝え。黙っとったら、山本にもバレへんやろ」

「待て待て、ホテルにはカメラもあるし、従業員もおる。ヒカリも証人になる」

力強く訴えたが、新田は鼻で笑った。

「どうせこのホテル、美人局やっとる組織とグルやろ。どうにでもなるわ。あのガキも、俺らのことは何も知らんし、売春してるガキの口なんてどうにでも封じれる。ちゅうかお前、そもそも山本の話、実は出鱈目なんちゃうんか」

「ちょう待てって。ホンマやって。それに山本組を、関川組を舐めたらあかん。お前らが俺を殺したら、絶対バレるって！」

絶叫すると、斉藤がポンと手を叩いた。

「ほんならこいつ殺して、こいつが山本に借りてる金、俺と中岡で肩代わりしますわ。どうせ、せいぜい数百万でしょ。このボケを一晩中拷問して殺せるなら、二、三百万くらい、俺は出します」

「……俺も出すわ」

中岡が昏い声で言った。

「そういう発想かい。コペルニクス的転回やね」

俺は乾いた笑いを洩らした。新田と中岡と斉藤が顔を見合わせ、不穏な表情を浮かべた瞬間、着信音が鳴った。新田が咄嗟に俺からスマートフォンを奪おうと手を伸ばしたが、身を仰け反らせてそれを躱し、間一髪で電話に出た。先住民に襲撃されている最中に、突如として騎兵隊の突撃ラッパを耳にした貴婦人のような気分だ。

電話口から、緊張感のない声が聞こえてきた。

「生きてるか？」

＊

――殺される寸前ですわ。

伊達の掠れた声を聞き、山本は声を上げて笑った。

――なんで笑うてますねん。

「誰に殺されそうやねん？」

――新田と中岡と斉藤です。

「誰やねん、全員知らんわ。一番偉い奴と代われ」

山本は煙草を銜えた。運転席の宮尾が振り返り、ジッポーのライターで火を付ける。

電話口で何やらしばらく話し声がしていたが、やがて男が電話に出た。

――どうも。酒井組の新田いいます。

「酒井組？　おう、なるほどな」

——この伊達いうの、あんたに金借りてるらしいですけど、ホンマですか？

「ああ、ホンマや。ちょっとすまんけどのう、新田くん。今のそっちの状況と事の経緯を、掻い摘んで話してくれるか」

山本は煙を吐き出した。新田が訥々と話をする。

「なるほど。よう分かった。説明上手いがな」

——どうも。ほいで、この伊達はお宅にナンボ借金してますの？

「四百十万や」

——ほう。じゃあその借金、肩代わりしますわ。せやから、こいつ殺させてください。

「そいつに、四百十万も払ってまで殺す価値ないで」

——価値はこっちで決めますわ。よろしいでっか？

「いいや、よろしくない」

山本は煙草を灰皿に押し付け、笑顔で言った。新田が沈黙する。

「中岡と斉藤が伊達から金回収できんかったんは、単にそいつらの力量不足やろ。美人局されかけた、いうても、甘言に乗ってほいほい付いて行った中岡の自業自得や。しかも現に、気持ちよう愉しんだんやろ？　ほいだらもう、それでええがな」

——このまま引き下がれ、言うんでっか。

「そうや。そのまま伊達もガキも放置して、家帰ってくれ。もうええやろ。散々しばき倒して、気ィ済んだやろ」

——おかしいでっしゃろ。何を、こいつの肩持つ理由があるんです？　元舎弟やからですか？　同じ組の人間を殺すような奴でっせ。

「よう喋るのう。なんで俺が、いちいちお前に理由を言わなアカンねや」

——なんや、その態度？　こっちはわざわざお宅に伺い立てとんねん。誠意見せとんねんど、コラ。もうちょい、そっちも歩み寄ろうとせんかい。

「電話越しやと、えらい態度でかいのう」

——何やと？　どういう意味じゃ！　ええ加減にさらせよ！

「おい、コラ。もしそいつ殺してみい。酒井組、潰すど」

＊

バスルームを開けると、ガムテープで縛られたヒカリが芋虫のように蠢いていた。しゃがみ込み、テープを剝がしてやる。怯えた目を向けてきたが、すぐに俺だと気付き、安堵のため息を洩らした。

「あの人らは？　……おっちゃん、めっちゃボコボコやん」

「さっき帰った。だいぶシバかれたけど。それより顔、大丈夫か」

「ちょっと痛いけど、まあ大丈夫。なあなあ、どうやって帰らせたん？」

「色々や、色々」

俺は繰り返した。山本さんと話をした新田は激昂し、俺は半ば死を覚悟したが、結局中岡と斉藤を連れて去っていった。置き土産に、数発貰ったが。

バスルームから出ると、俺はヒカリと二人、ベッドに腰掛けた。一人目のサラリーマンからせしめた百万円を、七対三に分配する。

「俺は自力でタクシー呼んで帰るけど、ヒカリはどうする？」

「久米田さん呼ぶわ」

ヒカリは久米田に電話し、簡単に経緯を説明した。

「すぐに迎えに来るってさ」

さらりとした口調だった。

「ごめんね。なんかヤバい人連れてきちゃって」

「謝らんでええ。俺がたまたまあいつと遺恨があっただけや。ヒカリのせいと違う」

「お詫び、したげよか」

「なんや、金くれるんかい」

「ううん、ちゃう」

ヒカリが前屈みになった。シャツの中がちらりと見える。

「ド突いたろか、クソガキ」

俺はヒカリの頭を軽く叩いた。

「私がもしハタチやったら？」

「そりゃ、喜んでお詫びしてもらうがな」

「なんや、それ。一緒やん」

そう言って目尻に皺を寄せ、高い声で笑った。

「どんな女の人がタイプなん？」

「好きになった人がタイプやな」

「売れてへんアイドルみたいなこと言うやん」

俺はヒカリと顔を見合わせて笑った。それから大きく息を吸い込み、尋ねた。

「売春とか美人局とか、久米田に無理矢理やらされてるんか」

ヒカリはキョトンとした目を向け、力なく首を振った。

「ちゃうよ。今どきそんなんやったら、すぐ警察にバレるもん。変な言い方やけど、結構ホワイトやで。給料いいし、久米田さんとか、みんな優しいし」

「でも、辞めたい言うたら、脅されて引き留められたりするんちゃうんか」

「ううん。普通に辞めていった人、何人もおる。名前は言われへんけど、アイドルデビューした子おるで」

「じゃあ、完全に自分の意思でか？　なんでや」

「お金のため。それ以外に、なんかある？」

いやに大人びた声でヒカリは言った。

「親は？」

「虐待されてるとか、そんなんちゃうよ。めっちゃ平凡な、普通の四人家族。ただ、なんていうか……。お父さんもお母さんも、両方不倫してんねん。お父さんもお母さんも、家族にはバレてへんと思ってる。でも、私もお姉ちゃんも知ってる。お姉ちゃんは、『血の絆（きずな）なんてない。養育してくれてるんやから、有り難く思うてたらいいの。ＡＴＭやと思うてたらいいの』って。でも私は、そんなん無理。へらへら笑って、見せかけの家族団欒（だんらん）をしてるん、むっちゃ苦痛やねん。ホンマに嫌やねん」

　ヒカリが下唇を薄く噛んだ。

「でも嫌いになれへん。不倫してるけど、私らには優しいし、やっぱ親やし。でも、むっちゃムカつくねん。殺したいって思うくらい……」

　ヒカリがはっと目を丸くした。自分でも思いがけないほど強い言葉が口を衝いて出たことに、驚いたのだろう。

「おっちゃんの方こそ、なんでこんなことしてるん？」

　俺が訊きたいわ、という言葉を飲み込み、笑って首を振った。

「親は？　どんな人生送ってきたん？」

「矢継ぎ早にきつい質問すなや」

「ごめん。答えたくなかったらええで」

「構へん、別に。母親には会うたことない。父親とも、まともに口利いた記憶は殆どないな。もう死んだし」

「お父さんと不仲やから、グレちゃったん？」

「それが直接の理由やないけど、無関係ではないわな。少年院行って、二十一で極道になって、二十五で刑務所入って、三十六歳現在、プー太郎。まあ、碌でもない人生や」

「刑務所いたんや。凄っ。なんで捕まったん？」

「人、殺してもうてん」

努めて自然に言ったつもりだったが、ヒカリはふっと息を止めた。

「マジで？」

「マジで」

「マジでか。誰を？　とか、訊いていい？」

「ヤクザ。それ以上は訊かんとって」

「分かった。めっちゃハードコアな人生やん。私のさっきの話、霞んでまうやん」

ヒカリはおどけたように笑った。

「他人に説教かませる人生送ってへんけど、それでも言うとくわ」

「説教オヤジは嫌いやけど、まあ聞いたげる」

「こういうの、もうやめや」

「こういうのって、美人局？　それとも売春？」

「どっちもや。自分でちゃんと判断できる大人になって、そのときに自分の体を商売にして生きていこう、いうんやったら、なんも言わへん。でも、子供のうちはやめとき」

「もう子供ちゃうよ」

「子供は大人が見縊ってるほど子供ちゃうけど、自分で主張するほど大人でもない」

ヒカリが右目を閉じ、顔を歪めた。

「どうしてん？　顔痛いんか？　大丈夫か」

「ちゃうやん。ウインクしてるんやん」

「えらい下手くそなウインクやな」

「顔痛めてるから。ホンマはもっと可愛くできるよ」

「ホンマかいな。元々下手なんやろ」

「もう、うるさいなあ」

「ほんで、なんでウインクしてん？」

「えー、話の流れで分かるやろ。了解、ってことやん」

ヒカリがじれったそうに言い、俺は頬を緩めた。丁度、久米田がやってきたところだった。軽く頭を下げてきたが、俺は視線を逸らした。

「おっちゃんも、真っ当に生きや」

立ち上がり、きびきびとした声で言った。

「それを言うてくれるなや」

弱々しく呟くと、ヒカリはからからと笑い、久米田の許へと歩き出した。部屋を出る直前、ヒカリはさっと振り返ると、もう一度ウインクをした。下手くそで、可愛いウインクだった。

22

「電話、出てくださいよ。拷問されて、殺されるとこやったんですよ」

　新田らにサンドバッグにされた五日後、十月六日、土曜日。拗ねた声で抗議すると、山本さんは頬を搔きながら口を開いた。

「運が悪過ぎんねん。よりにもよって、ユウアイファイナンスの社員と遭遇すなや」

「そんなん言われましても……。それより、電話出てください。肌身離さず持っててくださいよ」

「やかましい。命令すな。ケータイは好かんのや。たかが便利な道具風情が、偉そうに人間を支配しとる」

「仰りたいことはよう分かりますけどね。でも、ケータイって言うくらいなんですから、せめて携帯しといて貰わな、困りますわ」

「しょうもないことをぬかし腐るな」

　しょうもなくない。こっちは危うく殺されかけたのだ。

「またあいつらに襲撃されたらどないしましょ？　アパート引っ越す金ないですよ」

「ユウアイファイナンスの二人は、俺が社長に言うて抑えた」

「ありがとうございます。でも、酒井組の――」

「大丈夫や。酒井組がウチに喧嘩売るような真似はせえへん。猫は虎に襲い掛からんやろ。大体、ちょっと殴られたくらいでヤイヤイ言うな」

「ちょっと、て……。ほんまにボコボコにされたんですよ。ごっつい怖かったし、むっちゃ痛かったです。労災下りてもええんちゃいますかね」

「アホ抜かせ。大体、ちゃんと助けたったやないか」

「それはまあ、そうですね、ありがとうございます。でも、助けて貰うたのにこんなん言うのはアレですけど、なんで助けてくれはったんですか？　新田が『借金を肩代わりする』って言うたとき、正直終わったと思いました」

「魔が差したんや」

山本さんが軽い口調で言った。思わず、吐息が洩れる。

「でもお前、聞いたで。中岡がガキを人質に取ったとき、逃げずにちゃんと立ち向かったらしいやんけ。やるときはやんねんのう」

「褒めて貰えるやなんて、半殺しの目に遭った甲斐がありましたわ」

「褒めてはない。このパン腐ってると思うて齧ってみたら、案外まだ食べられた、っちゅう意味や。旨いとは言うてへん」

「腐りかけが一番旨いんですよ」

「それはバナナや。腐りかけのパンはカビが生えてるだけで、何も旨くない。ほら、お前もやっぱりカビ生えてるやんけ」

右頬をきつくつねられた。

「カビちゃいます。シミです」

山本さんが声を上げて笑う。

「話めっちゃ変わりますけど、山本さんは猫派か犬派か、どっちですか？」

俺は猫のイラストが入った広告看板を指差した。

「お前は黙られへんのか」

「ええやないですか。俺は猫派なんですけど」

「なんで犬好き、猫好きはそうやって、みんながみんな犬か猫のどっちかは好きやろ、っちゅう前提で話し掛けてくんねん。俺に言わせたら、犬も猫もただの獣やで」

「ごっつ可愛いですよ、猫」

「なんも可愛くない。鍋にして食えるわ」

「ゾッとするようなこと言わんとってください」

「あの髭を春雨みたいに束ねて、ちゅるちゅるっとポン酢で食うたら旨いで、お前」

「猟奇的過ぎますわ」

「牛、豚、鶏は喜んで食うのに、猫は食われへんのかい。差別やで」

真面目な口調で言い、スマートフォンを懐から取り出した。俺がまた口を開こうとすると、

「喋るな。軽口で車内を満たそうとするな」

先手を打たれた。俺は押し黙り、ぼんやりと席に凭れた。ふと、山本さんがスマートフォンに暗証番号を入力するのが視界の隅に入った。０１９５。逆から読めば５９１０。ゴクドー、だ。意図したものかどうかは知らないが、笑える。

俺も暇潰しにスマートフォンを取り出すと、詩織ちゃんから「明日のデート、忘れないでね！ じゃあ、楽しみにしてるね♪」というメールが届いていた。五日前、ピンク・キャンディでデートに誘われた際に連絡先を交換したのだ。詩織ちゃんとは一昨日にもメールのやり取りをしたが、彼女は絵文字を使わない。感嘆符や音符を交えただけの簡潔な文章だ。怜悧（れいり）さを感じさせる、素敵な女性だ。尤も、絵文字がふんだんに盛り込まれていたとしても、それはそれで可愛くて素敵だが。

メールを交わすうち、詩織ちゃんのことを少しだけ知ることができた。本名は田村（たむら）詩織。二十七歳。大阪生まれ大阪育ち。誕生日は七月四日。

詩織ちゃんのメールを読み返していると、山本さんがスマートフォンを肘掛けに置いた。だから懐に収めろっちゅうねん。

「そろそろ着きます」

宮尾が言った。新大阪駅だ。これから俺は一人で新幹線に乗り、名古屋まで行くのだ。

「気ィ引き締めえよ。モノ渡してモノ受け取るだけ、ガキの使いみたいなもんやけど、事の重みが違うど」

「大丈夫です。ちゃんとやります。仕事ですから」

俺はブリーフケースを掲げた。中身は知らないし、興味もない。これを名古屋駅で仲本という老人に渡し、仲本から別のブリーフケースを受け取って山本さんに渡す。たったそれだけで、五万円だ。しかも、交通費と食費は山本さん持ちだ。

「えらいやる気みなぎってるやんけ。なんかええことあったんかい？」

「はい。明日、ちょっとね。聞きたいですか」

「いや、別に。興味ない」

「そう言うと思ってましたわ」

「そうやお前、仲本の前ではいらん口叩くなよ。あの爺さん、喋りが嫌いなんや。口は災いの元、が座右の銘や」

「分かりました。山本さんは何かありますか、座右の銘」

山本さんが舌打ちしてから答えた。

「地獄の沙汰も金次第、やな」

「なるほど」

地獄に行くことは確定してますもんね、という軽口を思いついたが、流石に口に出すほど愚かではない。

「宮尾。お前はなんや？」

「堅忍不抜、です」

「ほう。洒落た言葉知っとんのう」

宮尾が相好を崩した。アホな奴ほど仰々しい言葉で自分を飾り立てるものだ。

「あんたはどうなんだよ？」

宮尾がミラー越しに俺を見て言った。間を置かずに答える。

「座右の銘は持たない、が座右の銘です」

「なんだそれ」

「人間は日々変わる生き物でしょ。座右の銘なんか決めて、自分を縛りとうないんです」

そう言うと、山本さんが快活な笑い声を上げた。

「ええ格好すな。お前は変わらへん。一生パチンコ狂いや。お前の座右の銘は、『暗中コサック』にせえ」

「なんですの、それ」

「先の見えへん暗闇の中、あれこれ手探りでやってみるのが『暗中模索』やろ？　でもお前は、暗闇の中で困った困った言いながらヘラヘラ踊り腐っとるタイプや。だから、『暗中コサック』や。まあ、能天気の類義語やな」

こんなくだらないシャレをよく瞬時に思い付くものだ。全く尊敬に値しない才能だ。心の中で中指を立て、車を降りた。

23

十月七日、日曜日。詩織ちゃんとの初デートの日だ。神戸の美術館で開催される画家の特別展を一緒に見に行く約束だ。詩織ちゃんはその画家のファンだと言っていたから前もってインターネットで色々と調べてみたが、はっきり言って俺にはお手上げの作風だった。だが別に構わない。俺にとって今日のデートの主眼は絵を見ることではなく、絵を見る詩織ちゃんと共にいることだ。

朝九時に家を出て、電車で梅田へと向かった。阪急三番街にある大型書店の前で十時に待ち合わせの予定だが、結局三十分以上前に到着してしまった。駅のトイレに駆け込み、服装をチェックする。クリーム色のジャケット、白のワイシャツ、黒ズボン、黒の革靴と、一見いつも通りの格好だが、着ているモノが違う。全てこの日のために購入した新品、しかも結構高価な品だ。トータルで二十万円超。正味な話、「なんで布如きに何万も出さなアカンのじゃ、あほんだら」という怒りはあるが、詩織ちゃんに「デートやのに、店に着て来るのと同じ安物やん」と失望されてしまうのだけは避けねばならない。

尤も、顔が明らかに腫れているという問題はある。新田、中岡、斉藤にボコボコにされたのはつい六日前のことだ。とても、詩織ちゃんのような美しい女性と並んで歩けるようなツラではない。元々大したツラではないだろ、という指摘は受け付けない。

トイレから戻ると、詩織ちゃんが待っていた。一本一本丁寧に墨を塗ったみたいに艶やかな黒髪を後ろで束ね、フランス語が書かれた白いTシャツに黒いライダースジャケットを羽織り、グレーのズボン――今どきはパンツと言うらしいが――を穿いている。もっとふんわりとした可愛らしい私服かと思いきや、意外とスタイリッシュだ。だが言うまでもなく、可愛い。

時計を見ると、まだ九時四十分だった。大股(おおまた)で近付いていくと、詩織ちゃんが俺に気付き、ぱっと顔を明るくした。

「待ち合わせ、十時やで？　早ない？」

「詩織ちゃんもやん」

「起きてからじっとしてられずに、早く来ちゃいましたー」

そう言って、ペンギンのように両手をピンッと伸ばした。あまりのキュートさに、胸が高鳴る。

「顔、メールで言うてた通り、ちょっと腫れてるね。大丈夫？」

「全然大丈夫。こんな顔で詩織ちゃんと歩くのは申し訳ないけど」

「そんなんは気にせんでええよ。それより、高そうなジャケットやね。わざわざ今日のために買うてくれたん？」

「いやいや、元々持ってたやつ」

思わずくだらない見栄を張ると、詩織ちゃんが頬をぷくりと膨らませた。

「なんや、あたしのために買うてくれたんかと思って、嬉しかったのに」

「ああ、いやいや、実はそう。新調してん。見栄張ってもうた」

「あはっ。可愛い」

詩織ちゃんは朗らかに笑うと、俺の右腕にするりと両腕を絡ませてきた。

「ほな、行こっか」

その瞬間、目に映るモノ全ての輪郭がくっきりと浮かび上がり、鮮やかに光り輝いた。


絵そのものは退屈極まりなかった。大層な題名の付けられた前衛的な抽象画の数々は、俺には白いキャンバスに乱雑に絵の具をぶち撒けただけにしか見えなかった。だが、詩織ちゃんは目を輝かせ、絵に見入っていた。俺はそんな彼女に見入っていた。好きだ。心の中でそう絶叫していた。頭がいいから好きだ。感性が鋭いから好きだ。声が澄んでいるから好きだ。官能的だから好きだ。顔や仕草が可愛いから好きだ。いくらでも好きな理由は並べられるが、一番納得のいく答えを見つけようとすると、どうしても、好きだから好きだ、という同語反復に陥ってしまう。しかし、それこそが本当の愛というものかもしれない。

「どうやった？　絵、つまらんかったんちゃう？」

詩織ちゃんが言った。美術館を出て、通りを歩いている最中だ。

「いやいや、まあまあ、ボチボチやったよ」

「ホンマ？」

「うん。それに、絵を見てる詩織ちゃんを見てるのが楽しかった」

詩織ちゃんが目許を綻ばせた。

「詩織ちゃん、この後どうする？」

「呼び捨てでいいよ。ううん、呼び捨てがいい。親密な感じするやん」

詩織ちゃんは、否、詩織は、そう言って俺の腕を握った。

「あたしも、伊達さんじゃなくて、雅樹くんって呼ぶね？」

「うん。呼んで、呼んで。それで、どうする？」

「そやなあ。ああ、雅樹くん、パソコン詳しい？」

「え、なんで？」

「この前買ってんけど、なんかよう分からんねん。手伝ってくれへん？」

「別にええよ。俺もあんま詳しくないけど。……え、てことは」

「あたしの家、行こ」

詩織が俺の耳許で囁いた。悪戯っぽい声だった。俺は大きく頷き、やや前屈みになって歩いた。

詩織の家は、安っぽくはないが高級感もないマンションの五階だった。室内はさっぱりとした印象だ。必要最低限の物しか置いていない。

「あんま生活感ないね」

「あんまりごちゃごちゃ物置くの、好きちゃうから」

「趣味とかある？」

「スイミング。毎週一回はプールに泳ぎに行ってる」

「スイミングか。お洒落やなあ。俺、久しく泳いでへんわ」

「泳ぐのはええよ。なんかさ、胎内に戻ったみたいな、浮遊感というか安心感というか。何も考えずに、ゆらゆら泳ぐの。世界にはあたししかいない、世界はここにしかないって感じがして、なんか好きやねん」

詩織が言った。見惚れている内に吸い込まれてしまいそうな横顔、コバルトブルーの夜空みたいだ。

「そんなことより、パソコン、パソコン」

ぱっと表情を明るくし、俺の肩を叩いた。パソコンなど碌に知らない俺はとりあえず説明書を片手に悪戦苦闘したが、三十分もせずに不調の原因を突き止められた。

「ありがと！　なんや、こんな簡単なことやったんやね」

「うん。ほら、ここに書いてる」

説明書のページを指し示すと、詩織が口を尖らせた。

「そんな後ろに書かれても困るわ。もっと前に書いてくれな」

何と我儘(わがまま)な言い分だろう。でも可愛い。

「説明書読んだら、大概のことは書いてるから」

詩織が甘く唸り、押し黙った。責めているつもりはなかったのだが、説教臭いオヤジだと思われてしまっただろうか。

「ごめん、そんなまあ、アレやで？　アレやんか、うん」

アレとは何だ。言葉が出てこない。まごまごしていると、詩織が拗ねたように言った。

「説明書なんて、読んでもよう分からへん。説明書の説明書が欲しいわ」

詩織が笑った。天使の微笑だった。俺は思わず詩織をぎゅっと抱きしめ、押し倒そうとした。だがくぐもった笑い声と共に、あっさり躱された。

「雅樹くん、はやい、はやい。お店やないねんから、もうちょいお話ししよ？」

「ああ、ごめん。せやな」

ゆっくりと詩織から手を離した。照れ隠しに笑うと、詩織も微笑んでくれた。

「雅樹くんはさ、あたしの過去、全然訊こうとせえへんよね。結構おんねんよ、何でこんな仕事してんの、とか訊いてくるお客さん。雅樹くんは、気にならへんの」

「気にならへん言うたら嘘やけど、大事なのは過去やなくて今やから。それに俺も、あんまり自分の過去は訊かれたないし」

「そっか。優しい」

暫(しば)しの沈黙。こういうときに気の利いたことが言えれば良いのだろうが、驚くほど何も浮かばない。しばらくして、詩織が口を開いた。

「あたし、あの仕事好きやったんよ。こんなん言うたらあれやけど、あたし結構、ああいうコトするん好きやし。女は純潔であるべき、清純であるべき、みたいなこと言う男の人多いけど、女も普通にエロいっちゅうねん、っていうね」

「そりゃまあ、せやな。女もエロなかったら、人口爆発なんか起きてへん」

詩織が声を上げて笑った。屈託のない笑みだ。

「あの店辞めて、今は何してるん？」

「スーパーのパート。意外やろ？」

「ううん。似合うてる」

「ホンマ？　ありがと。雅樹くんは、何の仕事してるん？」

「まあ、自営業の手伝いみたいな」

深く訊かないでくれと祈りながら答えると、それ以上立ち入ってはこなかった。

「なんか見よっか」

詩織がテレビを付けた。ファーストキスについて取り上げた番組が流れ始める。ファーストキスか、と詩織が呟いた。

「詩織のファーストキスは、どんなんやった？」

聞きたくもないのに口を開いてしまった。詩織が体を売って生活していたことは肯定できるが、初恋の話は聞きたくない。思いを寄せていた人物がいるという事実すら聞きたくない。

「ええ？　あたしのファーストキス？　聞きたい？」

聞きたくない。だが、首を小さく縦に振ってしまう。詩織が困ったように口許を緩め、言った。

「あたしのファーストキスはね、バニラ味やった」

心をやすりで削られたような気がした。

「同じクラスの、バスケ部の副キャプテン。遊園地の観覧車のてっぺんで……。直前に食べたソフトクリームの味がした。バニラ味。えらいベタなエピソードやね」

詩織が照れたように笑った。背筋が冷たい。胸が苦しい。

「雅樹くんのファーストキスは？」

俺のファーストキスは、消毒液の味がした。ド派手なピンクの蛍光灯がベッドに舞い落ちる、安っぽいラブホテル。自称二十一歳の茶髪の女。九十分、二万三千円。

「詩織と似たようなもんや」

頬を引き攣らせて答えた。

「まあ、昔の話よ。過去を生きんと、今を生きなね？」

詩織が小さく肩を竦めて言った。ついさっき似たようなことを言った手前、頷かざるを得ないが、気持ちは詩織の過去へとまっしぐらだ。俺はじっと詩織を見つめた。ゆっくりと一度瞬きをしたあと、見つめ返してくる。

「詩織。愛してる」

　意を決して言った。声が震えた。だが、詩織は目を丸くして、口を開いた。

「愛ってなに？」

　予想外の反応に戸惑い、俺は唇を震わせた。

「愛と恋の違いは？」

「ええ？　ごめん、分からへん」

「正直やね。……君のためなら死んでもいい、っていうのが恋。君のためなら何がなんでも生きてやる、っていうのが愛。あたしはそう思う」

「詩織……」

　胸が締め付けられる。狂おしいほど切なく、愛しい。こんな気持ちになるのは、一体いつ以来だろうか。

「俺は、君のためなら死ねるし、君のためなら生きていける」

「……嬉しい」

　囁き、瞼を閉じた。俺は唾を飲み込み、そっと詩織の唇に自分の唇を重ねた。いつものように消毒液の味ではなく、無味無臭だった。唇のやわらかさだけが感じられる。全身から力が抜け、浮遊してしまいそうだ。唇を離し、詩織の頬に優しく触れた。

「これがあたしらの、ファーストキス」

　詩織が小さな声で言った。この笑顔を守るためならば、何だってできる。心の底から、そう感じた。

愛は魂に潤いを与える。愛のない渇いた魂を、人は孤独と呼ぶのだろう。だから俺は今、孤独ではない。

24

「山本さんはなんやと思います？　恋と愛の違い……」

満面の笑みで尋ねた。

「急になんや、気色の悪い」

「すみません」

薄気味悪そうに俺を一瞥し、口を開く。

「舐めて欲しいのが恋で、舐めてあげたいのが愛やな」

質問する相手を間違えた。

「まあ、愛について考える一つのアプローチとして、社会学者のニクラス・ルーマンが唱えた『複雑性の縮減』っちゅう概念を説明してやると――」

何やら説明を始めたので、慌てて首を大きく振る。

「そない難しい話は勘弁してください。徹夜明けですねん」

「なんやねん、つまらんのう」

　山本さんが舌打ちし、俺を小突いた。十月十日、水曜日。俺は昨日の夜中から今朝方まで、山本さんの命令で兵庫県のとある山にものを埋めてきた。開けるなと厳命された大きめのバッグ五つだ。死体ではない、と思う。少なくとも異臭はしなかった。レンタカー代も含めて、バイト代は十三万円だった。今は午後四時半、また美人局のためにホテルへ向かっている最中だ。今回は二十五歳のボン・キュッ・ボンレディと組まされるらしい。

「しかし、どうしてん、そのジャケット？　まあまあええ生地やがな。シャツもズボンもベルトも靴も、それなりのもんやんけ」

「イメージチェンジですわ。俺、変わりましてん」

　胸をぽんと叩いた。無言のまま、鼻で笑われた。俺は口を閉じ、窓の外を見やった。鉛筆で引いたように細い雨が大量に降り注いでいる。欠伸を嚙み殺し、カーラジオに耳を傾けた。知識人のパーソナリティが、選挙に行くことの重要性について滔々と語っている。

「いいこと言ってんなあ、この親爺」

　宮尾が感心した声で言った。

「宮尾さん、選挙行きはるんですか」

　思わずそう言うと、宮尾が胸を張った。

「当たり前だろ。国民の義務だぜ」

「誰に入れるんです？」

「まあ、犯罪の厳罰化を訴えてる政治家はとりあえずなしだな。田宮組と繋がりのある政治家がいたら、迷わずそいつに入れるしさ」

国民の義務ではなく、非国民の義務の間違いだろう。

「あんたは？　選挙どうしてんの？　やっぱ、格差是正とか？」

「そんなんには興味ないですわ。どうせ是正されへんし」

明るい諦念交じりに言うと、山本さんが横から口を挟んできた。

「どうせ選挙なんか行かんねやろ。選挙に行かん奴なんて死んだらええねん」

「どえらい暴言ですね」

「何がやねん。病気の治療を頑張ってる奴に『死んだらええ』は暴言やけど、クソみたいな理由付けて選挙に行かん奴は、ゆっくり自殺してるのと同じや。自殺進行中の奴に『死んだらええ』言うのは、ポストが赤いですねえ、って言うてんのと同じじゃ」

クソみたいな理由を付けて脱税、所得隠しをしている極道が、どの口で選挙に行かない人間を糾弾しているのか。厚顔無恥とはこのことだ。マントルよりも分厚い面の皮だ。

「でもね、山本さん。俺、選挙権獲得してから今まで、欠かさず選挙行ってますよ。あ、まあ、服役中は別ですけど」

勝ち誇ったように言うと、山本さんが目を丸くして言った。

「ホンマか。お前に政治が分かるんかい」

「失敬な。候補者の経歴にざっと目ェ通してから、ちゃんと行ってますがな」

「今年二番目の衝撃や。甚だ遺憾やけど、お前のこと見直したわ」

「なんで遺憾ですねん」

　俺は表情を崩して言った。まさか選挙に行っているだけで見直されるとは。

　そう、俺は服役していた期間を除いて――禁錮以上の刑で収監されている者はその間、選挙権を失う――欠かさず選挙に行っている。別に日本の政治に怒りを覚えている訳でもなければ、俺の一票で何かが変わると本気で思っている訳でもない。選挙など多数派のための茶番だ。だが、それでも行く。面白いからだ。選挙はギャンブルだ。

　候補者の経歴や評判などから当選者を予想し、ギリギリ落選しそうな人物に票を投じるのだ。そして酒とつまみを用意し、ネットで結果を見て楽しむ。票を投じた候補者が当選していれば俺の勝ち、落選していれば俺の負けだ。パチンコの十分の一程度しか面白くないとはいえ、たまにしかないのだから参加するのが一興だ。それに国政選挙など規模の大きな選挙になると、その面白さはパチンコの三分の二程度まで跳ね上がる。自分の地域以外の激戦区についても調べ、こちらは誰が当選するかを予想する。さらに、各政党の議席獲得数も予想すれば、より一層面白い。結果が開票速報としてネット番組などで大々的に報じられるのも気分が高まる。胸許に花など付けて万歳三唱している当選者を見るのは胸がむかつくが、思わぬ波乱によって落選した連中の間抜け面を拝むのはなかなか痛快だ。

だがそんな俺の胸中を知らぬ山本さんは、上機嫌で俺の肩を叩いた。心の中で、なかなか愛い奴じゃ、と江戸時代の殿様のような口調で呟く。

「そう言えば、今年二番目の衝撃って言いはりましたけど、一番は何ですの？」

「うん？」

山本さんが急に押し黙った。不自然な沈黙に、ふっと寒気が走る。宮尾が何故かミラー越しに俺を睨み付けてきたので、それとなく目を逸らす。

「まあ、もうええか」

生暖かく湿度の高い沈黙を、山本さんの乾いた声が断ち切った。

「どないしましたの」

「三月にオヤジから呼び出されて聞いたんやが、オヤジが今月をもって引退する」

「じゃあ、二代目組長は――」

山本さんが自嘲気味に笑い、俺の言葉を遮った。

「関川組の二代目は、俺と違う」

「山本さんじゃないって……。他に、誰がおる言うんですか」

「田宮組の関西での勢力拡大に向けて、関川組は誠林会に吸収合併される。俺は来月から、誠林会若頭や。会長は、今の会長がそのままや」

啞然とし過ぎて、しばらく声が出なかった。

「そんなアホな。誠林会と関川組は同格でしょ。なんで向こうに吸収されなアカンのですか」

「誠林会の方がやや古い。人数も多少上や。それが理由やと」

「滅茶苦茶や」

「本家の決定や。オヤジも抵抗してくれたらしいけど、まあ岡本(おかもと)さんが俺には任せられへん言うたんやから、そりゃ逆らわれへんわな」

岡本吾郎(ごろう)。田宮組の現組長だ。

「ふざけた決定ですよ」

宮尾が硬い声で言った。

「しょげるなや。お前、泣きたいのは俺の方やで」

山本さんが目許を綻ばせて笑った。合成着色料と人工甘味料がたっぷり入ったジュースを一気飲みしたときのような笑みだった。

「どんな人なんです、誠林会の会長は？」

尋ねると、山本さんが目を細めて言った。

「加納寿明(かのうとしあき)、五十三歳。二、三回会うたことあるけどな。まあ、金儲けの才覚はそこそこあるんかしらんけど、モヤシや」

「そんなん言うてええんですか」

「上司の陰口くらい、誰でも言うやろが」

「すみません。でも、そんなことになってるやなんて。これから、色々大変ですね」

「別に大変ちゃうわい。これでええんや」

山本さんが小さく息を吐いた。

「神輿（みこし）は軽いに限る」

「官僚みたいなこと言わはりますね」

「あんな奴らと一緒にすな」

官僚の方こそ、極道とは一緒にされたくないだろう。

「まあ、今の誠林会の若頭を押し退けて俺を若頭にせえ、いう要求は、本家も呑んでくれた。上々やろ」

「ホンマに思うてますか」

「どやろな」

山本さんが目を見開いた。寒気の走る笑みだ。

「十一月一日、合併当日まで一切他言禁止や。外部への事前通達はせえへん。お前も喋るなよ」

「分かりました」

「一日になったら、田宮組抜けて、鉄葉会（てつようかい）にでも入れてもらおかな」

山本さんがさらりと言った。鉄葉会は福岡県に本部を置く指定暴力団だ。組員は五百名に満たないが、非常に凶暴かつ好戦的で、警察や広域暴力団相手にも退（ひ）かないことで知られている。

「國吉会の方がいいんちゃいます？　鉄葉会よりデカいでしょ」

國吉会は鉄葉会と同じく福岡県に本部を置く、組員六百名超の指定暴力団だ。

「國吉会はアカンわ。俺、あそこの理事長に死ぬほど恨まれとんねん。なんでも、九州で山本を見かけたら攫ってこい、っちゅう御触れが出てるらしいで。笑うやろ」

「じゃあ鉄葉会もアカンでしょ。國吉と鉄葉は仲良しなんやから」

「分かっとるわ。単なるジョークや」

「なんで、國吉会の理事長に恨まれてるんです？」

「それが覚えてへんねや。なんか若い頃に揉めた記憶はあるんやけどな。いつまで過去のことを根に持っとんねん。今を生きんかい、って言うたりたいわ」

「俺は、過去を生きたくなる気持ちも分かりますけどね」

「お前が生きてるんは、パチンコ台の前だけやろ」

俺は小さく息を吸ってそれを無視し、口を開いた。

「何をしたら、そんなにあちこちから恨み買うんですか」

「分からへん。気ィ付いたら買うてまうんや」

「気ィ付いたら買うてまう、って……。買い物依存症やないんですから」

呟くと、山本さんがにやりと笑い、手の甲で俺の頬を軽く叩いた。

「お前は軽口言ってないと死ぬんかい。マグロか」

俺と山本さんは笑ったが、宮尾は険しい顔のまま、ハンドルを握っている。

「この世の終わりみたいな顔をすな」

山本さんが運転席を蹴った。窓を叩く雨の音は、いつの間にか大きくなっていた。

25

「ここでアニキと合流だ。昼飯、奢ってくれるんだってよ」

宮尾がキャデラックを路上で停車させ、ミラー越しに言った。十月十二日、金曜日。今日は出し子のバイトだ。もう三度目だからバイト自体は慣れたものだが、宮尾と半日も二人きりでドライブするのはやはり居心地が悪いため、山本さんが来てくれるのは嬉しい。

それから三分と経たずに、山本さんが現れた。車に乗り込み、

「宮尾、飯屋の前に、先にあっち寄ってくれ」

とだけ言うと、俺には目もくれず、文庫本を広げて読み始めた。

「何読んでるんです？」

「柄谷行人(からたにこうじん)や」

「ああ、美食家の……」

「それは北大路魯山人(きたおおじろさんじん)じゃ」

さも鬱陶しそうに山本さんが言った。本の表紙をちらと覗き見ると、ヒューモアとい

う言葉が目に入った。

「俺、ユーモアをヒューモアって言うの、あんまり好かんですね。カメラをキャメラって言う奴とかも。気取っとるでしょ？」

「そんな文句ばっかり垂れてんと、お前もちょっとは気取ったらどうや。堕落し腐った生活を見直せ」

「心配してくれてはるんですか」

「馬鹿にしてるんや。ちょっとは自分磨きせえ」

「爪って、磨き過ぎたらどんどん薄なってしもて、指が痛なってくるんですよ。自分磨きもそれと一緒です。ほどほどにしとかな、心が痛なってまいますわ」

「そういう気障な台詞は、自分磨きしたことある奴が言うもんやで」

横目で俺を見やってから、また本に目を落とした。俺は肩を竦め、口を閉じた。数分ほど経ち、キャデラックはどこかの駐車場へと入った。

「アニキ、着きました」

山本さんが頷き、ドアノブに手を掛ける。

車外に見える白いコンクリート壁の建物を見て、俺は思わず口を開いた。

「……あれ、ここ？　小田医院でしょ？」

「記憶力ええのう。お前は、二回くらいしか来てへんやろ」

「そうですけど、うわあ、闇医者ってやっぱホンマにおるんや、って感動しましたから、よう覚えてます。小田医院に何の用です？」

「見舞いや」

誰のです？　と訊きかけて、口を噤んだ。どうせ教えてはくれないだろう。

「三十分くらいで戻るから、ちょう待っとけや」

そう言い残し、小田医院へと歩いていった。小田医院は三代続く開業医だったが、三代目がひき逃げで大学生を死なせ、医師免許取消処分を受けたのだ。

宮尾と二人きりで車内に残され、五分ほど沈黙が続いた。何も考えずに時が過ぎるのを待っていると、不意に宮尾が口を開いた。

「なんか喋れよ。いつも軽口叩いてんだろ。なんか面白い話ねえのかよ」

「いきなりそんなん言われてオモロい話できるんやったら、芸人になってますわ」

「じゃあつまんなくてもいいから、何か話せよ」

「宮尾さんは、関川組が吸収されるって、いつ知らされたんですか」

宮尾が眉を顰めた。

「よりによってその話かよ」

大きく舌打ちし、言葉を続けた。

「六月に通達があった。誰も納得しなかったが、本家の決定は絶対だ」

宮尾がもう一度激しく舌打ちした。頭が悪く、感情をすぐ表に出す奴だ。山本さんに拾われていなければ、到底関川組には入れず、一生チンピラで終わるタイプだ。

「青田(あおた)先生は、何て言うてましたか」

「しゃあねえだろ、みたいな感じだったよ。まあ、あの人は組の仕事にはもう全然ノータッチだしさ。自分のスナック経営ばっかだよ。いや別に、批判してる訳じゃねえぞ」

「分かってます。先生、元気にしてはりますか」

「ああ。定例会でしか会わないけど」

青田大輔(だいすけ)。関川組の最高顧問だ。先生は御年(おんとし)六十八歳、組長の関川さんよりも年上だ。元々関川さんの兄貴分だったが、今から三十年前、当時の田宮組組長の命令を受けた関川さんが大阪で組を構えたのを機に、関川組の若頭に就任した。そして四年前、当時の若頭補佐だった山本さんに若頭の地位を譲り、半ば隠居生活に入ったらしい。この前、山本さんが教えてくれた。

青田先生は俺が関川組にいた頃から、若頭を意味する「カシラ」ではなく、「先生」と呼ばれていた。いつも穏やかな笑みを浮かべ、誰に対しても柔和な態度を取るため、そう呼ばれていたのだろう。俺は秘(ひそ)かに、好々爺然(こうこうやぜん)としたヤクザ、略して「好々爺クザ」と呼んでいた。

「本家は何考えてんだろな。規模と歴史は誠林会の方が上でも、游永会の連中からしたら、絶対関川組の方が脅威なはずだ。残すべき看板、間違えてるぜ」

「関西にもっと進出はしたいけど、游永会と無駄に揉めたくはないんでしょ、本家は。山本さんは、好戦的過ぎますからね。もうそんな時代ちゃうでしょ。平成も終わる、いうのに」

「ヤクザが喧嘩っ早くなくて、どうすんだ」

宮尾が喉の奥で低く呻いた。

「俺、この前アニキに言ったんだよ。こんなふざけた人事、逆らうべきだ。組を辞めるなら俺は付いていく、って。そしたら一言、もうええねん、だってよ。訳分かんねえよ。何なんだよ」

宮尾が歯の隙間から息を洩らし、頭を抱えるようにして俯いた。

「最近仕事で腹立つことがあって、臍で茶が沸きそうだぜ、全く」

「はい？」

「呟く文言を考えてんだよ。気分転換だ」

懐からスマートフォンを取り出し、ＳＮＳのアカウントをちらと見せてきた。

「そんなんしはるんですね。意外です」

「もちろん本名じゃねえけどな。結構楽しいぜ。お前もやったらどうだ？」

「詐欺の出し子なう、とかですか」

「殺すぞ、お前」

「すみません、冗談です」

諧謔を解さない奴め。

「しかし、意外だな。お前みたいな底辺は、大概ネットに住み着いてるもんかと」

「インターネットなんて、嘘吐きと馬鹿とクズが蔓延る亜空間ですわ。俺みたいな駄目人間にとってはドラッグです。もし始めてもうたら、のめり込んで飲み込まれてまいます。溺れるんはパチンコだけで手ェ一杯ですからね」

大袈裟に肩を竦めると、宮尾が曖昧に頷いた。

「どんな投稿しはるんですか」

「……最近だと、〈先輩に借りた『ハマータウンの野郎ども』って本を読んだ。俺にはちょっとムズかったけど、知的好奇心がくすぐられる良書だった〉みたいな。ああ、この先輩ってのは、もちろんアニキな」

「へえ……。宮尾さん、本読みはるんですね」

「あんたと違ってな」

宮尾が馬鹿にしたような口調で言う。山本さんはまだしも、こいつに言われる筋合いはない。

「一時期は毎日のように読んどったんですけどね。小説ばっかりですけど」

「嘘吐けよ」

「ホンマです」

「いつだよ」

「少年院におったときと、ムショにおったときです。隅っこの方で本読んでたら、教官とか刑務官に評判ええんですわ」

「あんた、少年院いたのか」

「元極道いうことは知ってはるんですから、そない驚かんでも」

「いや、まあ、そりゃそうだけどよ。最近は、極道のくせにサラリーマンと変わらねえ根性無しが、結構いるからさ」

「俺もそのタイプや、思うたんですか」

「ああ。少年院上がりの筋金入りとは思わなかったよ」

多少は見直したような口ぶりだった。ただ俺から言わせれば、少年院など筋金が入っていない奴の行く場所であり、極道よりサラリーマンの方がよっぽど根性が据わっている。女々しい、という言葉に反して、実は男の方が陰湿であるのと同様、極道の方がサラリーマンよりよっぽど根性が無い。そもそも極道というものが、社会に適合できなかった根性無しの集まりだ。

「なんで少年院入ったんだよ」

「どうでもええやないですか」

「教えてくれよ」

「ええですやん、別に」

「言えっつってんだろ！」

宮尾が声を張り上げた。思わず顔が強張る。

「言えよ」

端的に言って殺意が湧いたが、山本さんの今の舎弟だ。俺は静かに息を吸い込み、口を開いた。

「中学三年のときですわ。同級生の頭をレンガでカチ割ったんです。全治三か月。元々そこまで素行のええ生徒ちゃいましたし、反省の態度も示さんかったし、母親は死んで父親は俺に対して無関心でしたから、まあ即少年院送致ですわ」

宮尾が小刻みに頷いた。

「なんでそいつを殴った？」

俺は口許を歪めて笑った。

「忘れましたわ、そんな昔の話」

またしつこく追及されるかと思ったが、意外にもすんなりと宮尾は頷いた。

「それより、さっき言うてた『ハマータウンの野郎ども』って、どんな内容の本ですか」

「社会学の本だ。内容はアニキにでも聞いてくれ。俺、説明できるほど頭良くねえから」

案外素直で可愛い。そう思って笑うと、宮尾はムッとしたような顔で言った。

「頭良くねえつったって、お前みたいな中卒と違って、大学出てるぜ？」

「それはすみません。宮尾さんは大学出てはるから、山本さんが読むような難しい本も読めるんですね。俺も昔、山本さんに経済学の本借りたことありますけど、何言うてるかさっぱりでしたわ。いやあ、宮尾さんは凄いです」

「そうだよ。文学部卒はダテじゃないだろ？」

極道になった時点で文学部卒など無駄だが。

「流石。山本さんが認めはる訳ですね」

精一杯おだててやる。豚もおだてりゃ何とやら、だ。

「何処の大学ですの？」

「うん？　光風院大学だよ」

宮尾は鼻の穴を膨らませて言ったが、なんてことはない、日本屈指の馬鹿私立大学だ。四捨五入すれば、俺と同じ中卒だ。

「でも、大学行ける頭があるなら、極道になんかならんでよかったんちゃいますん？ちゅうか、どういう経緯で山本さんの舎弟になったんですか」

尋ねると、宮尾が頬を緩めた。何故か、目には寂しそうな光が宿っている。

「親がクズでさ。まあ、クズでさ。それで八年前、俺が十七のときだよ。親の膨れまくった借金を回収に来たのが関川組で、その中にアニキがいたんだよ。部下を三人従えてさ。そのアニキの前で、親が地面に頭擦り付けて、土下座してた」

宮尾が目を細めた。過去を見つめているような、あるいは何も見ていないような、そんな表情だった。何も言わず、宮尾が言葉を継ぐのを待つ。

「それで俺はアニキらを尾行して、事務所の場所を突き止めた。それからアニキが一人で小料理屋に入ったのを確認して、俺もその店に入った」

「谷九の小料理屋ですか？　店主がハゲの……」

「おう、何で知ってんだよ？」

「俺が舎弟になったときには、山本さん、もう既にそこの常連でしたわ」

「じゃあ、ずっとあそこ行ってんだな、アニキ」

宮尾が屈託のない笑みを見せ、俺も小さく笑った。寺とラブホテルが立ち並ぶ街の片隅にひっそりと佇む、いい店だった。

「それでさ、俺はそこで、一人で飯食ってるアニキを刺そうとしたんだよ。サバイバルナイフで」

「凄いですね」

「まあ、俺もかなりイケイケの不良だったからな」

砂山の上でえっへんと威張っている幼稚園児のような口調だ。

「それで、どうなりましたん？」

「ナイフ叩き落とされて、灰皿でこめかみをぶん殴られた。死ぬほど痛かったぜ」

俺は声を上げて笑った。

「笑ってんじゃねえよ、ぶっ殺すぞ」

言葉とは裏腹に、宮尾も笑っている。

「それで、ええ根性しとる、いうて可愛がられたんですか」

「まあ、ざっくり言えばな」

「えらいベタな話ですね」

「確かにな。アニキってああ見えて、意外と純粋なとこあるんだよな」

「純粋は狂気の類義語ですけどね」

宮尾は何も言わず、小首を傾げた。

「それで、ご両親の借金はどうなったんです？」

「うるせえよ。別にいいだろ、それは。いちいち詮索してくんじゃねえよ」

宮尾が舌打ちし、言葉を続けた。

「それでさ、アニキは大学進学のための金も貸してくれたんだよ。無利子で。今も毎月返してるけど、その分色々奢ってもらったりしてさ、正直、くれたようなもんだよ」

俺はゆっくりと頷いてから、ふと疑問を口にした。

「あれ？　十七のときに大阪で山本さんと会うたんですよね？　せやのに宮尾さん、大阪弁ちゃいますよね」

「生まれも育ちも東京。十六のときに、借金苦で大阪に逃げてきたんだよ。東京で小林(こばやし)一家の羽勢(はせ)組に金借りて、返せねえからって大阪に逃げたら、関川組がやってきたんだな」

小林一家は関川組と同じく田宮組の二次団体、羽勢組は小林一家傘下の三次団体だ。恐らく羽勢組は、自分達が游永会の庭にわざわざ赴いて借金を回収するよりも、関川組に債権を売り渡してそちらで処理してもらう方が、諸々都合がいいと判断したのだろう。

「俺の話はもういいや。それより、あんたはどうやってアニキに拾われたんだよ？　大阪の不良は普通、游永会系に入るだろ。関川組も誠林会も、余所者ばっかりだ。大阪人なのに関川組に入ったの、アニキとあんただけだぜ」

宮尾が興味ありげに訊いてきた。

「二十一のときに、まあ定職就かずにプラプラしてるときに、街でチンピラ二人組と喧嘩になったんですけど、それが游永会の下っ端組員やったんです。忘れもしません、三月の二十六日ですわ」

「何処の組の奴？」

「二竜会……、游永会岸田組二竜会です」

「岸田組かよ。えげつねえ武闘派だろ、あそこ」

「そんときはそんなこと知らんし、相手も二人やから、傘振り回して暴れまくったんですよ。そしたら、片方の奴に結構な怪我させてしもうたんですけど……。ほいでまあ、それを見てた山本さんが、オモロい言うて拾ってくれたんです」

「二竜会から報復されなかったのかよ」

「山本さんが守ってくれました。こいつは関川組の組員や、もし手ェ出したら、二竜会でも岸田組でもやったんど、言うて。ちゃんと治療費は払いましたけどね。でも、十四年前ですから、山本さんはまだ三十三歳ですよ。今の俺より年下とは思えませんわ」

「俺も、高校球児は全員年上に感じるよ」

宮尾が深く頷きながら言った。

「あと一つ、訊いていいか」

「駄目です」

「うるせえ、訊くぞ。……お前さあ、十年前、関川組の組員を殺してパクられたんだよな？　なんで殺したんだよ」

俺は細く息を吐き出した。胸が針で刺されたように痛む。

「長谷川清彦……。組の先輩だった人を、お前、殺したんだろ？　なんでだよ？　なんで殺した」

「長谷川は、山本さんの――」

「暗殺と造反を企てていた、だろ」

「なんで知ってるんですか」

「米井さんに聞いた」

突然の名前に、俺は僅かに背筋を伸ばした。米井史郎。関川組の古株の組員だ。

「でも、それにしたって殺すこたあねえだろ」

「揉み合いになって、首絞められたんですよ。過剰防衛ですわ」

「頭がぐちゃぐちゃになるまで、石で殴り殺したらしいじゃねえか。防衛なら、一発で充分だろ」

「カッとなったんですよ」

「カッとなってレンガで同級生殴ったり、カッとなって先輩ヤクザの頭かち割ったり、か。案外怖ェな、お前」

宮尾が僅かに肩を竦めた。俺は唇を薄く結び、瞼を閉じた。

──松田や。

──松沢です。

取り調べに当たった刑事の声が、はっきりと甦ってくる。小柄とノッポの中年二人組だった。前者が松田、後者が松沢だ。

「なんか、漫才コンビみたいですね」

「あ？　何を言うとんねん」

松田が頬杖を突き、眉根を寄せた。

「ほな、取り調べ始めるで。……単刀直入に、なんで長谷川を殺した？」

「黙秘権の告知、してくださいよ」

「あ？　なんやと？」

「──黙秘権を行使したとしてもそれを理由に被疑者、被告人が不利益を被ることはない。そのことは憲法、刑事訴訟法で決められており、捜査官は取り調べの最初に、その告知をせねばならない。確かそうちゃいましたっけ、刑事さん？」

松田が小さく息を吐いた。

「アニキに法律の勉強教えて貰うたんかい。偉い、偉い」

「こりゃ冤罪が無くならへん訳ですわ」

呆れたように言うと、松田はまるで小粋なジョークを聞いたように、口から息を洩らした。

「なに笑うとんねん」

「いつもは、こんなええ加減な態度ちゃうわい。もっと紳士に真摯な態度取っとるわ」

「じゃあ何で今日は――」

「お前らヤクザの相手なんか、こんなもんで充分なんじゃ」

「あんた、極道をなんやと思うとんねん」

松田は小首を傾げ、顎をしゃくった。

「マル暴の中には、ヤクザのことを『あいつらはプロや』とか言うて、ある意味で認めたりする奴もおるけどのう、俺はそんな奴らと違う。俺は、おどれらみたいな腐れヤクザのメンツなんぞ、毛じらみほども認めてへんのじゃ。大体なんや、『極道』って。お前らが何の道を極めてるっちゅうねん。チンピラ道かい？」

「お巡りも極道も、同じ穴の狢でしょ。ヤクザは違法警察で警察は合法ヤクザやって、アニキが昔言うてましたわ」

「自分より立派な人間を自分の同類やと思い込みたがるのは、クズな連中の悪いくせやな」

俺は松田の目を鋭く睨め付けたが、松田は表情一つ変えずに俺を見返してきた。松沢が咳払いを一つし、室内に沈黙が落ちる。

「なんで殺したんや」

しばらくして、松田が俺の目を見たまま、ぽつりと言った。

「長谷川と山本の仲が良くなかったのは知ってる。でも、何も殺すことはないやろ」

「こっちは首絞められたんです。正当防衛ですわ」

「一発目だけならともかく、あんな何回も殴ったら殺人や。なんで殺した？」

「カッとなってもうたんです」

俺は小さな声で言った。

「だから、なんでカッとなったんやって訊いてんねや」

出来の悪い生徒を教えるアルバイト講師のような口調だ。

「何か、カッとなったんです。……元々嫌いやったんです。偉そうやし、粗暴やし」

「お前のアニキの方が、よっぽど偉そうで粗暴やろ」

「アニキはええんです。拾うて貰いましたし、恩がありますから」

松田がふんと鼻を鳴らした。

「まあええわ。覚えてる範囲で、何があったか説明せえや」

「えらい横柄な口調ですね」

言った瞬間、ボールペンを顔に投げつけられた。

「舐めとんちゃうぞ！ 人殺しのチンピラが、偉そうな口利いとんちゃうぞ、コラ！」

声を荒らげ、机を膝で蹴った。

「ほいで、何があったんや。早よ言わんかい」

「弁護士呼んでください」

「夜の河川敷なんかで、長谷川と何してたん？」

「弁護士呼んでくれな、何も喋りません」

「お前が長谷川を呼び出したんか、長谷川がお前を呼び出したんか、それとも一緒に行ったんか。どれや？」

「弁護士呼べ、言うとるやろ！」

「え、なに？ ごめん、聞いてへんかった」

堪え切れずに怒鳴ると、松田が眠たげな目で俺を見た。

「弁護士呼んでください、言うてますでしょ」

「悪い、聞こえへんわ。歳取ると耳が遠うなんねん」

「……舐めとんか」

「おう、舐め腐っとる」

ヤニで黄ばんだ歯を見せて笑った。俺は小さく息を吸うと、やにわに松田の顔面目掛けて拳を放った。だが呆気なく受け止められ、そのまま勢いよく机に叩き付けられた。指に激痛が走り、顔を引き攣らせたのも束の間、頬を平手で激しく打たれた。

「警察舐めんなよ、どチンピラが」

そう言い捨てて、部屋から出て行った。取り調べの初日は、こうして終わったのだ。

「アニキ、戻ってきたぜ」

宮尾の言葉で、俺は目を開けた。山本さんは車に乗り込むと、気怠い声で言った。

「腹減ったのう。中華でも行こか」

26

「『ハマータウンの野郎ども』の内容、伊達に教えてやってください」

神戸の三宮(さんのみや)にある中華料理屋まで車を走らせながら、宮尾が弾んだ声で言った。

「ああ、是非お願いします」

「自分で読んだらええがな」

「冷たいですね。コミュニケーションの一環ですやん」

「お前とコミュニケートする気はあらへん」

「すみません」

山本さんが鼻から息を吐き出し、背筋を伸ばした。

「しゃあない、教えたろ」

「ありがとうございます」

「一言で言えば、学校に反抗するチンピラのお陰で、学校は成り立っているのだ、っちゅう内容や」

「その心は？」

「なんや、それ？　ムカつく合いの手やのう」

脇腹を小突かれた。

「ええか？　校則破ったりするチンピラは、学校の秩序を乱す有害な連中や。でもそういう奴らは大抵、将来ええ職には就けへん。そういう奴らが半自動的に下流階級に進んでくれるからこそ、普通に学校に通っとる奴らは努力さえすれば、割とすんなり中流階級以上に進める。

これがもし、チンピラが全員クソ真面目な優等生やってみい。上流どころか、中流階級に進むのでさえ、えげつない苦労を要するようになる。どえらい競争社会の到来や。そしたら、今そこそこの大学に通うてそこそこの職に就いてるような奴らが、過酷な肉体労働をせなあかん羽目に陥ってまう。そんなことになったら、競争に勝てるような、一部のよっぽど頭のええ奴以外、学校に通わんくなってまうやろ。どうせ勉強したかて無駄やねんから。

でも世の中には、ちゃんとチンピラがようけおる。お陰で、凡人にも勉強する意味が生まれる。せやからそいつらは学校に通い、学校は成り立つ。チンピラのお陰や」

「要するに、努力をしないチンピラが落ちぶれるお陰で、凡人の努力が報われる社会が成立してる……いうことですか」

いかにも、といった顔で頷いた。なかなか興味深い話だ。ただ、その話をしているのが現役バリバリの極道だというのが何とも皮肉だが。

「役立たずは、何の役にも立たないという役目を果たしてるんやな。無能がおるからこそ有能が生まれる。光あるところに影あり、持ちつ持たれつ、陰と陽や。お前みたいな奴でも間接的に世の中の役に立ってる、と思うたら、励まされるやろ」

腹立たしい物言いだ。この人をバンッと射殺できたら、どれほど清々しいことだろう。ついそんな昏い衝動に駆られた。

「チンピラは授業妨害することで学校に反抗してるつもりやろうけど、そんなもんはミクロな秩序破壊に過ぎひん。ほんで皮肉なことに、その小っちゃい秩序破壊のお陰で、学校制度というマクロな秩序が維持されとるんやな」

愛猫の糞の臭さを嘆くような口調だった。

「でも、なんかそう考えたら、街で粋がってるチンピラが可愛い見えますね」

「チンピラにカツアゲされて唇嚙んどる奴らは、そう考えたら許せるやろ」

「でも、たまにいますよね、チンピラやった過去を自慢してる成功者」

「確かにおるなあ、おる、おる。元ヤン芸能人、元ヤン教師、元ヤン作家、元ヤン社長。この前、元ヤン政治家いうのもおったからな。世も末やで」

暴力団が公然と事務所を構えられる現状も、充分「世も末」だとは思うが。

「チンピラは、皆と同じなんて嫌や、って叫ぶくせに、その言葉が皆と同じ台詞やっちゅうことに気ィ付いてへん。レールの敷かれた人生は真っ平や、って叫ぶ奴らは、こぞって同じレールの上を歩き腐る」

「枠に囚われたくないという枠、型に嵌まりたくないという型、ですね」

「ああ。個性的でありたいという無個性な願いを持った連中や。しかもおまけに、チンピラは己がチンピラであることに誇りを抱いとる。学校の勉強なんか根性のない奴がするモンや、小手先だけの誤魔化しや、理不尽な先輩の命令もこなせる俺らの方が、よっぽど社会勉強できてる、だからこの先、社会に出ても俺らの方がやっていけるはずや、言うてのう。俺が昔ヤンチャしてた頃、先輩のヤクザにチケット千枚売り捌け、っちゅう無茶な注文されてなあ、必死になって完売させたもんやで……みたいなしょうもない武勇伝語っとるおっさん、たまにおるやろ？　あいつら、ヤクザの使いっ走りしてたことを、ちょっとカッコええと思うとんねんな。哀れや」

同感だが、極道にコキ使われていた不良時代を美化して語るおっさんの方が、現役の極道に較べればよっぽど害が少ないのは確かだ。

「サラリーマンでもたまにおるけどな。ウチの会社は残業ばっかりやけど、そうやって残業してる俺が、日本経済を回してるんや、誇らしい話や、言うてる奴。待遇改善に動けっちゅう話やけど、まあ、搾取されてることに気付いてへん、もしくはその搾取構造に安寧を見出してもうてるんやろうな」

「奴隷の鎖自慢、いうヤツですね」

そして、首に繋がれた鎖がほんの少しだけ弛むことを、自由と呼んでいるのだ。

「確かに中卒で頭いい奴もおるし、東大卒のくせして底抜けにアホな奴もおるけど、学歴と頭の良さは関係ない、って断言する奴は、まあ洩れなく低学歴やな。ただのコンプレックスの裏返しで言うてるだけや」

そう語る山本さんは、偏差値三十台の高校を中退している。

「山本さんはなんで大学行かんかったんです？　むっちゃ本読みはるし、物知りですやん。真面目に受験勉強したら、絶対ええ大学入れたでしょ」

「うん？　大学なんてアホが行くとこやがな」

俺は唇を結んだ。この人の思考回路が読めない。回路が途中で千切れているのだろうか。山本さんは困惑した俺の顔を見てにやりと笑い、再び口を開いた。

「真面目に答えたると、小学校の遠足でクラスメイトをボコボコにしたときに、同級生全員の目を見て、暴力の恐ろしさを知ったんや。暴力は、法律も道徳も善意も倫理も愛も、全部超越してる。暴力による恐怖は、全部塗り潰す。全部壊す。暴力さえあれば何でもできる」

ミラーの中で、宮尾が目を爛々と輝かせていた。

「まあ実は、必ずしもそうとは言い切れんのやけどな。例えば、暴力で相手に仕事を強制する場合と、報酬を提示して働くよう説得する場合、作業効率がいいのは断然後者やし。まあこんな例持ち出さんでも、暴力ではどうにもならんモンもこの世には仰山ある、いうんは、当たり前の話や。ただそのときは幼かったから、暴力がホンマに凄いもんやと感じてしもた。せやから、もしこれを上手いこと使うていったら、真面目に勉強なんかするよりも、もっとごっつオモロい人生を歩めるんちゃうか。そう思った」

「小学生で、そんなこと思うたんですか」

「小二の秋や。それでまあ、たまたま家庭環境が最悪やったし、たまたま進学した中学もそれなりに荒れてたから、ちょっとチンピラをやってみたんやわ。ほいで気ィ付いたら、今や」

「まあ、結果オーライやったんちゃいますかね？　ごっつ極道に向いてはりますし」

「極道には向いてても、そもそも生きるのに向いてへんねん、俺は」

そう言って、口許を綻ばせた。何処か、寂しげな笑みだった。舎弟時代にも、何度か見たことのある笑みだ。この笑顔を見るたびに、息詰まるような胸の苦しさを覚えてきた。

中華屋の駐車場に到着し、俺達は車を降りた。爽やかな秋の日差しを受けて、キャデラックは黒く鈍い光沢を放っていた。

「好きなもん頼めやな、宮尾」

「じゃあ、エビチリをお願いします」

「エビチリでええんかい？　食いたいもん食えよ。フカヒレスープとかあるで」

「いや、エビチリが好きなんです。ありがとうございます」

「じゃあ、俺がフカヒレいただいても？」

おずおずと口を開くと、山本さんが満面の笑みを浮かべた。

「何を言うとんねん？　お前は担々麺(たんたんめん)に決まってるがな」

「はい、すみません」

引き攣った笑みを浮かべて謝った。結局、山本さんが回鍋肉(ホイコーロー)、俺が担々麺、宮尾がエビチリ、全員で小籠包(ショーロンポー)と餃子を注文した。

「キーキーキーキーやかましい。まるで猿やのう」

少し離れたテーブルで食事する五人組を顎で指し、山本さんが低い声で言った。色の薄いサングラスをかけた、ゴリラと人間のハーフみたいな巨漢と、一見するだけでその取り巻きだと分かる四人。全員、黒を基調とした上等なスーツを着ているが、下品なほどやかましい。まるでここが自宅であるかのように、大声で談笑している。他の客は、心なしか体を縮こまらせているように見える。

「注意してきましょうか」

宮尾が貧乏揺すりをしながら言った。

「お前が行ったら喧嘩なるがな」

首を振り、宮尾を制した。宮尾は些か不満げな顔をしたが、すぐに打ち消した。

「来えへんのう、回鍋肉」

山本さんはじれったそうに呟いた。

男達は相変わらずうるさいが、飯が運ばれてきたので満足だ。宮尾は隣で貧乏揺すりを続けているが。

担々麺はピリリと辛さが効いており、大変旨い。山本さんは先ほどから一言も言葉を発さず、黙々と箸を動かしている。そんなに旨いのだろうか。担々麺より旨いのだろうか。

「回鍋肉、美味しそうですね。俺もやっぱり、回鍋肉にしたら良かったかな」

「お前が俺と同じメニューを頼むなんて、百万光年早い」

「光年は距離の単位ですよ」

「お前の減らず口は、日に日に増える一方やのう」

「今のは別に減らず口では……」

「黙れ。飯代払わすぞ」

山本さんが吐き捨てるように言い、水を飲み干した。コップを置き、小さく息を吐き出すと、穏やかだが大きな声で言った。

「やかましいのう、さっきからずっと。静かにできひんなら、猿山から下りてくなや」

蠟燭の火を吹き消したように男達は黙り、一斉に山本さんに顔を向けた。山本さんは何事もなかったかのように、回鍋肉を頬張る。

「おい、コラ。お前、今何て言うた？　猿山とか何とか聞こえたけど、わしの聞き間違いかいのう？」

猿山のボスザル、否、ボスゴリラが言った。

「せっかくの旨い飯が、おのれらのクソ下品な喋り声で不味(まず)うなるんや」

「オヤジになんちゅう口利いとんねん、お前！」

若衆の内の一人が、甲高い声で怒鳴った。宮尾がすっと立ち上がり、山本さんは男に箸を向けた。

「迫力のない声やのう。もっとドス利かせんかい」

男が顔を紅潮させ、息を吸い込んだ。ボスゴリラは緩慢な動作で立ち上がると、山本さんを見やった。サングラスの奥で、鋭い目が光っている。

手下の若衆達も立ち上がり、店内の空気が一瞬にして凍る。店員や他の客たちの動きはまるで、作業中の爆発物処理班のようだ。

「舐めとるんか、チンピラ」

「誰がチンピラじゃい、ブタゴリラ」

「おい、ブタゴリラやと？　ぶち殺したろかい、コラ！」

男が野太い声で言った。

「おう、流石にええ声しとるがな。大迫力やで」

山本さんが素直な声で言った。確かに、恫喝の声質からして、手下のチンピラとは明らかに格が違う。

「喧嘩売っとんか、コラ」

「喧嘩は売ってへん。飯屋でわいわい騒ぐんはよろしいが、節度は保ってや、って注意したんや」

「注意？　アレが注意や言うんかい、コラ！　おちょくるんも大概にせえよ、コラ！」

山本さんが肩を竦め、おお怖っ、と言った。男が頰を痙攣させる。

「おのれ、どこの組じゃい。同じ代紋やからいうて、舐め腐った真似すなよ、コラ」

「大阪で極道しとるくせに、俺のツラも知らんのかい」

「知るか、ボケ」

「なんや、船越組の若頭補佐殿はモグリやのう」

男が眉根を寄せ、顔色を変えた。名乗っていないにもかかわらず自分の組を知られていたことに、戸惑いを覚えたのだろう。船越組。確か、游永会の二次団体だ。

——游永会船越組の若頭補佐。それを承知の上でここまで侮辱的な態度を取るということは、こいつはそれ以上の大物ということだ。格上の二次団体幹部。もしや、游永会の本家組員かもしれない。しかし見覚えはないし、ここまで好戦的な態度を取るのは解せない。

こう考えているに違いない。現に男は押し黙り、困惑が憤怒の色を覆っている。

「お前、何処のもんや」

男が言った。子分の手前あとには引けないのだろうが、口調は先ほどよりもかなり落ち着いている。山本さんが答えないでいると、じれったそうに続けた。

「あんたが何者やろうと、先に喧嘩吹っ掛けてきたんはそっちや。その事実は譲られへん。ナンボなんでも、堪忍でけへんこともある」

山本さんが嘲(あざけ)るように、喉の奥で低く笑った。

「デカい図体してビビるなや。安心せえ、俺はお宅より上の組の人間ちゃう。そもそも、游永会の人間ですらない」

「なんやと……。おいコラ、何者や」

「関川組じゃ」

男が荒々しく息を吸い込んだ。

「ええ加減にさらせよ、クソガキ……」

「ガキ言うほど歳離れてへんがな。ええ、村本さんよう」

「おどれ、なんで俺のこと知っとんねん」

「サヤカちゃんから聞いてへんのかい」

「お前か……。お前が山本か」

「女の趣味悪いで、あんた」

山本さんが、あからさまなほどの嘲笑を村本に向けた。村本は肩で何度か大きく呼吸すると、突然怒鳴った。

「ぶち殺すぞ、あほんだら！」

店内が一瞬震え、静まり返った。背筋がすっと冷たくなる。まるで真空パックに入れられた気分だ。相手が関川組の人間だと知り一切の気を遣わなくなったのだろう、村本の怒号は、恐ろしいほどの威圧感を放っていた。極道の怒声というよりも、荒ぶる獣の咆哮(ほうこう)のようだ。心理的にではなく、本能的に感じる恐怖だ。

山本さんがゆっくりと立ち上がり、一歩前に出た。宮尾が俺の肩を叩き、立ち上がるように目で促す。渋々、腰を上げた。

「聞いとんかい、コラ！」

「あ？」

山本さんは顎を突き出し、気の抜けた声で言った。真剣に激昂する人間に対してあまりにも侮辱的なこの一音は、村本の堪忍袋の緒を捻じ切るのに充分だったようだ。青筋を立て、ぷるぷると震えている。ゴリラのような見た目のくせに、チワワみたいだ。

「われなんじゃい、コラ！　ええ加減にせえよ、おい」

吼えると同時に、椅子を勢いよく蹴り飛ばした。他の客が鋭い悲鳴を上げる。どういう蹴り方をしたのか、木製の椅子は五十センチほど宙を浮き、俺たち目掛けて飛んできた。危な、と言って山本さんがそれを躱し、椅子は俺の脛を直撃した。鋭い痛みが走り、思わず声が洩れる。山本さんは蹲る俺には見向きもせず、あっけらかんとして言った。

「何しとんねん。店の椅子蹴るなや。壊れたらどないすんねん」

注意すべきはそこちゃうやろ。心の中で悪態をつくと同時に、村本が怒鳴る。

「お前コラ、自分が何さらしとるんか分かっとるんやろうなあ、コラ！　ただで済む思うたら大間違いやぞ、ガキ、コラ！」

「何回コラコラ言うねん、やかましいのう」

「じゃかましいんはお前の方じゃ、ボケ！　死にたいんかい」

「別に自殺願望はあらへん」

村本が野太い声で唸り、怒鳴り散らすのに対し、山本さんは絡みつくような声で静かに言い返す。

「人をおちょくるのも大概にせえよ、おい。極道は筋通してナンボと違うんかい、コラ。おう？　無意味に喧嘩吹っ掛け腐って、どういうつもりじゃ！」

「何が筋や、しょうもないこと抜かすな。筋やら仁義やら、そんな薄っぺらい建前持ち出してくな」

「何やと、コラ、クソボケ。おい、ホンマにぶち殺したろか！」

「筋を通す、仁義を貫く、ちゅうてなあ、極道なんかやっとる時点で、そんな言葉に何の意味もあらへんのじゃ。ゲームへの参加資格失ってる奴が、ゲームのルール守って何になんねん」

まるで自分は善良な一般市民であるかのような口ぶりだ。村本が荒々しく息を吸い込み、サングラスを指で押し上げた。

「そういや、サヤカの件の落とし前も付けてもらわなアカンのう。アレは確かに生意気なとこもあったけんど、何も殴ることないやないか。あの落とし前、どない付けるつもりじゃ」

「その件やったら麻生組の三島くんと話付いたがな。今更蒸し返されても困るわい」

「麻生組との話は付いても、わしとの話は付いてへんのじゃい」

「文句があるんやったら、すぐにウチの事務所に乗り込んで来たらよかったがな。何か月も経ってから言うてくなや。どうせあれやろ、俺と揉めるのが怖かったんやろ」

「調子こくんも大概にせんかい、コラッ！　おどれみたいなチンピラの何が怖いっちゅうねん、コラ」

「じゃあなんで、ずっと放置してたんや」

「……サヤカがわしにとってそない大した女やない、っちゅうだけの話や」

「なるほど。たまたま俺に会ったから言うてみただけで、別に本気で落とし前付けさしたろうとは思ってへん。つまり、俺にビビって今まで言い出せなかった訳と違う、ってことやな？」

「当たり前やないか、クソガキが。何様じゃ、ボケ！」

「じゃあ、サヤカちゃんの件はお終(しま)いや」

「サヤカの話はええわ。アレとはもうとっくに手ェ切っとる。問題は、今お前が現に、わしを愚弄するような態度を取った、いうこっちゃ」

「別れたんかいな。可哀想に」

「ハナから本気ちゃうわ。男の後ろをちょろちょろついて回るだけの、しょうもない女や」

「それに関しては同感や」

「お前なんや、舐めとんかい。さっきから話逸らしてばっかりで」

村本が歯軋りした。完全に山本さんのペースに乗せられてしまっている。

「わしに舐めた態度取ったことを、とっとと謝らんかい！」

村本がテーブルに拳を叩きつけた。グラスや食器が倒れ、宮尾がびくりと体を震わせるのが目に入った。

「さっき筋がどうこう言うてたけど、そもそも筋を持ち出すんやったら、おどれンところの若いのが先に手ェ出したんとちゃうんかい」

「なんの話や、コラ」

「船越組傘下の長尾組、そこのチンピラが、山本組のカシラをボコボコにしたんや。それも二対一で……。卑怯な話やで、ホンマ」

村本が目を細めて山本さんを見た。

「ホンマの話か」

「嘘は言わんわい。長尾組の塚本健一と大地裕や。そいつらに、十月一日、天王寺で茶色いスーツのおっさんをサンドバッグにしたかどうか、尋ねてみい」

「しゃあかてのう、それこそ文句があるんやったら長尾組に言えや。長尾組はわしの組と違う。せやのに、その責までいちいちわしが負わなイカンのかい？　おう？」

「えらい物言いやのう。船越組の傘下やろがい。船越組の若頭補佐として、誠意ある態度を示したろうとは思わんのか？　それが、筋通すいうヤツ違うんかい」

「じゃあ最初っからそう説明したらどや？　あんな舐め腐った喧嘩の売り方しよって」

「お前らみたいな連中は、下手に出て説明しても聞かんやろ」

「なんや、その言い草は。お前、この落とし前どない付けるつもりじゃ」

「落とし前なんか付けへん。上げっぱなしや」

「極道同士が揉めて、タダで済む思うとるんかい」

「思うとる。まさか、関川組と船越でやり合う気かい？」

「おどれがその舐めた態度を撤回せえへん言うんやったら、あり得る選択肢や」

「游永会の船越組いうたら、威厳も力もない、上納金の額だけで直系にのし上がったっちゅう話やないかい。そんなヘタレが、ウチとやる度胸あるんか」

「舐めとんちゃうぞ、コラ。わしかて極道じゃ」

「お前、喧嘩したことあるんかい。金勘定だけ、大人しいしとけや」

「ぶち殺したろか、クソガキ」

「真っ昼間の中華屋で殺人かい。オモロい。やれるもんなら、やってみい」

山本さんが村本を見据えた。

「戦争じゃ、ボケ。関川組潰したる」

「けっ。言うとれ」

「本気やど、コラ。游永会を敵に回して、勝てる思うとんのか」

「何が游永会やねん。俺が今喧嘩売ってるんは、村本さん、あんたや。游永会と違う」

「何やと、このガキ」

「たかが一社員の分際で勤め先の会社を自分のモンみたいに言う奴、大手企業にようけおんねん。鬱陶しいで」

「じゃかあしい。ぶち殺すど！」

「さっきから殺す殺す言うてんと、とっとと殺してみいや。言うだけ番長か、おのれは。長六四(ナガムシ)喰らうのが怖いんかい」

村本は荒々しく息を吸い込んだ。あまりの長さに、店内の酸素を全て吸い尽くすつもりではないかとさえ思った。

やがて息を吸い終えると、脳内に酸素を入れて頭が明晰(めいせき)になったのだろうか、先ほどよりはいくらか落ち着いたような顔をした。そして、小さな声で何かを呟いた。

「あ？　何やて？　聞こえへん」

山本さんが眉を顰めると、村本が低く澄んだ声で言った。

「戦争や。痛い目に遭わせたる」

村本の声と表情は、侮りがたい決意を帯びていた。

「上等じゃ。関川組と船越組なんてケチなことは言わん。田宮組と游永会で戦争や」

山本さんが静かに言った。それまでとは違う、極道の声だった。

「やったろやないかい！」

村本が轟然(ごうぜん)と言い放つ。

「よう言うた。忘れんなよ」

「吐いた唾、飲むような真似はせんわい」

「平気で飲みかねへん、不衛生なツラしとるがな」

村本が頬を紅潮させたと同時に、店のドアが開いた。制服警官が二名、素早く駆け込んでくる。

「何をしとるんや！」

五十代と思しき白髪の警官が、激昂して言った。もう一人の若い警官は店内を見渡したあと、村本一派と我らが山本一派を交互に睨み付けた。一瞬俺とも目が合ったため、すぐさま視線を逸らした。

「お前ら！　店の中で何してんねん」

年配の警官が再び言った。村本は喉の奥で低く唸っている。今にも両手で胸を叩き、ウッホッホと叫び出しそうだ。ちなみにゴリラのこの仕草は正式名称をドラミングと言い、実は拳ではなく平手で叩いている、というのを昔、山本さんが教えてくれた。

「口喧嘩ですわ。すんまへんなあ、えらいヒートアップしてしもて」

にこやかに山本さんが言った。

「わざわざお巡りさんにおいで頂くような、そない大層な話ちゃいますわ」

「やかましい。通報があったんや。柄の悪いのが、店内で揉めとるいうて」

「誰が通報しやがったんだ、この野郎！」

宮尾が怒鳴った。応戦するように警官がまた怒鳴り、山本さんが宮尾を片手で制する。

村本とその子分達は何も言わず、じっと山本さんを睨んだままだ。まるで、そうしていれば目から光線が発射され、山本さんを殺せるはずだと信じているかのようだ。

「とりあえず、あんたら八人は署に来るんや」

警官が言った。俺以外の七人が一斉に警官を見る。

「なんでですねん」

ひんやりと冷たい声で、山本さんが言った。警官の表情がさらに険しくなる。若い方の警官は、依然として俺らを睨んでいる。

「他に客もおるのに、店の中でデカい声出して口喧嘩してもうた、えらいすんません。反省してます。これじゃあきませんの」

「そんなんで済む思うてんのか」

「済まへんのかい。せやったらどういう了見で連行するんじゃ、言うてみい」

山本さんの口調と声色が、がらりと変わる。

「なんや、その態度は」

一瞬気圧(けお)されたような顔をしたあと、警官が言った。

「何がでんねん。署まで来い言うんやったらその理由は何か、任意なんか、令状はあるんか、そんくらい説明するんは当たり前の筋ちゃいまんのか。言うときますけど、俺らは誰も殴ってへんし、そっちも手ェ出してきてへん」

言って、村本らを顎で指した。俺が椅子をぶつけられた事実は、なかったことにされたらしい。

村本は特に反応を示さず、山本さんを睨み続けている。

「もちろん他の客にも店員にも危害は加えてへん。代紋チラつかせて店を脅したりもしてへん。警察署に行かなアカン謂(いわ)れは何もない。ただの口喧嘩や。これでもうええでっしゃろ」

「舐めとんちゃうぞ」

「桜の代紋舐めるほどアホちゃいますわ。でもあんたらも、こんなしょうもないこと長引かせるほどアホちゃいまっしゃろ」

警官が沈黙し、俺らを睨み付ける。

「こんなにようけ一般市民がおる場所で、転び公妨しはりますか？　もう、よろしいですかね」

山本さんが柔和な態度で尋ねる。

「ど腐れが……」

不愉快そうに警官が呟く。

「もう、よろしいですか」

笑顔で繰り返すと、警官が舌打ちし、唸るように言った。

「もうええ。早よ失せえ、クズが」

「クズですか。よろしいでんな」

一万円札を五枚、テーブルの上に置いた。

「これ、迷惑料ですわ。えらい迷惑お掛けしました。申し訳ありません」

笑みを絶やすことなく、店員に言った。一枚掠め取ってやろうとしたが、宮尾がじっと俺の方を見ていたためやむなく断念する。店長と思しき男の顔には恐怖と安堵が浮かんでいたが、「よっしゃ、儲けモンや」という輝きが瞳の奥に見えた。

山本さんが出口に向かい、俺と宮尾も後に従う。すると、若い方の警官が扉の前に立ち塞がり、意を決したように強い口調で言った。

「喧嘩するなら勝手にせえ。一般のお客さんに迷惑かけんな！」

正義感たっぷりで格好良い。だが、毒蛇人間と突然変異したゴリラの前では、些か迫力に欠けるのもまた事実だ。

「だから何遍も、すんません言うてまっしゃろ」

抑揚のない声で山本さんが言う。警官は山本さんを睨み付けたまま、不快そうに扉の前を離れた。

「お前らのツラ、忘れへんど！」

村本の後ろにいた若衆が怒鳴った。頼むから俺を勘定に入れないでくれ。

「あん？　誰や、お前？」

山本さんはせせら笑うと、店を出た。

空を見上げると、沈みゆく夕陽が一面の雲を赤く染め上げていた。だが俺らの頭上付近だけは何故か、薄墨を含んだような灰色の雲だ。その鮮やかな赤と薄暗いグレーのコントラストはまるで、轢き殺した鼠(ねずみ)のようだった。

27

「どうして人を殺してはいけないか、というのは非常に難しい問題ですね」

選挙に行くことの大切さを説いていたのと同じパーソナリティだ。

そういえば昔、俺と山本さんも同じ会話をした記憶がある。きっかけは覚えていないが、どうして人を殺してはいけないか、と俺が尋ねたのだ。山本さんの返事は、「そんなもん、人殺しに訊くなや」だった。山本さんの困惑したような声色が妙におかしく、げらげらと声を上げて笑ったことを覚えている。だがそうして笑った俺も、今ではこの質問に答える資格を失ってしまっている。

ラジオでは、哲学者のカントが提唱した定言命法・仮言命法に絡めて、どうして人を殺してはいけないかについて倫理学の観点から語っている。模範解答やのう、と山本さんが言った。随分と暢気だ。

「あの村本いうのと遭遇したんは、偶然ですか。そもそも、あいつとどんな遺恨があるんですか。あと、山本組の若頭がボコボコにされたいうのも、ホンマですか。さっき見舞い行ってたんて、もしかしてその人ですか」

「一回の発言に何個も質問を詰め込むな。どこの世界に、キャッチボールで一気に何個もボール投げてくるアホがおんねん」

「すみません」

山本さんは舌打ちした。

「山本組の若頭の上田いうのが、この前路上でボコボコにされた。さっき見舞ったんは、お前の言う通り上田や。ほいで俺らは上田を襲った犯人を秘密裏に捜して見つけた。それがさっきも店で言うたけど、游永会船越組系長尾組のチンピラ二人や」

「なんで上田さんは襲われたんでしょう？」

「その二人、塚本と大地いうらしいけど、そいつらが天王寺のクラブで店のネエちゃんにお触りしまくったらしい。ほいで上田が注意したら、それに腹立てて、店を出たあと、暗がりでフルボッコや。まあ上田は極道には見えへんツラしてるから、舐められたんやろうなあ」

それから、村本の愛人・サヤカ――今はもう別れたと村本は言っていたが――との間で今年五月に起きた出来事を話してくれた。

「なるほど。まあそんな女、確かに腹立ちますけど、殴ったらあきませんでしょ」

「男女平等や。二十一世紀やからのう」

「いや、そんなんやなしに。やっぱ、女は殴ったらあきませんよ」

山本さんが眉根を寄せ、首筋を掻いた。殴られるかと思ったが、山本さんは一言、せやな、と呟いた。

「それで、村本と中華屋で会ったんは偶然ですか」

「偶然ちゃう。船越組の若頭補佐が最近あの店に通うてるって情報を耳にしたから、行ってみたんや。まあおらんかったら別にええわ、くらいの気持ちやったけどのう」

「なんで会いたかったんですか」

「上田の件を伝えたくてな。あとはまあ、自分の女を殴られといて何も言うてこうへん奴のツラ、拝んでみたかったんや」

他人事みたいな口調だ。あんたが殴ったんやろ。

「しかし、こないのんびりしてて大丈夫なんですか？　船越組と抗争やなんて……。いや、游永会との全面戦争や言うてましたね。勝てるんですか」

「田宮組は古き良き保守派の極道や。右翼団体やら与党の政治家とのコネも強い。まあ、今の与党を保守と呼べるかはさておきやが、警察からしたら、海外マフィアともつるんで腐るほど儲けとる游永会の方が、よっぽど厄介や。もし田宮組と游永会が全面戦争したら、警察は游永会の方を重点的にパクっていくやろな」

「じゃあ、勝てるんですか」

「アホか、負けるに決まってるやろ。向こうは、資金力も構成員の数も日本最大やぞ。游永会の方をより敵視するっちゅうだけで、別に警察が田宮組の味方になる訳でもないしやな、勝てる要素があらへん」

「ほな、アカンやないですか……。游永会と俠東連合の戦争にまで発展させれば、勝てるんちゃいます？」

「なんで田宮組が勝手におっぱじめた戦争を、白稜会と山王が手伝ってくれんねん。友好関係結んでるいうだけで、集団的自衛権とちゃうねん」

「じゃあ、田宮組壊滅やないですか」

「壊滅なんかするかい。二次団体以下同士で抗争はあっても、游永会、田宮組、白稜会、関東山王会の四団体は、本家同士でのコトは構えへんっちゅうのが、昔からの暗黙の了解や。本家同士のデカい戦争になったら、勝った方もボロボロになる。その隙に、他の組と警察に喰われてまうやろ。本家の会長か組長が殺られでもせん限り、全面戦争になんかなるかい」

「そうなんですか。山本さん、さっき、田宮組と游永会で戦争や、言うてはったから。

てっきり……」

「あんなもん、ハッタリに決まっとるやないか。暴力、恐喝、ハッタリが、極道の三大義務や」

何というはた迷惑な義務だ。

「でも、村本いうあの極道、吐いた唾は飲まへん、言うてましたけど」

「アホ。あのゴリラが游永会の本家に『田宮組と戦争しましょう』って上申したかて、一喝されて終いや。上からゲロぶっ掛けられるくらいなら、自分の吐いた唾くらい平気で飲むわい。あの単細胞ゴリラも、本気で游永会と田宮組の全面抗争になるとは思うてへん。まあ、長尾組と山本組、もっと言えば、船越組と関川組の抗争にはなるかもしれへんな」

山本さんが笑って言った。小学生が来月に控えた遠足の話をするときのような、屈託のない笑みだった。だが、笑い事ではない。四十六年前に起きた国内史上最大の暴力団抗争も、游永会と田宮組の二次団体同士の抗争だったのだ。死者は表に出ただけで三十七名、負傷者は七十二名に上り、逮捕者は六百名を超えた。

尤もこの事件は、双方ともに複数の二次団体が参加したことで雪だるま式に抗争規模が全国各地へと拡大していったものだ。だから今回、たとえ関川組と船越組が抗争になったとしても、ここまでの事態になる可能性は限りなく低い。しかしそれでも、過去の他の事例を鑑(かんが)みる限り、死人が出る可能性は充分にある。

「なんちゅう顔してんねん」

　不意に、山本さんが言った。

「真面目腐ったツラをすなや。大丈夫や。あの程度で抗争になんかならへん」

「え、どっちですの」

「ならへん、ならへん。ちょっとお前をビビらせたろう、思うて言うただけや。多分、明日にでも長尾組がウチに詫び入れに来るやろ。そんで終いや。今どき、そうそうすぐに抗争になんかなるかい。金も勿体無いし、警察もやかましいし」

　山本さんがさらりと言った。拍子抜けだ。

「元極道ならそんくらい分かるやろ」

「俺が現役やった四年間で、抗争があったんは一回だけですから、その辺の事情には疎いんです」

「ああ、そうか。確かあのときは、和光会と揉めたんやな」

「はい。でもそんなことより、村本があのまま黙って引き下がりますかね？」

「そりゃあ、何とかして俺を痛めつけたいやろうけど、今日の一件だけでは船越組は動かせへんで。あと一個くらい、火種がないとのう」

　あと一個くらい、という山本さんの言葉は、妙に耳にこべり付いて離れなかった。

28

「岡本さんの意向なんですか」

山本は険しい顔で言った。

「ああ。俺も首を振ったが、俺にとってはオヤジだ。すまんが、親の意向には逆らえん。お前も分かってるだろうが、親が白いと言ったら鴉（からす）も白い。それがヤクザの絆だ」

「誰が何と言おうと、鴉はどう見ても黒です。それを白や言われて受け入れるんは、単なる思考停止ですわ」

関川が唸り、眉根を寄せた。

「お前のそういうとこを、上は危険視してんだよ。田宮組の未来のためには、誠林会と関川組（ウチ）との合併は合理的だ。一本化してデカくなって、大阪での田宮組の足掛かりをより盤石なものにする。その安定のためには、トップに据えるのは有能な過激派より無能な穏健派の方がいい」

「何が過激派ですねん。オヤジかて武闘派やったやないですか」

「俺は昔気質（かたぎ）の、馬鹿で頑固な乱暴者に過ぎん。でもお前は違う。頭は切れ過ぎるし、腹も据わり過ぎてる。お前は自分の利益に繋がるなら、俺のタマすらとりかねねえ。過激派なんだよ」

山本は細く乾いた息を吐き出した。

「否定しねえんだな」

関川が皮肉っぽい笑みを浮かべると、山本は肩を竦めた。

「今更何言うたかて、白こいだけでしょ。しかし、本家の皆々様にまでそんな風に思われとるんですか、俺は」

「大阪の関川組の山本はイカレてる。日本中のヤクザが知ってる話だよ」

「日本中は大袈裟ですわ。ちゅうか、別にイカレてませんよ」

「大阪人のくせに游永会でも土着の小さな組でもなくウチを選んだ、って時点で、充分イカレてんだよ」

山本はすっと息を吸い、口を開いた。

「まあ、ええですわ。俺はせいぜい好き勝手して、銭稼ぎまくります。出世したかて、所詮は極道や。地位より名誉より金です」

「すまねえな」

「やめてください。オヤジが謝ることちゃいます」

「切れ過ぎるってのも、考えモンだな」

「俺の爪は丸見えですか。情けない話です」

「いや、この世界は甘くねえ。爪を隠してりゃ、どんだけ能ある鷹でも生き残れねえよ。お前がその歳で今の地位まで上り詰めたのは、研ぎ澄ました爪を容赦なく相手に突き立てきたからだ」

「でもそのせいで、これ以上、上へは行けへん。皮肉な話ですわ」

「すまん」

関川が頭を下げた。

「一つ、頼みがあります」

「なんだ、言ってみろ」

「誠林会に吸収されたら、俺はその加納なんたらの舎弟になる訳ですよね？　最高顧問とか相談役とか適当な役職だけ与えられて、飼い殺される訳や」

関川が押し黙った。組長や会長と兄弟の盃を交わした者は、親子の盃を交わした若衆よりも格上として扱われるが、組織の跡目争いからは外れる。後継者の筆頭は、若衆のトップであり、組織の実質的なナンバー2である、若頭だ。

「加納なんたらの子に、俺はなりますわ。俺を誠林会の若頭にすること、それが素直に合併を受け入れる条件やと、本家に伝えてください」

「誠林会にゃ既に、若頭がいる。そいつ押し退けて、ってのは──」

「こっちは、組の看板失うんですよ。もし俺が合併を拒否したら、関川組の連中は大抵俺に付いて来まっせ」

山本は淡々と言った。

「無茶を突き付けてきたんやから、多少の我儘くらい許せと、そう伝えてください」

「まさかお前――」

関川が言い淀んだ。

「まさか、何です？　加納を暗殺するつもりちゃうやろな、とでも？」

山本は口の端に苦笑を浮かべた。

「そんな疑われるような真似、しますかいな。ただ、お飾りの格よりは、現実的な旨みの方がええ、いうだけの話です。誠林会のナンバー2、色々できそうや。それに、ポックリ加納が病気で逝くかもしれませんし」

山本は眉間を指で擦りながら、静かに言った。

車内に鳴り響いたけたたましい着信音が、回想を断ち切った。

――事務所に来客です。長尾組の勝村、塚本、大地です。カシラの件で、謝罪がしたいと。

「応接室通したれ。茶は出さんでええ」

電話を切り、顎をしゃくった。キャデラックがゆっくりと動き出す。

「アニキ。長尾組、誰が来ましたか」

「上田をド突いたガキ二人と、子守り一人や」

「組長の長尾ですか」

「いや、勝村康弘。一応幹部やけど、四番手やで。えらい舐め腐っとんのう」

山本は口許を歪めて言った。

「この度は、申し訳ありませんでした」

勝村が慇懃な口調で言うと、両手を太腿に置き、頭を下げた。塚本と大地が続けて深々と頭を下げる。山本がちらりと目を向けると、

「そんなんで済むと思ってんのか！」

宮尾が叫び、それを皮切りにして他の組員たちも口々に脅し文句を並べ始めた。山本組の組員である、種本拓海、藤井大輝、佐藤和哉、尾崎智弘、森川仁の五名だ。

「二人掛かりでカシラボコボコにしといて、三百万っぽっちで済まそうってか？　おい、舐めてんじゃねえぞ、馬鹿野郎」

「調子こいてっとぶち殺すぞ、クソが！」

「カシラに傷負わせといて、なにてめえらだけピンピンしてやがんだ、コラ！」

塚本と大地は、青白い顔をして額に汗を浮かべていた。勝村が険しい表情で喉仏を上下させる。

「お怒りはごもっともですが、そこをなんとか」

「敬語使うといたらええ、思うたら大間違いやど、チンピラ。感情のこもってへん謝罪なんかいらんのや」

山本は投げやりな口調で応じた。勝村が深く息を吸い込む。

「そちらの若頭に手ェ出したんは、言い訳のしようがない、ウチの不手際です。申し訳

ない。でもどうにか、収めてもらえませんやろか」

「ごめんで済んだら警察はいらんのや」

「申し訳ない」

「軽いのう。大体、なんや三百万て。ガキの駄賃やないねんで。ゼロが一個足りんわ」

「それは流石に……」

「上田はのう、右目失明したんやで」

山本は粘り気のある声で言った。勝村が背筋を伸ばす。

「ホンマですか」

「嘘やと思うんやったら、今度上田に会わせたろう。眼帯して、どこぞの海賊船の船長みたいになっとるわ。ほいで、上田の目ん玉はたったの三百万かい？　のう？　ナンボ出すんや」

「私の一存では……」

「一存もアマゾンもあるかい、コラ。三百万以上出せへん言うんやったら、おどれら全員、目玉抉るくらいせんかい」

「それは……」

「なんや、嫌なんかい」

「コイツらの指やったら、詰めさせてもらいます」

塚本と大地が力なく頷いた。

「ちょう待て、どういうこっちゃ。指なら詰めるんかい」

「それで事を収めていただけるんなら」

「じゃあ何で、最初っから詰めてこんかったんや？

——指詰めんと俺らが許してくれたら、それはそれでラッキー。俺らの怒りが収まらんかったら、仕方がないから指詰めたろか。

そういうことかい？　極道にとって指を詰めるっちゅうんは、自発的な誠意の表れと違うんか。おのれら、心の底からは反省しとらへんのう。打算や妥協で詰めた指には、何の価値もあらへんで。おい、コラ。舐めとるんかい」

「すんません。そういうことちゃいます」

「じゃあ、どういうこっちゃ？」

「だって、上田さんが失明しはったとは知らんかったもんで……」

「だってもヘチマもあらへん。失明したのを知らんでも、ホンマに反省してるんやったら指くらい詰めてこんかい。それが誠意やろ」

「すんません」

勝村が頭を下げた。山本は顔を露骨に顰め、小鬢（こびん）を掻く。

「まあええわ。指なんぞ貰うても、犬の餌（えさ）にもならん。目玉抉るんも、気ィ悪いから勘弁しといたろ。それより慰謝料や。ナンボ出す？」

「ナンボほど出したらよろしいですか」

「俺が訊いてんねや。お前が答えんかい。上田の目玉の値段を、言うてみい」

勝村は一瞬固く目を閉じたあと、目を開いて答えた。

「一千万で、収めて貰えませんか」

「一千万か。なるほどな。ちゅうことはアレか？　これからウチは、一千万円さえ積んだら、長尾組の若頭なり何なりをしばき回して失明させたってもええいうことやな？　ええ、おい？」

「勘弁してください。こいつらも、そちらさんの若頭やと知って手ェ出した訳とちゃいますから」

塚本と大地を目で指して言った。二人はテーブルをじっと見つめ、固まっている。

「なんや、知ってたら手ェ出さんかったんかい」

「無論です」

「それはそれで、けたくそ悪い話やのう。相手が敵方の極道なら殴らへん、殴っても支障のない奴なら殴る、いうんは、けたくそが悪い。相手見て態度を変える、弱い者にしか手を出されへん、っちゅうんは、極道として情けない。違うか」

「まあ……」

勝村が小さく頷く。

「なんやねん、その返事。ホンマに思うとるんかい」

「ええ」

「そうか。俺はそうは思わんけどな」

勝村が固まり、唇を結んだ。

「相手見て態度変えるなんて、当たり前の話やがな。誰に対しても同じ対応する奴の方が、よっぽどおかしい。そんなもん、聖人君子か馬鹿かのどっちかや。違うか？」

勝村が視線を左右にせわしなく動かした。

「あん？　どっちやねん？　俺の言うてること間違うとるか、って訊いてんねや」

山本はテーブルの上に右足を乗せ、がんがんと叩き始めた。塚本と大地が怯えたように体を震わせる。

「仰る通りや、思います」

勝村が掠れた声で言った。山本はふっと笑みを洩らし、俄かに声を荒らげた。

「さっきから何じゃい、われ、コラッ！　コロコロ意見変え腐ってんちゃうど！　舐めとんか！　ハイハイ言うて追従しとったら、俺の機嫌が良くなるとでも思っとんかい！　おう、コラ？　俺はそんなアホに見えるんかい？　のう？」

右足でテーブルを執拗に蹴り叩く。勝村が押し黙っていると、テーブルの上に置いてあったクリスタルの灰皿を手に取り、投げ付けた。灰皿は勝村のリーゼントを掠め、後ろの壁にぶつかって砕け散った。勝村は微動だにしなかったが、小鼻がぴくぴくと小刻みに痙攣している。

「言葉に心が伴ってへん、お前は。軽い、軽い」

そう言ってせせら笑うと、勝村がゆっくりと瞬きを繰り返した。

「ここは俺の顔を立てて、終いにしてください」

「勝村か負け村か知らんけど、お前の顔に何の価値があるっちゅうねん」

「俺かて、長尾組で幹部張ってるんです」

「知るか、ボケ。こっちは腐れのチンピラ如きに若頭ド突かれとんねやど？　山本組の若頭を病院送りにしといて、お前みたいな三下寄越して終いやと？　見縊るんも大概にせえよ、クソボケッ！」

山本は怒号を放った。

「お前なんぞに用はないねん。長尾連れて来んかい、長尾を！」

勝村が拳を握り締め、荒々しく息を吸い込んだ。

「下手に出とったら調子乗り腐って……。舐めとんちゃうど、コラ」

「おい。なんやお前、その態度？」

「てめえ、アニキになんて口利いてんだ、この野郎！　死にてえのか」

宮尾らが一斉に大声を張り上げ恫喝したが、勝村は毅然とした態度で立ち上がった。

「おい、山本。お前、補佐にも舐め腐った態度取ったらしいやないか」

「あのゴリラかい？」

「補佐は、今日のこの話し合いがもつれたら、船越組は全面的にウチをバックアップする、言うてはった」

「そりゃせやろなあ」

「船越組と関川組の戦争にまで、なりかねへんぞ。そうなったら、困るんはそっちゃろ」

「何でや？」

「資金力も人数も、船越の方が上やろがい」

「ダボが。そんなみみっちい差ァなんぞ、関係あらへん。大体、三次団体の幹部風情が俺に講釈垂れるなや」

「三次団体いうても、こちとら游永会じゃ」

「てめえ、今の言葉どういう意味だ、コラ」

尾崎が喚き、他の組員たちもそれに続いた。

「田宮組が游永会より格下だって言いてえのか、コラ！」

「いい度胸してんじゃねえか、馬鹿野郎」

勝村は眉間に皺を寄せ、塚本と大地は俯いて小刻みに震えていた。

「おい、チンピラ。お前なんや？　謝罪に来たんか、喧嘩売りに来たんか、どっちや」

山本は静かに言った。勝村が肩で呼吸をしながら、歯軋りを繰り返す。

「謝罪に来たんや。それをおのれらがぶち壊したんと違うんか」

「オモロい。責任転嫁か」

「お前、ホンマに引かん気か」

「引く？　何を眠たいことぬかし腐っとんじゃ、ボケ」

「ホンマに船越と戦争なるど、コラ」

「せやからそれがどないしたっちゅうんじゃ、われ、コラ！　おう？　舐めとったらいてまうど、コラ！」

　山本は怒鳴り、塚本と大地を足で指した。

「おい、お前ら。戦争ンなったら覚悟せえよ。まずお前らから殺しに行ったるからな」

　眉根を寄せて言ったあと、不意に笑顔を見せた。次の瞬間、テーブルに勢いよく嘔吐（おうと）した。宮尾らの怒号が響き渡り、尾崎が塚本の顔面にローキックを放った。ソファの後ろに吹き飛ぶ。

「てめえ、ゲロ吐くとはいい度胸じゃねえか」

「清掃代上乗せだ、馬鹿野郎」

　尾崎、佐藤、森川、藤井の四人が塚本と大地に暴行を加えようと迫る。

「やめんかい、コラッ！　何さらしとんじゃ！」

　勝村ががなり立てて止めに入ろうとしたが、種本がそれを阻止しようと勝村を突き飛ばした。

「このガキ、ええ加減にさらせよ」

　呻きながら立ち上がり、種本に向かっていった。宮尾が種本の左隣に回り込み、素早く身構える。山本は足を組んだまま、それを見つめていた。

眼前まで迫ってきた勝村に種本が右フックを放った。勝村は体を後ろに反らしてそれを躱し、種本の鼻梁に右ストレートを浴びせた。続けざま、宮尾に強烈なボディを叩き込む。テーブルの上に投げ出された宮尾のスーツに、嘔吐物が粘り着く。

「エルメスだぞ、この野郎……」

宮尾が呻き声を上げた。種本は失神し、床に倒れたままだ。

「やるやんけ」

山本は感心した声で呟いた。勝村が血走った眼球で山本を鋭く睨み付けたが、すぐさま塚本と大地を救いに走った。怒号と悲鳴が部屋中に響き渡る。

やがて、尾崎らの暴力の的は勝村へと移行した。塚本と大地がその隙に逃げ出す。血を流して生気を失った目をした二人は、扉の方まで走って逃げると、はたと立ち止まり、勝村を振り返った。

「早う逃げえ、あほんだら！」

勝村が息も絶え絶えに言った。二人が部屋を飛び出す。山本は無表情でそれを見送ったあと、口を開いた。

「お前ら、もうええ。その辺にしとけ」

全員がすっと手を止め、勝村がよろめきながら扉まで走り寄る。顔から血を流し、肩で息をしていた。

山本は勝村を一瞥したあと、部屋全体を見渡した。種本は失神し、宮尾は顔を顰めて腹部を手で押さえ、尾崎は鼻血を出している。森川はこめかみから血を流し、佐藤と藤井は苦しそうに喘いでいる。

「お前、えらい武闘派やのう」

山本は勝村を見据えて言った。

「やかましい。子分にやらせて、おのれは高みの見物のつもりかい」

「高みにおるんやからしゃあない」

勝村が体を震わせ、頰を上気させた。

「自分は手ェ出さんと、ど汚い奴じゃ。一人でゴロもまけんようなヘタレが」

「好きなように吼えとったらええ」

「おう、そうかい。ほな言うたろ。大勢で寄ってたかって、お前らどいつもこいつもヘタレの集まりやのう！」

「ルール無用が喧嘩のルールや。覚えとき」

「……ただでは済まさんど、コラ」

「こっちの台詞じゃ。上田の受けた借り、まだ返したとは思うてへん」

「ぶち殺したる」

「黙って目標達成するんが漢（おとこ）や。有言実行は二流やで」

勝村は荒々しく息を吸い込むと、一切の言葉を飲み込んで去っていった。

一時間後、宮尾がスマートフォンを手にし、口を開いた。

「アニキ。さっきの勝村ですけど、ネットで検索したら出てきました」

「うん？　何がや？」

「あいつ、ミドル級の元プロボクサーです」

「そりゃ敵わんな」

山本は肩を竦めて笑った。

29

十月二十日、土曜日。詩織は忙しいらしく、初デート以来一度も逢えていないが、メールのやり取りは毎日欠かさず行っている。他愛のない内容だが、他愛のない内容のメールを送り合っているという事実が嬉しい。

山本さんからは、「長尾組と抗争になる可能性が高いから、しばらく会えへん。バイトの指示はメールでするわ。すまんのう」というメールが来た。別に謝ってもらわなくていい。俺には詩織がいる。

十月二十二日、月曜日。バイトから帰りアパートでネットを見ていると、山本組の事務所に軽トラックが突っ込んだというニュースが流れてきた。犯人は不明。死傷者はなし。

十月二十三日、火曜日。長尾組の事務所にダンプカーが突っ込む。犯人は不明。死傷者はなし。俺はパチンコで六千円勝った。

　十月二十六日、金曜日。長尾組の塚本健一が愛人宅で、大地裕が上海系マフィアに提供された隠れ家で、各々襲撃を受ける。塚本は全治八か月、大地は全治一年の重傷。犯人は逃走し不明だが、游永会船越組系長尾組と田宮組関川組系山本組が抗争状態にあると、捜査関係者が語る。俺はこの日、運び屋のバイトだった。

　十月二十七日、土曜日。山本組の幹部宅に弾丸が撃ち込まれる。犯人は不明。死傷者はなし。俺はパチンコで一万千円負けた。

　十月二十八日、日曜日。山本組組員・森川仁が大阪市平野区で銃撃を受ける。犯人は森川の腹部に銃弾を一発放つとすぐにその場を立ち去ろうとしたが、森川と待ち合わせをしていた同組員の尾崎智弘が丁度その場に現れ、犯人と格闘。犯人は二発発砲し、うち一発は尾崎の膝を貫いたが、尾崎は犯人の背中に匕首を突き刺した。結果、犯人は逃走の際に歩道橋から足を滑らせて転落、首の骨を折って死亡した。所持していた身分証は偽造されたもので、身元は不明だという。鋭意捜査中とのことだ。恐らく、裏社会の便利屋だろう。游永会ともなれば、その手の人材をいくらでも知っているはずだ。森川も尾崎も病院に搬送され、一命を取り留めたが、尾崎は銃刀法違反で逮捕された。

　十月二十九日、月曜日。山本さんや宮尾とは二週間以上顔を合わせておらず、日々、違法バイトとパチンコの繰り返しだ。昨晩、詩織にメールを送ったが、一向に返信がない。いつもなら三時間以内には返ってくるが、忙しいのだろう。俺は寂しさを紛らわせようと、パチンコへ向かった。珍しく平田はおらず、一人で黙々とパチンコを打った。八千円負けた。

30

十月三十日、火曜日。大阪市旭区にあるビルの一室で、山本は黒革のソファに端然と座っていた。

「おはようございます、加納会長」

山本は両手を膝の上に置き、頭を下げた。加納がふんと小さく鼻を鳴らす。銀縁の眼鏡を掛け、グレーのブランドスーツを着ている。

「随分と他人行儀じゃねえか」

加納が静かに言った。低く、僅かに掠れた声だ。落ち窪(くぼ)んだ眼窩(がんか)の奥で、小さな目が光っている。背後では、男が両手を前に組み、能面のような顔で立っている。信本秀隆(のぶもとひでたか)。誠林会の若頭だ。

「大阪弁で喋れよ。もっと気楽にさ、いつも通り喋れや」

「……ほな、そうさせて貰いますわ」

山本はやや前屈みになり、加納の目をひたと見た。

「今日は、どないな用件でしょうか」

「用件？　用件がなきゃ呼び出しちゃ駄目か」

「そういう訳ちゃいますけど、最近、色々バタバタしてましてね」

「山本組と長尾組の喧嘩か」

「ご存じでしたか」

「当たり前だろ。さっき、用件っつったな？　用件ならあるよ。てめえ、なに勝手に喧嘩おっ始めてんだよ。親に断りもなくよう」

「明日までは、関川が俺の親です」

加納の顔が強張る。

「オヤジにならナシ通してますわ」

「俺に通せっつってんだよ、馬鹿野郎！」

加納が声を荒らげた。

「合併が迫ってるってのに抗争なんか始めやがって。俺を厄介事に巻き込む気か？　嫌がらせか、コラ？　不貞腐れてんじゃねえぞ」

加納が大きく息を吐き出し、深く背凭れに寄り掛かった。

「お互いガキじゃねえんだ。大人の話し合いをしようじゃねえか」

「はい」

「お前がこの人事を快く思わんのも理解できる。だが、こいつだって若頭から補佐に降格するんだ。山本、お前のメンツを立ててやったんだぜ、こっちは」

「じゃあ、とっとと長尾組と手打ちにしろ。今どき、抗争して何の得がある？　うん？」

「損得の問題と違います」

「義理人情か？　仁義か？　任侠道か？　流行んねえぞ、そんなもん」

「そんな大層なモンやなし、単純に、やられたらやり返す、いうだけの話ですわ。極道の本質でっしゃろ」

「游永会相手に本気で勝てると思ってんのか」

「勝ち負けは問題やないんです。それに勝たれへんでも、五分の手打ちに持ち込んだことなら何回もありますでしょ、田宮組は」

「やられてやり返して、何が残る？　憎しみの連鎖の果てに残るのは、虚無感だけだ」

「えらい洒落たこと言いはりますね」

「馬鹿にしてんのか」

「邪推せんとってください。素直な気持ちですわ。しかし極道の抗争は、別に憎しみによる報復とは違います。言うたらむしろ真逆、ウチの代紋舐めんなよっちゅうアピール、ビジネスライクな宣伝ですわ。山本組は若頭をしばき回されたうえ、組員まで弾かれてますねん。そやのに、黙っとれ、言いはるんですか」

「お前の気持ちも分かるが、もう少し穏便に片付けられないか、って話だよ」

「山本組は若頭がド突かれようと組員の腹に穴開けられようと、游永会に芋引いて手出ししてきよらへん……。そんな評判が立ったら、山本組の面目は丸潰れですわ。ちゅうことは即ち、関川組の面目も丸潰れいうことです。そしてそれはとりもなおさず、合併先である誠林会のメンツも丸潰れいうことです」

加納が小さく息を吐き、山本を見据えた。山本は眉一つ動かさない。

「船越組の若頭補佐を挑発したという話も聞いている」

「挑発いうほど大層な話ちゃいます」

「大層な話ちゃいます、じゃねえんだよ、馬鹿野郎！　舐めてんのか」

山本は、いえ、と低い声で言った。加納が大きく舌打ちをする。

「もう充分、メンツは保てたろ。山本組から死人は出てないし、向こうのヒットマンを返り討ちにして殺したんだ」

山本は無言を貫いた。

「お前、昨日本家の柴田さんに呼ばれたろ」

「知ってはりましたか。ええ、呼ばれました」

「何て言われた？」

「速やかに、手打ちに動けと」

硬い声で言った。加納が満足げに頷く。

「それで、何て答えたんだ？　まさか、逆らったのか」

「いえ。十一月の上旬までには手打ちを成立させると、約束しました」

「そうか。本家にゃ素直なんだな」

嫌味な声だった。

「誠林会と船越組の出入にまで、発展させる気はない。もう、山本組から一切手出しすることは許さねえ。山本組と長尾組の間だけで、火種が小さい今のうちに、解決しろ。いいな?」

「分かりました」

「もういい。行け」

「失礼します」

山本は立ち上がり、信本を一瞥してから、部屋を出た。

ガードレールに寄り掛かると、山本は白い煙を静かに吐き出した。デュポンのライターの蓋を何度も何度も開閉させる。キンッという甲高く澄んだ反響音が響き渡り、目の前の川面を走っていく。

「あのう、すみません」

黄色の帽子を被った初老の男が、おずおずと話し掛けてきた。

「すみません。ここら辺で路上喫煙は――」

携帯灰皿を取り出し、無言で火を消したあと、ぐるりと周囲を見渡した。

「あんた以外、全然人おらんやんけ」

「ええ、まあ、そうなんですけど、条例で決まってますんで」

「ああ、そう。えらい生きづらい世の中やのう。上の人間が決めたことは、何でもかんでも正しいんかい」

低い声で言うと、男が体を僅かに後ろに反らした。

「すまん、八つ当たりや。堪忍してや」

男の肩に手を置いたあと、ゆっくりと歩き始めた。秋風が颯然と吹き、黒いスーツの裾をはためかせる。ちらと右手に目をやると、川底が鈍く銀色に沈んでいた。

31

「お疲れですか？」

「ああ。今日の朝イチで大阪に帰ってきたとこや。まだ時差ボケが直ってへん」

「どっか行ってはったんですか」

「東京や」

山本さんはまた大きく欠伸をした。十月三十日、火曜日。久しぶりに山本さんに呼び出された。十一月一日に会えないから、払える分を返済しろ、とのことだった。

詩織からメールの返信はない。返信を催促するメールを送れば「重い」と思われそうだし、かと言って返信があるまでひたすら放置していると、「あたしに対して無関心なのかな」と思われそうで怖い。この辺りの匙加減がよく分からないが、とりあえず、「大丈夫？　忙しかったら返信は急がんでええよ」というメールを送っておいた。

「そうや。山本組の組員さん、撃たれたらしいですね」

「ああ。お陰で警察も首突っ込んできよった」

「ニュースで見ましたけど、ベレッタで撃たれたらしいですね。上等なヤツや」

「ベレッタM92。『ダイ・ハード』でブルース・ウィリスがぶっ放してたヤツやな。トカレフとかと違うて、日本で手に入れよう思うたら、まあ最低五十万はするやろうな」

「その映画は観てないですけど、ベレッタは分かりますよ」

「なんやお前、『ダイ・ハード』も観てへんのか」

「映画なんて、十年以上ロクに観てませんわ。家にテレビありませんねん。たまにスマホでネット番組は観ますけど」

愕然とした表情を向けられた。

「映画館は行くんか」

「行きません。オモロいかどうか分からへん映画に二千円弱も払うなんて、とんだ博打(ばくち)やないですか」

「博打って……。どの口が言うとんねん」

山本さんは軽く舌打ちをした。

「でも、流石は山本組の組員です。殺し屋を逆に殺してまうって……」

「殺したんやない。背中刺されて焦ったアホが、勝手に階段から転げ落ちたんや。事故や。まあ、チャカ持った奴を追っかけるほどの根性が尾崎にあったんは、正直驚いたな。想定外や」

「流石、山本組は凄いですね」

「お前、媚びたら借金減らしてくれるんちゃうか、って思うとるやろ」

くそっ、バレていたか。

「当たり前やけど、びた一文まけへんど」

確固たる声で山本さんが言った。渋々——表面上は軽やかに——頷く。

「そういえば、びた一文のびた、て何なんですかね」

「昔、粗悪な造りの銭を、びた銭、言うてたんや。そんな価値の低い銭すらまけへんど、っちゅうことや」

「歩く百科事典ですね」

「褒めてんねやろな」

「もちろんです」

「ほなええ。まあ、今の日本にびた銭なんてあらへんけどな。偽札でも、日本で通用するくらいなら、もうその価値は本物同然かそれ以上や」

「綺麗な金、汚い金、いう概念はありますけどね」

「まさかとは思うけど、嫌味ちゃうやろな」

「もちろん違います」

「ババアを介護して稼いだ一万円も、ジジイから騙し取って稼いだ一万円も、価値は一緒や」

清々しいほど最低な発言だ。

「とにかく、法外に高いバイト代払ったってんねんから、きっちり返済せえよ」

「法外に高い言うても、実際、法外の仕事させられてますからね」

「ド突いたろか、コラ。なんや、感謝してへんのかい？　俺の斡旋したバイトのお陰で、結構ええ思いしてるんちゃうんか」

「それはまあ確かに、そんなことないって言うたら、嘘になるかもしれません」

「せやろがい？　俺だけやなし、お前に金貸した闇金共にも、ちゃんと感謝せえよ」

「山本さんはともかく、闇金連中に感謝するんは嫌ですわ」

「なんでやねん」

「いくら戦争映画に傑作が多いからって、戦争を肯定する映画ファンはおらんでしょ」

「映画観いひんくせに、知った風な口を利くな」

「すみません。……あ、それで、撃たれた組員さんは大丈夫やったんですか」

「命に別状なし。ようけ見舞金やったら、撃たれて得した、言うて笑っとったわ。ちゅうか、そんな話はどうでもええねん。とっとと金返さんかい。ナンボ用意できた？」

五十万円差し出すと、山本さんは、ボチボチやな、と呟いた。

「ほいで、今日も何かバイトですか？」

「いや、ない。飯食うて、銭湯でも行こか」

「俺もですか？　宮尾さんと二人で行きはった方が」

ちらと運転席に目をやったが、宮尾は特に反応を示さない。

「宮尾とはしょっちゅう二人でおる。今日くらい、お前みたいなちゃらんぽらんがおる方が気楽でええ」

山本さんが投げやりな声で言い、俺は合点した。明後日は、誠林会との合併の日だ。

「なんや、嫌なんかい？」

「奢ってくださるなら、喜んで」

「現金な奴っちゃ」

山本さんが口許を緩めて言った。


「東京には何しに行ってたんですか」

牛ハラミを飲み込み、俺は口を開いた。

「本家の幹部に、話がある言うて呼びつけられたんや。しかも朝イチの新幹線で戻って、さっきまで加納と話してきたんやが、あのボケ、俺が本家に『長尾組と揉めるな』って説教されたのを知った上で、同じこと言うてきよった。抗争が始まってすぐに呼び寄せたらええもんを、俺にビビってよう言わんかったんや。本家が出てきた途端、クソ偉そうに」

「やっぱりモヤシでした？」

「上等なスーツ着てたけど、虚勢だけのしょうもないおっさんやったわ。後ろで立ってた若頭の方が、よっぽどええツラしとった」

山本さんが箸で肉を突きながら言った。肉が焼けるジュージューという音が響き、白い煙が山本さんの顔の前で幕を張っていた。

扉を開いた全裸の老人が、白い湯気に包まれながら出てきた。ジャケットとシャツをロッカーに放り入れ、ズボンのベルトに手を掛ける。山本さんと宮尾は既に一糸まとわぬ姿だ。

「山本さんは、やっぱかっこええですね」

「何を言うとんねん、気色の悪い」

「いや、ちゃいますやん。山本さんが、やなしに、刺青の話ですよ」

「まあ、大阪一の彫り師に入れて貰うたからのう。ちゅうか昔も思ったけど、何でお前が龍を入れてんねん」

「別にええやないですか」

「俺が蛇やねんど？　ほいで宮尾が鯉や。どっちも、龍になる前の生き物やないか。何でお前より格下やねん。消せ。レーザーで消しさらせ」

「痛いの嫌ですねん。何より金がないです」

「トイチで貸したるで。大体、極道を辞めた今、刺青なんか入れてても不便しかないやろ」

「確かにまだ偏見は根強いですけど。それでも結構、今はタトゥーしてる若者とかいますからね。タトゥーは立派な文化ですよ」

「お前の背中に入ってるんはタトゥーやない。刺青や」

一緒ちゃいますの、と言うよりも前に、山本さんは浴室へと入っていった。その後ろ姿——首筋から足首まで——、クワッと口を開いた般若とどぐろを巻く凶暴な大蛇は、凄まじい殺気を放っていた。見事なまでの美しさだ。引き締まった肉体とスタイルの良さが、デザインの持つ格好良さをより引き立たせている。正味な話、惚れ惚れする。

「ボサッとしてんじゃねえ。早く入れよ」

宮尾に尻を蹴られ、慌てて浴室へと向かった。

銭湯から出た頃には、すっかり街に夜が降りていた。山本さんに奢って貰った珈琲牛乳に口を付けながら、空を見上げる。しばらく見つめていると、山本さんが声を掛けてきた。

「星なんか見えへんやろ」

「ぽつぽつと、ゴミみたいなんが見えます」

「それ見て何がオモロいねん」

「星空見てたら、人生ってなんてちっぽけなんやろ、人生って何なんやろ、人は何のために生きてるんやろ、って思いません？」

「それは、砂漠の中で満天の星を見たときに考えることや。クソ寂れた銭湯の前で、薄汚れた日本の空見上げて、何でそんなこと思うねん」

「感受性が豊かなんですわ」

　空から山本さんへと視線を移した。風呂上がりなのに、きっちり髪型をセットし、アルマーニのスリーピース・スーツを着ている。宮尾は少し離れた電柱に凭れ掛かり、黒いジャージ——組で支給されるものだ——を着て、煙草をふかしている。

「人って何のために生きるんでしょうね。人生の意味ってなんや思います？」

　尋ねると、山本さんが鼻で笑った。

「知らんがな。おのれで探さんかい」

「山本さんなりの答えでいいんです。教えてください」

「知るかい。どっか適当な新興宗教にでも入ったら、教えてくれるんとちゃうか」

「じゃあ、山本さんが教祖様やとしたら、なんて答えます？」

　山本さんは煙草を銜え、火を付けた。

「死ぬまでの暇つぶしや」

金属バットをコンクリートの地面に引き摺ったときのような、軽くて不穏な声色だ。

「えらい冷めてはりますね」

山本さんは息を吐き出した。白い煙が夜の底を静かに満たしていく。

「お前には分からんやろうけどな、しゃかりきに生きとったら、段々と死にたなってくるもんなんや」

「……ちょっと分からんですね」

山本さんが俺の目をじっと見つめたあと、額に煙草の先端を押し付けてきた。

「だっちぃっ！」

叫び声を上げ、額を擦る。

「何してますのん？　理不尽過ぎますよ」

強い口調で言うと、山本さんが喉の奥で低く笑った。

「理不尽と書いてヤクザと読むんや」

煙草を携帯灰皿でねじ消し、宮尾を手招きした。すぐさま、駆け寄ってくる。

「じゃあ、俺らは帰るわ」

「俺はどうすれば？」

「自力で帰らんかい」

「こっから徒歩はしんどいですよ」

「タクシーで帰れや」

「タクシー代は……。今日は奢ってくださると伺いましたが……」

山本さんが舌打ちし、一万円を俺の胸に押し付けた。

「現金な奴っちゃのう」

言い捨て、キャデラックへと歩いていった。宮尾がすかさず付いていく。俺は小さく息を吐くと、スマートフォンを取り出し、地図で現在地を確認した。ここからアパートまで、徒歩で一時間強。頬を綻ばせ、アパートへ向けて歩き出した。

32

「尾けられとんのう」

山本は億劫そうな声で言った。宮尾が顔を強張らせる。

「いつからでしょう？」

「銭湯出てからずっとや。三台後ろのワゴン車」

「気が付かなかったです。すみません」

「構へん。それより、道具持っとるか」

「モデルガンなら、二挺ありますけど」

宮尾が弱々しい声で言った。

「上等や。脅しにはなる。一挺寄越せ」

山本はコルト・パイソンのモデルガンを受け取った。

「中津の高架下分かるか？　あそこ、やってくれ」

宮尾が重々しく頷き、ハンドルを切った。キャデラックは煌びやかな梅田を通り過ぎ、阪急中津駅の高架下へと入っていった。停車すると、山本は車外に降り立った。

「なんや、来えへんのう」

「降りて大丈夫ですか？　遠くから撃たれたりしたら……」

「見えへんくらい離れた場所から狙撃できる腕があったら、極道なんかせずに傭兵になっとるわ。お前も降りい。来たら、ドアの後ろに隠れたらええねん」

「貫通しませんかね？」

「ハリウッド映画やないねんから、多分、貫通するやろな」

山本は闊達に笑った。宮尾が険しい表情を浮かべる。

「人間、死ぬときは死ぬし、死なんときは死なん。肚括らんかい、関川組の組員やろ」

宮尾が車外へ出た。遠くまで続く幅四メートルほどの道を、ナトリウムランプが禍々しいオレンジ色に染め上げている。道の両側には倉庫が立ち並び、後ろ手には深い闇が広がっている。すぐ上では夥しい数の車が走行しているが、この高架下に広がる空間だけは、まるで現実から切り離された異界の如き相貌を呈している。

「不気味な場所ですね」

「そうか？　心地ええがな」

山本が小首を傾げると同時に、けたたましいタイヤ音を響かせたワゴン車が高架下へと進入してきた。宮尾がドアの後ろに素早く身を潜める。車は山本らから十五メートルほど離れた地点で停車した。

「何じゃいっ！　降りて来んかい、コラ！」

山本が怒鳴ると、後部座席のドアがゆっくりと開き、白ジャージを着た勝村が降りてきた。続けて、ワゴン車から覆面の男達が続けて降り立った。その数、十三名だ。

「集団リンチかい？　男らしないのう」

「どの口が言うとんじゃ！」

勝村が野太い声で叫んだ。覆面の男達は各々、金属バットや鉄パイプやメリケンサックなどの武器を見せびらかすようにして立っている。

「組長から話いってへんのか。来週、俺と長尾は会うて話する。手打ちに向けた会合や。それをパーにする気か。長尾組長の顔に、泥塗るんか」

「オヤジの名前出したら引き下がる、思うなよ。俺も漢（おとこ）や」

勝村が語気荒く言った。

「後ろのその坊や達はなんやねん？　極道モン違うやろ」

「俺の呼びかけで集まってくれた有志や」

「他の組員は巻き込みたくない、いう訳か。本気で俺らをやる気か？」

「ビビってドアの陰に隠れてる、ケツの青いガキは堪忍したる。ただ山本、お前はきっちり落とし前付けさしたる。命乞いでもしたら、ちょっとは考えたるけどのう！」

勝村が嬉々として叫ぶと、山本は懐からモデルガンを取り出した。

「命乞いやと？　アホ抜かせ。ボケ」

勝村が目を細めた。

「そんなもんで、この数全員を殺れるとでも思うとんかい。おう、コラ」

「その通り。コルト・パイソン、装塡(そうてん)できる弾は六発だけ。予備は持ってへん。ちゅうことは、お前ら全員を殺すのは無理いうこっちゃな」

「じゃあ、そんなもん仕舞えや」

「でも裏を返せば、六人だけは確実に殺せる、いうこっちゃ」

淡々とした口調で言い、覆面の男達に銃口を向けた。オレンジ色の光が銃身を濡らし、男達が体を硬直させる。

「尊い犠牲となる六人は誰や？　名乗り出えへんねんやったら、帰らせて貰うで」

男達が沈黙していると、勝村が一歩前へと踏み出した。

「銃下ろせや。タイマンでやろう」

「タイマン？　ヤンキーの中学生か」

「やかましい。さっきはああ言うたけど、ホンマは元からサシで喧嘩するつもりで来たんや。こいつらは言うたら、お前がごねへんための保険や。俺はお前とは違う。一人を寄ってたかって袋叩きにする、なんちゅう卑劣な真似はせん。正々堂々、タイマンや」

「カッコええこと言うがな。でも、お断りや。メリットがない」

「待たんかい！」

「タイマンしたいんやったら、無理矢理やらせてみいや。おう？　近付けるもんなら近付いてみんかい」

男達が動かないのを見ると、山本は鼻を鳴らして笑い、ドアに手を掛けた。

「待てや、コラ！」

「帰るで、宮尾」

「逃げるんかい！　俺は高みにおるんやとか何とか言うて、尻尾巻いて逃げるんかい。ダサいのう。ええ？　関川組の山本恭児は、游永会の三下風情とゴロも巻けへんのかい。舎弟の前で、ビビって逃げ腐るんかい。おう、コラ？　情けないのう！」

ドアに掛けた手を離し、勝村を見据えた。

「えらい安い挑発するやんけ」

「安い挑発には乗らん、ってか？　そう言うてまた逃げるんかい」

山本は目を細めて笑った。

「お前、昔気質の極道やな」

「褒めても何も出えへんど」

「褒めてへん。ガキっぽい、言うてんねや」

勝村が眉根を寄せ、山本を睨み付けた。

「あの覆面坊や達が動いたら、容赦なく撃ち殺したれ」

山本は大きな声で言うと、コルト・パイソンを宮尾に差し出した。

宮尾が右手でマカロフのモデルガンを握ったまま、左手でコルト・パイソンを受け取った。

「二丁拳銃なんかすなや。ジョン・ウーの映画違うねん。両手でしっかり構えんかい」

宮尾が深く頷き、マカロフを仕舞った。勝村が人差し指を突き立てて口を開く。

「もちろんチャカはなし。ドスもなしや。ええな？」

「プロレスみたいに、途中で場外から武器貰うのはどうやねん？」

山本は覆面の男達を指差して言った。

「なしや。お前も、そのガキの手ェ借りんなよ」

「チャカはなし。ドスもなし――」

「金属バットもなしやし、鉄パイプもメリケンサックもなしや」

「禁止事項多いなあ。喧嘩はルール無用やからオモロいんやけどのう」

「またそれか。負けたときのための言い訳かい？」

山本は大股で歩き出した。勝村との距離が一メートルまで迫る。

「タイマン勝負。チャカとドスと金属バットと鉄パイプとメリケンサックを武器に使うのはなし。他にルールは？　まだあるとか言うたら、帰ってまうで」

「安心せえ。そんだけや。……着たままでええんかい？」

「アルマーニの三つ揃いやど。こんなつまらん喧嘩のために脱いで堪(たま)るかい」

「まあ、死に装束には相応(ふさわ)しいわな」

「こじゃれたこと言うやな――」

言い終わる前に、勝村が足を踏み出し、鋭い拳を放った。体を半分反らし、掌で拳を払う。

「まだ喋ってるっちゅうねん、ボケ」

すかさず、勝村のみぞおちを目掛けて膝蹴りを放った。勝村が大きく後ろに跳び、それを躱す。

「おかしいのう。ボクサーは蹴りに弱いって、ネットに書いてたんやけど」

山本は軽い調子で言ったあと、掌を擦り合わせ、細く息を吸った。勝村がその姿を見つめ、口許に冷たい笑みを浮かべた。

「素人がプロのパンチを払ったり受けたりしたらアカンで。避けへんと、体いわしてまうで」

「プロ言うても、誰も知らんような三流ボクサーやろがい」

そう呟くと、勝村との間合いを詰め、ローキックを浴びせた。勝村がそれを膝で受け止め、山本の顔面にストレートを放った。紙一重で躱す。

山本はよろめくようにして後ろに下がった。勝村が素早く迫り、立て続けに拳を繰り出す。ステップを刻み、空振りを誘う。強烈なストレートが飛んできた。肘で刺してブロックしたが、腕に痺れが走った。

「ええフットワークや。ボクシングやっとったんかい？」

「ガキのときに、ちょっとだけの。食事制限せえ、酒飲むな、煙草吸うな、っちゅうんが鬱陶しいて、すぐやめたったけど」

「続けといたらよかったな。そしたら今、こんな目には遭うてへんやろ」

「こんな目って、何も効いてへんっちゅうねん」

「息切れしてるやんけ」

「やかましいのう。軽口はええから、とっとといわしてみいや」

さりげなく、勝村の左脇腹に視線をやった。勝村が脇腹を警戒する素振りを見せた瞬間、一歩踏み込んだ。脇腹を見つめたまま、顎を狙って右フックを放つ。

フェイントは見切られていた。躱しざまに強烈なボディを叩き込まれる。

山本は鈍い声を上げて腰を折り曲げ、腹部に手を当てた。倒れ込みそうな勢いで、二メートルほど後退りする。苦しそうに呻き、ぜえぜえと息を吐き出した。

「ほう。今の喰らって膝突かへんのかい」

「褒めても何も出えへんど」

「褒めてへん。哀れんでるんや。今ので倒れとったら、それでもう終わりにしたったのに。その蛇ヅラ、イボガエルみたいにしたるわ」

「ド突いたろか、カスが、ボケ」

「この状況でその台詞吐くんは、ダサ過ぎるで。山本さんよう」

勝村が声を上げて笑った。覆面の男達の間に、笑いの波が広がる。宮尾が頬を上気させた。

「しかし、ボディブロー喰らうなんて、小学校の遠足で三木君と喧嘩して以来やな」

勝村が怪訝な眼差しを山本に向けた。山本は苦しそうに息を吸い込み、言葉を続けた。

「場所は確か六甲山やった。昼飯のデザートにバナナ食うてたら、急に三木君がキレてきよってな。おやつは三百円までや、山本君さっき三百円分お菓子食べてたやんか、ズルいで、言うてな。せやから俺は、バナナはおやつに含まれへんがな、って言い返して、気ィ付いたら取っ組み合いの大喧嘩や」

「何の話してんねん」

「まあまあ、最後まで聞けや。ほいでまあ、もちろん喧嘩は俺が勝ったんやけど、あとで先公にごっつい怒られてのう。三木君をボコボコにした件についてはそりゃ怒られてもしゃあないけど、そのクソ先公、『バナナみたいに、おやつかどうか判断が難しいものを遠足に持ってきたいなら、前もって先生に訊きなさい』って抜かし腐ったんや」

「お前なんや、走馬燈でも見てるんかい？」

勝村が嘲るような声で言った。

「そうかも分からんな。……でも、酷いと思わんか？　なんでいちいち俺が『バナナはおやつに含まれますか』って訊かなあかんのや。おやつに含まれるモンと含まれへんモンを分類して生徒に提示するのは、教師の役目やろがい。遠足のルールを決めるのは教師やねんから。なあ、そう思わんか」

「体を休めるための時間稼ぎか？　えらいつまらん真似するやんけ」

「質問に答えてくれや。俺が遠足でバナナを持って行ったんは、俺の責任やなくて、バナナがおやつに含まれるか含まれへんかを曖昧なグレーゾーンのまま放置してた教師の責任やな？」

「おうおう、せやのう、お前の言う通りや。……これで満足かい？　ほいで、時間稼ぎはもうええか」

「ああ、バッチリや」

頷き、明朗に笑った。勝村が笑みを返し、ジャブを繰り出す。山本は辛うじてそれを躱しつつ、左手をズボンのポケットに入れた。

「避けてるだけやったら勝てへんどっ！」

勝村が叫び、拳を放った。山本はそれを掌底で受け流し、勝村の右腕を摑んだ。ポケットから左手を出し、勝村の腕に素早く近付ける。手に握られているのは、デュポンのライターだ。キンッという甲高い音が響き、麦の穂のように煌めく火が勝村の手首を炙る。

「だっちぃっ！」

勝村が絶叫し、後ろにのけぞり返った。よろめき、足許がもつれた勝村の顔面を、拳で強かに打ち付ける。勝村が小さく声を洩らし、膝を突いた。

山本は両手で勝村の頭を摑み、鼻梁に強烈な膝蹴りを喰らわせた。血飛沫が舞い、勝村が仰向けに倒れ込む。起き上がる隙を与えまいと、顔面を何度も何度も執拗に踏み付けた。鮮血に染まった唾液と歯が飛び、鼻血が噴き出す。悲鳴とも怒号ともつかない声が上がった。

勝村が腕を伸ばして山本の足を摑もうとしたが、その手を踏み付け、つま先でみぞおちを蹴り付けた。湿り気を帯びた鈍い音が、勝村の喉の奥から迫り上がってくる。山本は勝村の体のあらゆる部分を、アトランダムに、容赦なく蹴り続けた。

覆面の男達は静まり返り、宮尾の顔には徐々に笑みが広がっていく。山本は最後に勝村の喉へ鋭く踵を打ち込むと、ふらふらと三歩ほど後ろに下がった。懐から煙草を取り出し、火を付ける。

「なんや、それ……」

「ライターを知らんのか？」

「殺すぞ、お前……」

「お前の方が死にそうやで。ちゅうか、イボガエルみたいなツラになっとんど」

山本は頰を緩め、息を吐いた。白煙がゆらゆらと昇り、オレンジ色の光に溶けていく。

勝村の目が瞬く間に血走っていき、体がぶるぶると痙攣し始めた。

「反則やろがい、コラッ！」

勝村が掠れた声で叫んだ。山本は煙草を捨て、靴で踏み付けた。

「反則？　お前が禁止した武器は、チャカとドスと金属バットと鉄パイプとメリケンサックだけやろ。ライターは使ったらアカンなんて、言われてへんで？」

「屁理屈こね腐ってんちゃうど……」

「ルール上の曖昧なグレーゾーンを侵した奴がいたとしても、それはそいつの責任と違う。曖昧なグレーゾーンに気付かずそのまま放置してた、ルール制定者の責任や。さっき遠足の話をしたとき、お前は確かにこの考え方に賛同した。『おうおう、せやのう、お前の言う通りや』って、はっきりと言うた。ちゃんと言質(げんち)は取ったで」

「そんなもん、お前……。ど汚いぞ、コラッ！」

勝村が絶叫した。鮮血を含んだ唾が飛び散る。

「汚いから極道やってんねや」

平然と言い放ち、宮尾の許へと歩いていった。

「帰るぞ」

呟き、後部座席に乗り込む。宮尾がコルト・パイソンを男達に向けたあとで、運転席へと乗り込んだ。目一杯アクセルを踏み込み、キャデラックを急発進させる。覆面の男達は立ち尽くしたままだ。高架下の奥に広がる闇の中を、キャデラックは猛スピードで駆け抜けていった。

33

十一月三日、土曜日。ようやく、詩織がメールの返信をくれた。実に六日ぶりだ。流石に遅いだろうと思い苛立ったが、「詩織です。ごめんなさい。忙しくて二、三日返信できなくて……。しかもそのあと、携帯電話を水没させちゃって。すぐに連絡したかったんだけど、雅樹くんのメアドと電話番号をメモした紙も何処かにやっちゃって……。今日やっと見つかりました。本当にごめんなさい。あと、ケータイ買い替えたんだけど、前のメアドを使えるようになるまで、なんか数か月かかるらしくて、しばらくこのメアドにします。登録お願いします。ホント、ごめんね！　大好きだよ」というメールだったため、すぐさま怒りは蒸発して消えた。確かによく見ると、メールアドレスが以前のものと微妙に違った。慌てて、全然大丈夫だ、怒っていない、という旨のメールを送っておいた。とにかく、嫌われた訳ではなかったようだ。

「何をため息吐いてんねん」

「安堵のため息ですわ」

親指を立て、ニッと笑った。山本さんが左手で俺の指を摑み、ぐいと捻じった。

「痛い、痛い、痛いです。折れたらどないするんですか」

「なんや、嫌味かい？」

山本さんが右手を挙げた。ギプスでがっちりと固定されている。

「嫌味な訳ないやないですか。ちゅうか、それ、どないしはったんですか」

「骨折したんや。親指以外、全部折れとんねん」

「そりゃ大ごとですね。なんでまたそんなことに？」

「喧嘩や、喧嘩」

「わあ、その歳でまだヤンチャしてはるんですか。凄いですね」

「馬鹿にしとんかい」

「してませんよ。凄いなあ、思うてます」

「長尾組の組員とタイマンでやったんや。別にチンピラと路上で喧嘩した訳ちゃうで」

「長尾組の？　それ、大丈夫やったんですか」

「大丈夫って何やねん」

「勝ち負けみたいなのは……」

「アニキが負ける訳ねえだろ」

「いや、ええ歳こいて殴り合いの喧嘩する奴なんか、全員敗者や」

車内に、居心地の悪い沈黙が降ってきた。

「でも、タイマンの決闘やなんて、えらい昔っぽい話ですね」

空気を変えようとして口を開くと、山本さんはちらと俺に目を向けた。

「確かにのう。しかもそいつ、どうやら組に話を通さんと、独断で俺を狙ったらしい。

そのお陰で、山本組と長尾組の抗争から誠林会と船越組の抗争にまで規模は拡大、抗争も長期化する見込みや」

「加納とかいうのは、なんて言うてますの?」

「会長はさっさと手打ちにしたい、言うてる。ただ流石に、いくら返り討ちにしたとはいえ、若頭の俺が襲われてんから、『船越さん、手打ちにしましょうよ』とは言えんみたいやな。会長かて腐っても極道、組内外に対するメンツがある。俺が襲われたことで、本家の風向きも多少変わったしな。だから、抗争したくないけど手打ちを言い出せない、っちゅうジレンマに苦しんではるわ」

「じゃあ、船越組が言うてくるのを待ってるんですか」

「まあ向こうは向こうで、ウチは游永会やっちゅうプライドがある。それに、船越組全体の雰囲気としては抗争を嫌がってるみたいやけど、村本は俺を痛い目に遭わせたろう言うて、ごっつノリノリらしい。せやからこの抗争、泥沼化するかもしれんのや」

「よう向こうの内情まで分かりますね」

「府警に犬飼っとるからのう」

山本さんは呟くと、窓ガラスに頭を預け、瞼を閉じた。

「宮尾さん。今日は俺、何したらええんですか」

尋ねたが、宮尾は小さく首を振っただけだった。車内に再び沈黙が訪れる。会話が途切れて気まずい沈黙が流れることを、フランスの諺(ことわざ)で、「天使が通る」と言うらしい。

昔、山本さんから教わった豆知識だ。

山本さんは目を閉じ、宮尾は一向に俺と目を合わそうとしない。何か軽口を叩いて天使を蹴散らしてやろうかとも考えたが、やかましいと怒られるのも癪なので、スマートフォンを取り出した。インターネットを開き、山本組と長尾組の抗争について検索してみた。すると、山本組の森川を銃撃した犯人の身元が判明したというニュースを見つけた。記事の日付は一昨日だ。ワイドショーなどでも取り上げられるほど話題になっているらしい。一昨日も昨日もパチンコ屋に入り浸っていたせいで、全く知らなかった。

犯人の名は妹尾武雄、四十四歳。前科三犯。職業は不詳。妹尾の自宅には警察官の制服のレプリカが大量にコレクションされており、なんと本物も数着発見された、と捜査関係者が語っているらしい。

コスプレマニアの殺し屋かいな、確かにワイドショー映えしそうやわ、というか捜査関係者って誰やねん、どこまでが関係者やねん、捜査員行きつけの喫茶店のマスターとかも含むんかい、などと思いながらネットサーフィンを続けていると、妹尾武雄の顔写真がいくつか出てきた。なんとも記憶に残りにくい顔だ。どこかで見たことがあるような、どこにでもいそうな顔だ。メディアや警察が公表したものではなく、ニュースを観た妹尾の知人が流出させたものらしい。善良なる一般市民は相変わらず、ネット上で犯罪者の顔を晒すのが大好きだ。

そんな中、一枚だけ、警察官の制服を着た妹尾の写真があった。コスプレパーティに参加したときの写真だという。随分と古い、恐らく二十代の頃の写真だ。筋金入りの警官コスプレマニアやな、と感心しながら写真を見ていたが、突然閃光のようなものが頭の中を走り、息が詰まった。こいつ、どこかで見たことがあるようなおっさんではなく、どこかで見たことがあるおっさんだ。背筋がさっと凍り、辛うじて息を吐き出した。

——俺が知ってる中で一番オモロい奴は、警官のコスプレマニアやな。警察官の格好して、道行く奴に職質掛けて、それで勃起しとんねん。普段は逮捕される側の仕事しとるくせに、けったいな奴や。

山本さんの言葉が甦ってくる。顔を上げ、そっと山本さんの方を向いた。いつの間にか目を開き、無表情のまま俺の方を凝視していた。俺は口角を上げたが、山本さんの頬はぴくりとも動かない。

「なんや？　どないしてん？」

「いや、別に……」

俺はスマートフォンを懐に収めた。様々な考えが頭の中で躍り狂う。

「借金、今日でチャラにしたろか」

不意に、山本さんが言った。その言葉の意味を理解し、ゆっくりと息を吸い込む。

「俺に、何をさせるつもりですか」

「なんや、その返事？」

「四年間、山本さんと一緒にいましたからね。タダで借金チャラにしてくれる人やない、いうことくらい、分かってます」

「えらい察しがええやないか。お前は昔からそうやな。妙に頭が冴えてるときと底抜けにアホなときがある。知識も思想も偏っとんねん」

山本さんが相好を崩した。冷たい予感が胸に去来する。

「じゃあ、回りくどい前置きは抜きにして、単刀直入に言おう。まあ、この単刀直入に言うと、っちゅう言葉が既に回りくどいというパラドックスが――」

「何をさせるつもりですか」

山本さんの言葉を遮り、強い口調で言った。いつもならここで、アニキに向かってその口調はなんだ、という声が宮尾から飛んでくるはずだが、今日は無言だ。

山本さんが大きく息を吐き出し、口を開いた。

「借金の残りはチャラ、プラス、百万円やる。せやから、人殺してくれ」

首から下がゆっくりと冷たくなっていき、顔だけが妙に火照(ほて)ってくる。

「誰を、ですか？　村本とか？」

「おう？　それは、イエスいうことかい？」

「いや、そういう訳違います」

「なんやねん。まあええわ。教えたろ。標的は加納や。加納寿明」

俺は鋭く息を吸い込んだ。

「そういうことですか」

「あん？　何がや？」

「山本組の森川さんを撃った犯人、妹尾とかいうらしいですけど、あいつに俺、会うたことありますねん」

　山本さんが僅かに目を広げた。

「四月の半ばですわ。警察官の格好したあいつに、パチンコ屋の前で声掛けられたんです。国語教師みたいなツラで、偉そうに説教かまされました。山本さん、この前、知り合いに警察官のコスプレマニアがおる言うてたでしょ。道行く奴に職質掛けるのが趣味や、普段は逮捕される側の仕事や、いうて。それって、妹尾のこと違いますの？」

　山本さんが歯を出して笑った。頷くよりも明白な、肯定のサインだ。

「ほいで、名探偵。推理の続きは？」

「俺、受けませんよ、殺しの仕事やなんて。借金、チャラにせんでいいです」

「その話は一旦置けや。推理の続きを披露せえって。犯人側から急かさせるなや」

　俺は深呼吸を繰り返してから、口を開いた。

「誠林会との合併は、本家の意向やから覆されへん。でも、合併後に加納を消せば、会長の座に就くことはできる。ただ、そのためには自分が疑われへんための工作がいる。そこで、山本組と長尾組が抗争に陥るよう仕向け、妹尾を使って山本組の組員を銃撃させた。誠林会と関川組が合併する十一月一日まで抗争状態を続けておけば、その日以降に加納を殺しても、抗争で殺されたと思わせられる」

「正解や。勝村が手打ちの会合前に俺を襲ってくれたんは、つくづくラッキーやった。お陰で、加納は抗争で殺されたっちゅう筋書きのリアリティが増す」

「自分のとこの組員を殺そうとするやなんて、やっぱ流石ですわ」

「殺そうとはしてへん。妹尾にはちゃんと、死なんように撃てと言うといた」

「結果的には不発に終わったけど、村本の愛人を殴ったんも、抗争の火種を撒くためですか？　山本組の若頭がリンチに遭うたんは、山本さんが何か糸引いてたんですか」

「いや、それはどっちも偶然や。アクシデントを利用して考えた暗殺計画や」

「山本さんにしては、えらい行き当たりばったりの雑な計画やないですか」

「まあな。それより、話を元に戻そう。加納を殺してくれるか」

俺はぶんぶんと首を横に振った。詩織の顔が浮かぶ。

「無理です。引き受けられません。このことはもちろん他言しませんから、他を当たってください。すみません」

「どうしても無理か」

「どうしてもです。すみません」

「ほいだら、田村詩織を殺すしかないのう」

山本さんが気怠い声で言った。全身が固まり、一瞬にして体の感覚が消えた。

「何言うてますの」

「田村詩織。お前が断る言うんやったら、殺すで」

「何で知ってるんですか」

「何でもや。ほいで、どうすんねん？　引き受けたら百万円ゲット。断ったら田村詩織はデッドや」

ふざけた口調だった。頭の中で何かがぶちりと音を立てて切れ、俺は無言で山本さんに飛び掛かった。だが頬を殴られ、あえなく座席に沈められた。救いを求めるように宮尾を見やったが、ミラーに映る顔は、濡れた石のように無表情だった。

「おかしいでしょ、そんなん。急過ぎますやん。なんで？　この前まで楽しいやってたやないですか。なんで急にこんなこと……」

声が上ずり、徐々に視界が滲んでくる。

「ええか？　物事っちゅうんはいつも、突然崩れ落ちるもんなんや」

山本さんがため息を吐き、言葉を続けた。

「加納はモヤシや、穏健派や、言うても、結局はヤクザや。無辜（むこ）の民（たみ）と違う。殺しても良心は痛まんやろ。さあ、どないすんねん」

山本さんが俺の顔を覗き込んで言った。俺は慄然（りつぜん）とした。山本さんの瞳には、全く何の感情も浮かんでいなかった。

34

部屋中に広がる闇。花の咲く音さえ聞こえそうなほどの静寂。その中で俺は息を殺し、ひたすらじっと待っている。心臓は驚くほど淡々と脈を打ち、頭は冷たく冴えている。どれくらい経ったのだろうか、加納を乗せた車がやってきた。愛人の溝部享子(みぞべきょうこ)に会うためだ。車は加納を降ろすと、夜の街へと消えていった。抗争中にもかかわらず、護衛を付けずに愛人に会おうとするとは。自分は狙われないと高を括っているのだろうか。

辺りをぐるりと睥睨し、アパートに入ってきた。俺は窓からそれを眺めたあと、棚の上に置いてある小型の回転式拳銃――S&W(スミスウエッソン) M36――を手に取り、寝室のドア裏へと向かった。階段を上る足音が聞こえてくる。鼓動がほんの少し速まり、口内に饐(す)えた味が広がる。足音が止まり、鍵を回す音がした。

加納が鼻歌交じりに部屋へと入ってきた。スイッチを押し、電気を付ける。ドア裏に潜む俺には気付かず、ベッド脇のハンガーを手に取った。

一歩踏み出し、加納の腹部に銃口を向けた。加納がさっと俺の方を振り返る。

「誰だ、てめえ？」

目をひん剝き、掠れた声で加納が言った。

「すみません」

引き金を引いた。乾いた銃声が響き、加納がベッドに倒れ込んだ。鈍く苦しそうな呻き声が聞こえる。素早く走り寄り、左手で腹部を押さえる加納に銃口を向けた。

「享子は？　享子をどうした？」

俺に手を伸ばし、最後の力を振り絞るようにして言った。指の隙間から血が流れ、高級そうなシャツが赤黒く滲んでいる。

「すみません」

溝部享子は今頃、札束を手に帰郷しているだろう。荒涼たる思いに囚われながら、加納の頭に銃弾を放った。頭がガクンと激しく揺れ、真っ白なベッドに血と脳漿(のうしょう)が飛び散った。驚愕を湛えた瞳が天井を睨み付ける。食べ過ぎたときに感じる程度の吐き気を催し、大きく息を吸い込んだ。

「すみません」

呟くと、すぐに部屋を抜け出し、アパートを出た。指示された通りの道を歩き、指示された場所へ出ると、水色のファミリーカーが停めてあった。乗り込むと、車は発進した。運転手は、髪の長い女だった。

「ニット帽、マスク、手袋、着てるもの全部、使った道具、全部その袋に入れて。着替えはそれね」

体温を感じさせない声だった。俺は言う通りにした。車は法定速度で走り続けたあと、梅田の交差点で停車した。

「お疲れ様。ここで降ろすように言われてるから」

無言で降りると、車はすぐさま走り去っていった。当然のことながら、梅田の街はいつも通りだった。いつも通り、喧しかった。深く深く息を吸い込み、大きく吐き出す。

寒さのせいだろう、吐き出した息は、真っ白だった。

35

詩織がとろけるような吐息を洩らし、俺の胸に頭を乗せた。

「今日、えらい凄かったね」

照れたような声で言った。俺は無言で詩織を抱きしめた。十一月七日、水曜日。詩織の部屋のベッドの上だ。

「何時、今?」

尋ねると、詩織がベッド脇の目覚まし時計を手に取った。

「ああ、もう五時半」

「そっか。じゃあ、そろそろ行くわ」

「うん。またね」

ベッドから這い出て、のろのろと服を着た。それからテーブルの上に置いてあるスマートフォンを手に取り、パスワードを打ち込む。だが、ロックは外れなかった。

「あれ? なんやねん」

「どうしたん?」

「ロック外れへん」

「パスワード間違えてるんちゃうん？　アレ？　それ、あたしのケータイやで」

詩織が笑った。手許を見ると、確かに詩織のスマートフォンだった。

「ああ。暗いから間違えてもうた」

「なんでやの。待ち受け画面で分かるやろ」

「いや、俺も詩織も、待ち受けは初期設定のまま、変えてへんやんか」

「ああ、そっか」

スマートフォンをテーブルの上に戻し、自分のものを捜す。箪笥の上に置いてあった。パスワードを打ち込み、ロックを外す。メールを再確認し、スマートフォンをポケットに入れた。

「なあなあ。パスワード、なんなん？」

詩織が素朴な声で言った。俺は一瞬躊躇ったあとで答えた。

「０７０４」

詩織が小さく息を吐き、口許を緩めた。

「あたしの誕生日。可愛いことするやん」

「せやろ。詩織のは？」

「内緒。プライバシー、プライバシー」

「なんやねん、自分は訊いといて」

「気になるんやったら、あたしのケータイ盗んで、調べたら？」

「どうやって？」

「パソコンに繋いで色々したら、素人でもパスワード解析できんねんて」

「おっかない世の中やな。ていうか、なんか見られたら困ることあるん？」

「そりゃあるよ。でも秘密」

「ええ、なんやねん、秘密って。気になるやん」

「秘密は赤ワインのように蠱惑的で、毒よりも刺激的」

「なんや、それ」

「好きな映画の台詞。ヌーヴェル・ヴァーグの知られざる傑作よ」

胸の奥で、とくんと何かが音を立てた。

「なあ、詩織。俺に、なんか秘密があるんか？」

声がやや上ずった。詩織が目を丸くし、眉を上げた。

「ええ？　だから、秘密は赤ワインのように――」

「いや、そういうことやなしにさ。……なんか、秘密あるんか？」

囁くように言った。薄闇の中、小さく瞬きを繰り返す詩織の瞳が、ぼんやりと見えた。

「ないよ」

「信じてもええねんな？」

詩織が口許に笑みを残したまま、ほんの少しだけ、首を縦に動かした。

「いってらっしゃい」

そう言って瞼を閉じ、唇を尖らせると、チュッと音を立てた。蠱惑的で、刺激的な投げキスだった。

阪急梅田駅の改札を抜け、都島通まで歩いた。片側二車線の道路上に、黒塗りの高級車が停まっている。早歩きで近付き、窓ガラスをこつこつと軽く叩いた。すかさずドアが開く。

「路上駐車禁止ですよ、ここ」

「やかましい。早よ乗らんかい」

山本さんが顎をしゃくった。乗り込むと、キャデラックはゆっくりと動き出した。

「なんや、話って？」

山本さんが不機嫌そうな声で言った。

「なんか、ええバイト紹介してください」

感情を押し殺して言った。山本さんが小さく息を吸う。

「恨んでへんのかい」

「別に。もうどうでもいいです。ただ、金が欲しいんですよ。これからの長い人生、よううけ金が要ります」

「百万やったがな」

「百万くらいすぐ無くなりますわ。ええから、なんかバイト紹介してくださいよ」

「えらい横柄な口調やのう。舐めとんかい」

「舐めてませんよ」

山本さんに顔を向け、目を見据えて言った。無言で見返される。

「どんな仕事でもするか」

「人殺し以外なら、何でも」

山本さんが目を細めて笑った。

「現金な奴っちゃのう」

「それで、返事は？」

「イエスや」

頷き、煙草を取り出した。

「それはそうとお前、加納の件、誰にも喋るなよ」

「言わずもがなですわ。俺かてパクられたくないです。ちゅうか、大丈夫なんでしょうね？　捜査の手、俺に届いたりしませんよね」

「俺の指示通りやったか？」

「はい。一言一句」

「じゃあ大丈夫や。それよりお前、気ィ変わって警察に駆け込んだりしたら――」

「詩織に手ェ出したら、殺しますよ」

山本さんの言葉を遮ってそう言うと、車内の空気が一瞬にして張り詰めた。山本さんがライターを持つ左手を止め、宮尾は眉根を寄せてミラー越しに俺を睨め付けた。

「言うてくれるやんけ。ほな、早速バイト行ってみよか」

冷笑を浮かべ、煙草に火を付けた。


時刻は夜の十時を回っていた。山本組のシノギを妨害してきたチンピラにヤキを入れる、というバイトを終えた帰りだ。「別にこんなもんはお前にやらせんでええんやけど、まあ、お前の本気度をチェックするためや」と言われたため、徹底的にやった。暴力にはやはり、砂のようにざらざらとした不快感が伴うということを再認識した。

カーラジオでは、テレビにもよく出演している、裏社会に通じたジャーナリストとやらが喋っていた。いくつかの時事ニュースについて話したあと、誠林会と船越組の抗争についても触れていた。「加納会長の暗殺によって抗争はますます激化が予想される。捜査関係者からの情報によると、山本組組員への銃撃や誠林会会長の殺害は游永会船越組全体の意志として行われたものではなく、游永会の上層部は困惑している。誠林会の若頭が襲撃されたという情報もあり、船越組や長尾組の組員たちが組織の許諾を得ず、勝手に暴走行為に走っているものと思われる。船越組組員の更なる暴走と誠林会の激しい報復が懸念される」といった内容だった。

「山本さんが得するような放送ですね。それにしても、なんで山本さんが襲われたの知ってるんでしょうね？」

山本さんを見やって言うと、山本さんが小さく肩を竦めた。捜査関係者からの情報によると、か。そういえば、府警に犬を飼っている、と言っていた。

「それで、会長にはなれる見通しなんですか」

「本家から会長代行を命じられた。抗争が終結し次第、正式に決定するやろな。お前のお陰や。ありがとさん」

「どうも。でも、游永会は内部調査すれば、加納の暗殺が自分たちの仕業じゃないって分かりますよね」

「何が言いたいねん？」

「船越組が警察に対して、加納の殺害はウチの仕業じゃない、誠林会の自作自演や、誰か動機のある奴がおるはずや、とか言い出したらどないするんですか」

「お前はそんないらん心配はせんでええねん」

「いらん心配違いますよ。加納は、俺が殺したんですから」

山本さんが僅かに息を吐いた。

「どういう形で抗争を終結させるか分からん内は、極道が抗争に関して核心的なコメントをすることはあらへん。それに、加納の殺害は船越組の仕業や、っちゅう筋書きは、船越組にとっても悪い話やない。游永会船越組は誠林会の会長すら殺すのも辞さへん、容赦ない組や、舐めたらあかん、って他の組に思わせられたら、ええアピールになるやろ」

「でも、警察に捜査されるのに、そんな筋書きを飲みますかね」

「捜査される、言うても、三下の組員をスケープゴートとして差し出して、ガサ入れのときにいつもよりちょっと多めに収穫させたったらええだけの話や。

極道の手打ちは裁判と違う。真実を詳らかにするもんやのうて、妥協点を見つけるもんや。ほいで一遍手打ちにしてもうたら、警察もわざわざ、たかが極道の抗争如きをほじくり返そうとはせえへん」

「そうですか。まあ、俺が警察に目ェ付けられへんなら、何でもいいですわ」

俺は深く息を吐き出した。それから十分ほどして、山本さんが口を開いた。

「宮尾、ちょっとコンビニ寄ってくれ」

「何か買いますか」

「いや、うんこや」

キャデラックはコンビニへと立ち寄った。山本さんがコンビニへと入っていく。

「なんか、買ってくるか？」

宮尾が俺の方を振り返って言った。無言のまま、じっと宮尾の顔を見つめる。吊り目で人相は悪いが、意外とつぶらな瞳をしている。宮尾が俺から目を逸らし、バツが悪そうにまた前を向いた。

「すまねえ」

小さな声で言った。

「それは、何に対してですか」

「いや、何でもない。忘れてくれ」

宮尾が鼻から息を吐き出し、窓ガラスに凭れ掛かった。ごつんという鈍い音がした。

俺は小さく舌打ちをすると、何の気なしに、山本さんの座席に目をやった。スマートフォンが置きっぱなしにされていた。どうして頑なに身に付けようとしないのか。お陰で俺は、新田らに殺されかけたというのに。

そんな不満を抱いた俺の脳裏に、詩織の「プライバシー、プライバシー」という声が甦ってきた。次いで、「魔が差したんや」という山本さんの声が甦ってきた。いつの言葉だっただろうか。そうだ、新田達から俺を助けた理由を尋ねたときの返答だ。

そっと山本さんのスマートフォンに手を伸ばした。ミラー越しの宮尾は目を閉じている。宮尾に意識を払いつつ、それを手に取った。何食わぬ顔を浮かべるように努める。幼少期、くだらない悪戯をしたときに感じたのと同じ緊張感だ。

待ち受け画面を見てみると、初期設定のまま――何処かの国の夜空――だった。俺や詩織と同じだ。しかし残念なことに、ロックが掛かっている。俺は自嘲気味な笑みを浮かべ、スマートフォンを置こうとした。だが、ふと思い出した。パスワードは確か、0195。逆から読めば、5910。ゴクドーだ。打ってみると、すんなりとロックは解けた。鼓動が速まっていく。

宮尾の方を窺い見たが、相変わらず瞼を閉じ、眉根を寄せて腕を組んでいる。微かに息を吐き出し、画面を操作し始めた。写真フォルダを開いたが、シノギに関係すると思しき写真ばかりだった。続いて電話帳を開く。登録されている電話番号の数は優に百を超えている。着信履歴を見ると、比較的多く電話をしている人物がいた。池田優子という女だ。

宮尾の様子に変わりはない。俺は喉の渇きを覚え、唾を飲み込んだ。メールボックスを開く。メールは殆どなかった。恐らく、定期的に削除しているのだろう。しかし、ここ最近のメールはまだ若干残っている。電話同様、やはり池田優子という女と時折メールを交わしているようだ。とくんと胸が鳴る。いらぬ好奇心に駆られ、宮尾がこちらを見ていないことをもう一度確認してから、その内の一件を開いてみた。

36

「夜景って、デートにぴったりやと思わへん？」

詩織が目尻に皺を寄せて言った。目の前には、大阪北部の夜景が広がっている。十一月二十二日、木曜日。場所は妙見山の展望台だ。俺達以外に全く人はいない。「ペルセウス座流星群やオリオン座流星群が極大を迎える時期には、登山客で大変な賑わいを見せます」という自慢気な文章がホームページに載っていたが、要するにそれ以外の時期は閑古鳥が鳴いているということだ。周囲には冷たく澄んだ空気が張り詰め、森閑とした闇が広がっている。星々の光は淡い。対照的に、眼下に望む街は燦然たる輝きを放っている。百万ドルの夜景とは言わないが、百ドルくらいの価値はあるだろう。

「俺の知り合いが言うてた。夜景は労働者達の命の灯火や、恋人達の前戯の道具やない、ってさ」

「オモロい人やね」

詩織が弾んだ声で言った。俺は一歩後退りすると、詩織の背中に触れた。

「どうしたん？」

「蜘蛛が背中這ってる」

「ええ、取って！」

「意外と蜘蛛は苦手なんやな」

「無理、無理。早よ取って」

「取られへんやんけ。じっとせえって、優子」

「ごめん」

短く返事をしてから、ぴたりと体を硬直させた。俺は懐からグロック17を取り出し、銃口を詩織の背中に押し当てた。

「やっぱ、優子やねんな」

銃のスライドを引いた。詩織が微かに震えたのが分かった。

「山本さんのケータイを盗み見たら、池田優子いう女とちょこちょこ連絡取り合ってた。

試しにメール見てみたら、びっくりしたわ。『ケータイ水没したからしばらくメアド変えるね。あと、伊達くんのメアドと電話番号も消えちゃったから、教えて』、そんなメールが送られてきてるやんけ。メアド見てみたら、間違いなく詩織のものやった」

詩織が息を大きく吐き出した。吐息が小刻みに震えている。

「田村詩織って、本名違うかってんな」

「ソープランド、本名で働く訳ないやん」

穏やかな声だった。拳銃を持つ手が震える。

「こっち向いて、説明してくれや。どこからが嘘やねん。メール、殆ど削除されてたから、詳しくは分からんねん」

詩織がゆっくりと俺の方を振り返り、口を開いた。

「最初から全部。三月やったかな、恭児さんの様子がいつもと違うからしつこく訊いたら、協力するなら、って条件で教えてくれた。関川組がなくなるって。それで恭児さんは、雅樹くんの話をしてくれた。どういう経緯で話を持ち掛けるかは考えてへんけど、伊達に加納を暗殺してもらおうと思う、って」

「おかしいやろ。なんで俺やねん」

「それは知らんわ。恭児さんに直接訊いて。それで、雅樹くんがお金のためなら平気で殺人を犯すような人になってたら話は楽やけど、そうじゃなかった場合に備えて、あたしをピンク・キャンディで働かせたの。雅樹くん、あの店によう行ってるって情報を入手したから。客としてそのうち来るであろう雅樹くんを、メロメロにするために。あたしのためやったら人も殺せるくらい、メロメロに」

「あの人、自分のために恋人をソープランドに送ったんか」

「まあ、元々あたし、体を武器に生きてきた女やから。あの人と出会ってからも、その仕事は続けてたし。アメリカでは一晩に数百万円稼ぐセックスワーカーもおるらしいよ。アメリカンドリームやわ」

　詩織が肩を竦めて笑った。

「まあ、あたしはそこまで違うけど、結構凄いんよ。何にも頼らず誰にも頼らずに、この身一つだけで、今まで生きてきたん」

「もし俺が詩織に嵌まらんかったら、どないしてん？」

「さあ？　そのときは諦めるつもりやったんか、それとも第二、第三の策も用意してたんか、それは分からへん。そこまでは聞いてない」

「何でそんな協力してん？　あの人は多分、詩織のこと好きちゃうど」

「流石に、好きじゃないことはないよ。好かれてるって実感あるもん」

「でも、詩織のために自分の命は賭さへんやろ、あの人は」

「そこがええの。あの人は、他人にも自分にも執着が薄いやんか。そこがええの」

「何がええねん。頭おかしいんちゃうか」

「否定はできひんかも」

詩織が透き通った笑みを浮かべた。胸が締め付けられるような思いがする。

「ええよ。殺すなら、殺しても」

俺の目を真っ直ぐ見つめて言った。思わず半歩後ろに下がってしまう。

「今までの言動は全部、俺に加納を殺させるためやったんやな？　俺のことを好いてるような素振りも全部、嘘やってんな」

「雅樹くんを好き、いうのはホンマやで。ただ、一番好きなのは自分自身。二番目が恭児さん。雅樹くんは、三番目。だから、雅樹くんが良いって言うなら、このまま関係を続けるよ」

「それは、命乞いのつもりかい」

「ううん。ただの問いかけ」

「じゃあ、山本さんと別れろ、今までのことを全部誠心誠意俺に謝罪して、山本さんへの報復を手伝え、言うたら、どうする？」

「それは無理やわ。ごめんね」

「なんでやねん」

「それしたら、自分の過去を否定することになるやんか。あたしは死ぬまで、自分を肯定していたいから」

俺の方へと一歩踏み出してきた。

「俺は心の底から、詩織を愛しててんぞ。やのに詩織は、俺を愛してなかったんか」

「愛してるのは自分だけ。世界はあたしの周りにしかない。――なんか、文句ある？」

詩織が言った。傲岸(ごうがん)でも横柄でもない、誠実な声色だった。

「文句はない。でも、許せへん」

答えると、詩織は静かに笑い、俺の唇に口づけをした。唇のやわらかさ以外には、何も感じられない。鼻から息を吸い込むと、詩織のこめかみに、そっと銃口を当てた。ぴくりと体を震わせたのが、唇から伝わってくる。詩織を強く抱きしめたまま、引き金を絞った。

吐息を残して、詩織が崩れ落ちた。強烈な耳鳴りに襲われた。硝煙の臭いが漂う。足許の彼女を見つめた。いつだったか忘れてしまったが、ファーストキスはバニラ味だったと俺に教えてくれた。ならば、最後のキスは死の味だ。

俺はただひたすら、口内に残った彼女の甘い呼気を、ため息と共に吐き出し続けた。涙は出てこなかった。虚無感だけが俺を支配し、横たわる彼女の頭から流れ出る血が、冷たい夜の底を濡らしていた。

37

山本はスマートフォンを取り出すと、眉を僅かに顰め、電話に出た。

「もしもし。どないした？」

――劉です。ちょっと今、話いい？

「構へん。なんや？」

――大事な話。周り、人いない？

カウンターの中で黙々と調理する大将をちらと見たあと、山本は口を開いた。

「大丈夫や」

――ああ、そう。じゃ、話すね。あんまり、こういうことホントは言いたくない。私も一応、プロだから。口が堅い。これ、プロの鉄則だから。でも、恭ちゃんとは古いから、悩んだけど言う。

「なんやねん？　何が言いたいねん？」

苛立ったように言った。電話の向こうで、小さく息を吸う音がした。

――伊達雅樹、この前、私から拳銃買ったよ。グロック17。

山本は短い息を吐いた。

――恭ちゃんの、昔の弟分だった人でしょ？　一回、和光会とのドンパチのときに、私、彼に会ったよね。向こうは私に気付かなかったけど。

「整形してんねんから、気付く訳ないやろ。伊達はどうやってお前に辿り着いたんや」

――私、結構浅いところに網張ってるから、多少コッチの世界に通じてたら、辿り着けるよ。彼、元ヤクザでしょ。どうにかなるんじゃない？

「なるほど」

――それで、大丈夫なの？

「何がや？」

――彼が拳銃買ったこと、知ってるの？　というか、彼と今も繋がってるの？

「今でもちょこちょこ付き合うとる」

――ああ、そう。なら安心。

「どういうこっちゃねん」

山本は静かに尋ねた。

――私もこの世界長いから分かる。彼の目、人殺しの目だった。

「……あいつは昔、同じ組の人間殺してパクられた。知ってるやろ」

――違う、違う。人を殺した奴の目じゃない。人を殺す奴の目だった。

「人を殺す奴の目……」

――そう。恭ちゃん、恨み買いやすいでしょ？　だから、彼も恭ちゃんを恨んで……。

「俺を殺すために拳銃を買った」

宮尾がピクリと体を震わせ、山本の横顔を窺い見た。

――かと思ったの。だから、電話した。でもホントは、客のこと言ったら駄目。私、一応プロだから。特別。

「分かったっちゅうねん」

――今度彼に会っても、言わないでね。恭ちゃんのためを思って、プロの掟、破った

「だから分かったっちゅうねん。ちゅうか、なら拳銃売るなや」

――それは言わないでよ、仕事なんだから。どうせ断ったら、別のとこ行くでしょ？　だったら、ウチで売りたいじゃない。

劉が困ったような笑い声を上げた。

「現金な奴っちゃのう。まあ、ありがとさん」

電話を切った。スマートフォンを操作してメール画面を開き、一時間前に池田優子から届いたメールを見た。「伊達くんのことでちょっと話があるから、谷九の小料理屋で待ってて！」と書かれている。

「お待たせしました」

大将がもつ煮込みを差し出した。山本は残ったビールを飲み干すと、口を開いた。

「すまん。もう行くわ。ごっとうさん」

カウンターに一万円札を置き、立ち上がった。大将はもつ煮込みの入った器をじっと見たあと、顔を上げ、口を開いた。

「また来てください」

山本は宮尾と顔を見合わせ、ふっと頬を綻ばせた。

「急になんやねん、気色悪いのう」

肩を竦め、扉へと向かった。

「電話、どっちも出えへんわ」

駐車場に停めたキャデラックへと向かいながら、山本は抑揚のない声で言い、スマートフォンを懐に収めた。

「どうする？　伊達にバレてもうたで」

山本は宮尾を見やった。

「単純に、銃を欲しくなっただけかもしれませんよ」

「あいつ、ガンマニアちゃうで」

後部座席のドアノブに手を掛け、ふと眉根を寄せた。顔に浮かべていた笑みが、すっと引いていく。宮尾が山本の視線の先を見やり、喉の奥で小さく呻いた。

伊達が、銃を構えて立っている。

「宮尾は助手席、山本さんは運転席に座ってください」

「呼び捨てかよ、コラ」

伊達が口許を歪めた。

「虚勢張るなや。黙って車ン中入れ。殺すぞ」

「撃てんのかよ？」

「それをお前が訊くんかい？　加納を殺らせといて……」

言って、拳銃を山本に向けた。

「早う入れや。大事な大事なアニキが死んでまうぞ、コラ」

宮尾が鋭く息を吸い込み、キャデラックに乗り込んだ。

「山本さん。あんたもです」

「仮にも元兄弟分やど。撃てるんかい？」

「元兄弟分を騙して操ったんは何処のどいつですねん。それに——」

一旦言葉を切り、荒々しく息を吸い込んだ。

「昨日、池田優子も殺したとこや」

山本は伊達の顔をひたと見据えたあと、呟いた。

「確かに、人殺しの目や」

38

宮尾が助手席に、山本さんが運転席に乗り込んだあと、俺は車内へと入った。二人から距離を取るため、二列目には座らず、三列目に浅く腰掛ける。

「とりあえず、適当にドライブしましょか。車、動かしてください」

「俺、酒飲んどんねん。飲酒運転は、最低でも三年以下の懲役または五十万円以下の罰金やで。ちゅうかそもそも、右手使われへんねんど」

「口答えするなら殺しまっせ。別に、今すぐ殺してもいいんですよ」

山本さんが舌打ちし、アクセルを踏み込んだ。

「宮尾。その貧乏揺すり、やめえや。腹立つねん。地震でも起こすつもりか、ボケ」

俺が怒鳴ると、宮尾が低く唸った。

「妙見山まで行ってください。いらん口叩いたら、殺します」

山本さんが小さく舌打ちし、カーナビを設定した。

誰も言葉を発さずに五十分近く経ち、キャデラックは大阪府豊能町の田舎道を走っていた。俺は席に凭れ掛かったまま、口を開いた。

「なんか、言いたいことありますか」

「何処まで知ってんねん？」

平生と変わらぬ声色で言った。

「殆ど全部ですわ。誠林会と関川組の合併を知らされたあんたは、俺の行きつけのピンク・キャンディに詩織を——池田優子を送り込んだ。優子に騙された俺は、闇金から金を借りて、あんたはそれを利用して俺に近付いた」

「微妙に捏造すなや。お前が闇金から金借りたんは、単純にソープ嬢の詩織に嵌まったからやろがい」

俺は下唇を噛んだ。確かにそうだ。だが、詩織はあのとき、俺が詩織にとって特別な男であるかのようなことを言い、涙を流したのだ。

「でも、加納を殺したんは、あんたら二人と池田優子に騙されたからや。あんたと池田優子が通じてることを知ってたら、俺はあんたの『田村詩織を殺す』なんちゅう脅しに屈して、加納を殺すことはなかった。許されへん」

「一つ言うとく。宮尾が諸々の事実を知らされたんは、お前が加納を殺る前日や」

「だから何やねん？　結局黙ってたんやから一緒やろ」

「見て見ぬフリもいじめっ子と一緒ですよ、いうヤツかい」

「そうじゃ。許されへんのは一緒や。二人とも、殺す」

宮尾が細く息を吐き出した。体を小さく震わせている。

「それより、どうやって俺が事実に辿り着いたんか、聞きたないか」

「どうでもええ。それ聞いたかて、現状は変わらんやろ。それより、宮尾は堪忍したれや。こいつはええやろ。逃がしたってくれ。俺だけなら、拷問でも何でも受けたるわ」

「ええ格好すなよ、あほんだら！」

俺は怒鳴った。宮尾が表情を失う。

「ほな、宮尾。お前が選べ。もし助けてくれ言うんやったら、お前は助けたる。その代わり、山本さんは必ず殺す」

宮尾が目を瞠り、大きく息を吸い込んだ。

「助けてくれって言わなかったら？」

「お前は殺す。山本さんを殺るかどうかは、その後の気分次第や」

「どうせ殺すに決まってるやんけ。宮尾、こんなもん選択肢は一つや。お前が死ぬことあらへん」

銃口を山本さんに向けた。

「やかましい。あんたには訊いてへんねん。宮尾、どうする？」

宮尾が爪を嚙み、小刻みに震える。

「宮尾。俺はお前のこと、嫌いやった。スタンガン浴びせられたんが、最初やったからな。でも段々、嫌いじゃなくなってきた。好きとは言わんけど、嫌いでもない。お前は今回のこと、ギリギリまで殆ど何も知らんかったんやろ？　ほんだら、俺の中ではまだ恨みは薄い。殺すほどと違うかもしれん。とっととアニキを見捨てえ。そしたら、お前は助けたる」

宮尾がゆっくりと息を吸い込む。

「正直言えばな、俺もあんたのこと、嫌いじゃなかったぜ。好きでもなかったけどな」

「ほんなら早よ、助けてくれって言えや」

「でも、ヤクザがてめえのアニキ見捨てたら、死んだも同然だろうが」

さっと俺の方を振り返り、やにわに飛び掛かってきた。俊敏な動作だったが、俺は動じることなく引き金を引いた。弾丸は宮尾の喉を貫き、助手席のシートにめり込んだ。血飛沫が舞う。宮尾が二列目に倒れ込み、空気が洩れるような甲高い音がした。宮尾の頭に照準を合わせ、二発目の弾丸を放つ。宮尾の体は僅かに揺れたあと、そのままぴたりと動かなくなった。

すかさず、銃口を山本さんに向けた。だが山本さんは飛び掛かっては来ず、

「お前、人殺すの、四人目かい。並ばれてもうたがな」

悠長な口調で言い、平然と運転を続けていた。ミラー越しに顔を見たが、表情は読めなかった。

「殺し、三つもバレてへんのですか」

「ああ。完全犯罪には密室トリックもアリバイトリックもいらん。バレへんように殺して、バレへんように処分したらええ」

頭の中で何かが弾けた。宮尾の死体を席から蹴り落とし、二列目へと素早く移動した。運転席の斜め後ろの席に、深く腰掛ける。

「クールぶってんちゃうぞ、あほんだら！　ぶち殺すぞ！」

「おい、コラ。宮尾を蹴んなや。殺すぞ」

ちらと俺に目を向け、低い声で言った。その頭を銃身で殴り付けてやった。キャデラックが急ブレーキをかけて停まり、山本さんは左手で頭を押さえた。

「痛いがな」

呟き、俺の方に向き直る。俺は銃口を向け、口を開いた。

「なんでわざわざ俺に加納を殺させたんです。宮尾にやらせたら良かったんや」

「こいつに人は殺されへん」

「せやかて、俺以外にナンボでもおったでしょ。なんで俺を巻き込んだんや」

「誠林会の会長を殺れて、しかも口を割らんと言うこと聞いてくれるような奴は、そう簡単には見つからへん。妹尾は残念ながら、殺人は請け負わへん主義でな」

俺は荒々しく息を吸い込み、山本さんを見据えた。何の感情も湛えていない目だった。

思わず、怒りが口を衝いて出る。

「俺やったら……、俺やったら思い通りに操れるとでも思うたんか！」

「やかましいのう。車内でがなるなや」

「あんたこそ、もっと取り乱せや！」

山本さんが鼻を鳴らして笑った。

「質問に答えんかい！」

「ギャンブルや」

山本さんが静かに言った。

「ギャンブル？　何を言うて……」

「ギャンブルやないか。お前の大好きなギャンブルや」

「あんた、ギャンブルはせえへんのと違うんか。昔そう言うてたやないか」

思わず、頓珍漢なことを口走ってしまった。昔、俺がパチンコに傾倒し始めた頃に山本さんと交わした会話が、脳裏に甦ってくる。

――パチンコもほどほどにせな、溺れてまうど。どうせあんなもん、遠隔操作されてるやろ？

——一部の悪徳業者はね。でも、大抵はしてませんよ。ファストフードハンバーガーの肉は実は野良猫、みたいな、どうしようもない与太ですわ、遠隔なんか。でもまあ、当たる確率は店が範囲内で設定してますからね。客が全員勝つなんてことは、天地がひっくり返ってもあり得ません。

——お前、アホやろ。なんでそれを分かってて、パチンコすんねん？　タネ知ってるマジック見て、驚いてるようなもんやないか。

——タネ知ってても、一流のマジシャンのマジックはオモロいですよ。それに、コンピュータにもセオリーがあります。たとえば、給料日と年金の支給日には、その金を搾り取ろうとして、還元率が下がりますねん。反対に、その直前は上がるんです。そこが狙い目ですわ。今後打ち慣れてきたら、各レーンの玉の出具合と還元率を計算して、空いてる台がどれだけ玉を吐き出しよるか、そのポテンシャルを見極めることもできるようになると思います。

——お前、その活力を他に生かせへんのか？

——生かせません。

——ほな、もう死ね。

——アニキは、ギャンブルしはりませんの？

——せえへん。そもそも人生がギャンブルみたいなもんやろ。何がオモロうてさらにギャンブルせなあかんねん。

——まあ、アニキの場合はそうかもしれんですね。俺は平々凡々な人生ですから、パチンコせな刺激が足りませんわ。

——一遍、平々凡々って辞書で引いてみい。

あのとき口許に浮かべていたのと同じ笑みを、まるで再現するかの如く、目の前の山本さんは浮かべている。

「何がギャンブルやねん」

「俺は上に立つ器やない、っちゅう本家の決定に背くんやで？　緻密に計画立てて大真面目に加納を暗殺するなんて、負けて駄々こねるガキみたいでダサいやないか。成功するかどうか半々、みたいなガサツで行き当たりばったりな、ギャンブルみたいな暗殺計画の方がオモロいやろ」

「何がオモロいんじゃ」

「旅行行く前に宿泊地も飯屋も交通手段も行く名所も、何もかもきっちりタイムスケジュール組んで決めてもうたら、もうその旅行はつまらん。ただただ計画をなぞるだけの、現地出張確認や。旅行とは呼べへん」

「何を言うてんねん」

「俺は、大体思い描いた通りの時期に、大体思い描いた通りの展開で関川組の若頭になれた。でも、せっかく予期せぬハプニングが起きたんや。久々に、旅行がしたなってもうてん」

言っている意味が分からない。何が言いたいのだ。騙されるな。耳を傾けるな。

「言葉で惑わそう、思うても無駄ですわ」

「思うてへん」

「命乞いせえへんのか」

「宮尾があぁやって死んだのに、俺がそんなみっともない真似できるかい」

「詩織は——池田優子はしたで」

「ほう。なんて言うてた？」

「助けてください、何でもします、言うて、膝に縋り付いて惨めに泣き腐ってたわ」

「見え透いた嘘を吐くなや、しょうもない。あいつはそんなタマと違う。どえらい悪女やったけど、俺らなんかよりよっぽど強い、自力で生きてたええ女や」

「あんた、恋人と舎弟殺されて、何でそない平然としてられんねん。どんだけ冷血漢やねん」

「それを殺した本人が言うか」

どうして泣き叫ばない。どうして喚き散らさない。まるで自分の方が優位に立っているような口調ではないか。

「見逃したろか」

「ぜひ、お願いしたいのう」

「命乞いはせえへんのと違うんか」

「乞うてへん。お前の自由意思で見逃してくれるんやったら、喜んで承ろう。そういう意味や」

「もしここであんたを見逃したら、どないする？」

山本さんは静かに言った。

「地の果てまで追っかけて、優子と宮尾を殺した落とし前、きっちり付けさしたる」

「何が落とし前や。あんたが俺を巻き込まんかったら、俺は二人を殺さんで済んだんや」

「そりゃすまなんだのう」

「あんたが殺したんや」

「それはちゃう。お前が殺したんやろがい。何でもかんでも押し付け腐るな」

「ようそんなことが言えるな！　あんたが俺と詩織を巻き込んだからやろ！」

「叫ぶなや。うっさいのう。情緒不安定なんかい」

「当たり前やろが！」

山本さんが喉の奥で笑った。

「笑うなや」

「笑わなやってられへんやろ、人生なんて」

「心配せんでも、あんたの人生はここでもう終わりや。可哀想になあ」

「他人事みたいに言うなや。おどれが終わらせるんやろがい」

山本さんが低い声で言った。俺は浅い呼吸を繰り返してから、口を開いた。

「あんたにとって俺は、ただの操り人形やったんやな」

「そんなことあらへん。人形はお前みたいにベラベラ喋らんと、もっと無口や」

「おちょくんな！　あんたは最悪や。ほんまに最悪や！」

「俺は割と楽しかったで、この二か月。お前のしょうもない軽口と思慮の浅さを堪能(たんのう)できて。昔を思い出したわ」

「俺は一個もオモロなかった。苦痛でしかなかった。最悪やったわ！」

「そりゃ残念や」

拳銃を握り直し、しっかりと山本さんに銃口を向ける。

「俺は、昔とはいえ、あんたのことをアニキやと思うてたんやぞ。あんたのこと──」

一瞬言葉に詰まり、喉許から、熱い塊のようなものが迫り上がってきた。

「好きやったんやぞ」

口の端から言葉が洩れた。山本さんが目を細め、銃口をひたと見返してくる。

「今はどう思うてんねん？」

「──クズや」

「えらい手厳しいな。俺はお前のこと、一緒にいてオモロい奴やと思うてるで。今もな」

手が小刻みに震えた。鼻の奥が熱くなり、視界が滲みそうになる。掠れる声で口を開いた。

「オモロい奴ってなんやねん」

「ひねくれ者の天邪鬼、そのくせ楽観主義的で妙にピュア、いつも冷めてるくせにパチンコみたいなしょうもないもんに熱中する、底抜けにアホで間抜けで、中身のないことばっかりベラベラとよう喋る、無教養で無節操なちゃらんぽらんや」

淀みなく一息で言った。俺は唾を飲み込み、唇を舐めた。口の中が無性に乾き、掌に汗がじっとりと浮かぶ。

「馬鹿にしてるんか」

「褒めてんねや」

「なんや、それ。助けてくれって言えや。心を込めて謝れや」

「そしたら、助けてくれるんか」

「考えたる」

「万国共通、考えたる、っちゅうのは、ノーって意味やろ」

そう言って、大きな声を出しながらため息を吐いた。

「伊達ェ。最後に、煙草吸うてええか」

俺は首を小さく横に振った。

「冷酷な奴っちゃのう。死にゆく者の、最後の頼みやど」

「死にゆく者――」

思わず、繰り返していた。足が小刻みに震え始める。左手を握り締め、太腿を押さえ付けた。

「今更、何を震えとんねん。初めてカチコミに行くチンピラやないねんから」

「やかましい。武者震いじゃ」

「おう、カッコええがな」

山本さんが投げやりな口調で応じた。

「煙草がアカンなら、代わりに、冥途(めいど)の土産に一つだけ教えてくれや」

「……何やねん」

「なんで長谷川を殺した？　ホンマにただ、揉み合ってる内に殺ってもうただけか？　それ以外の理由は、何もないんか」

俺は鋭く息を吸い込み、山本さんを睨み付けた。

「忘れたわ、そんなこと」

「ほいだら、地獄でアイツに訊いてみよか。地獄があったらやけどな」

山本さんが小さく咳払いをし、顎をしゃくった。

「撃つんやったら、早よ撃たんかい」

「もう、言い残すことはないんか」

「別に。元々あらへん」

穏やかな声で言い、銃口をひたと見据えた。

「──放っといてくれたら良かったんや、俺のことなんか」

歯の隙間から声を絞り出すと、山本さんが薄く笑った。

「久々に会いたなってもうたんや、お前に。お前を拾って何やかんやしてたあの頃が、人生で一番、純粋にオモロかったからのう」

俺は引き金に指を掛けた。銃口が震える。

「嘘や。もう、あんたの言葉には騙されへん」

山本さんが目を見開き、笑みを浮かべた。

「ああ。もちろん嘘や」

眉間を人差し指で擦りながら、そう言った。俺は躊躇うことなく引き金を引いた。乾いた銃声が車内に響き、血と脳漿がフロントガラスを真っ赤に染め上げた。体が滑らかに後ろに倒れ、後頭部が窓に強かに打ち付けられる。尖った鼻筋を粘り気のある血が伝っていき、焦点を結んでいない瞳が俺の方を向いている。

驚くほど呆気なく、山本さんは死んだ。後悔や恐怖はない。況してや、達成感や清々しさもない。ただ、少しばかりの気怠さがあるだけだ。

山本さんから目を逸らし、窓の外に目を向けた。遥か空に、真珠色の月が浮かんでいる。満月。まるでパチンコ玉のようだ。闇夜に馴染まず、全く異質の存在感を放っている。青白い月光は夜の空を漂うばかりで、何も照らそうとしていない。

月は嘘みたいに美しく、嘘みたいに冷たい。血と硝煙の臭いが、エンジンの震えが、死体の浮かべる表情が、何もかもが嘘くさい。あまりにも嘘くさく、嘘みたいな夜だ。

「あほんだら」

不意に口を衝いたその言葉は、嘘くさいほどの真実味を帯びていた。

39

キャデラックを運転し、妙見山へと入っていった。山奥のさらに奥へと入り、道なき道を進むと、白いレンタカーが見えてきた。車の中には、詩織の死体が入ったままだ。レンタル期限は、明日の午後六時までだ。キャデラックをレンタカーの隣に停め、外に出た。夜の冷気が頬を打ち付ける。底冷えのする寒さだ。

詩織の死体をキャデラックに積み、申し訳程度に車体にブルーシートを被せてから、レンタカーに乗り込んだ。キャデラックは放置して行く。滅多に人は来ない場所だし、もし見つかったとしても別に構わない。数か月後に誰かが車を見つけ、警察が動き出した時点で、俺はもうこの世にはいないだろう。

大きく息を吐き出すと、瞼を閉じ、眠りに落ちた。目を覚ましたときには既に、遠くの空が白み始めていた。

レンタカーを走らせ、梅田へと向かった。無論、車を返すためだ。車内に詩織の血が付かないようにしていたし、臭いも残っていないはずだが、鼻が麻痺しているだけかもしれないので、念のため消臭剤と芳香剤を使った。

梅田に到着し、車でぐるぐると同じ道を回りながら時間を潰した。レンタカー屋の開店時間は八時だが、今はまだ七時半前だ。道を行き交う大勢の人々を見やりながら、ゆっくりと車を走らせる。カーラジオでは、どうでもいいニュースが流れ続けている。

――なんで長谷川を殺した？

山本さんの言葉が何度も何度も、執拗に脳内で谺する。その声は次第に、山本さんの声から松田の声へと変わっていった。取り調べの初日とは打って変わった優しい声色で、松田は言ったのだった。

「なんで長谷川を殺した？」

「何遍言うたらええんですか。あいつが、謀反を企ててたからです」

「謀反を企てた……。えらい大仰な言い回しやな。江戸時代か。それに、それでもやっぱおかしいがな。確かに、長谷川が山本を追い出して自分の立場が上がるように根回ししてたんはどうやら事実みたいやけど、そのことは山本も知ってたんやろ？　じゃあ、何もお前がしゃしゃり出て、勝手に殺すことないやんけ」

「長谷川は、謀反どころか、アニキを殺すつもりやったらしいです。長谷川がそれを口を滑らせて言うたもんやから、つい衝動的に、カッとなって……。首絞められて、身の危険も感じましたし」

「それも何遍も聞いた。でも、じゃあそもそも、なんで河川敷に長谷川と二人でいた？具体的にどういう流れで揉み合いに発展した？」

俺は押し黙った。松田が舌打ちをする。

「また、だんまりや。ええ加減にせえよ。なんで長谷川を殺した？」

「別に河川敷にいた理由なんかどうでもいいでしょ。他愛もない理由で、俺は長谷川と河川敷にいた。雑談の中で、長谷川が山本さんへの殺意を洩らした。焦った長谷川は口封じのために俺の首を絞めて、身の危険を感じた俺は反対に長谷川を殴り殺してしまった。この供述に、なんか矛盾がありますか？」

「矛盾はないけどやな、刑事の勘が言うとんねん。こいつは嘘は吐いてないけど、ホンマのことも言うてない、ってな。それに、そない何発も殴らんで良かったやろ」

「だからそれは、アニキの命を救うためです。こいつを殺さなアニキが殺される、思うたんです」

「一発殴って長谷川がうーうー言うてる間に、逃げたらよかったがな。ほいで、組に戻って山本なり関川なりに報告したらよかったんや」

「結果論や。あのときは、こいつを殺さな自分もアニキも殺される、思うたんです」

弱々しく首を振ると、松田がため息を吐き、言葉を続けた。

「お前、中学のときも、同級生の太田っちゅう奴の頭、レンガでド突いたやろ？　何でや？」

「関係ないでしょ、それは」

「同級生の吉永、覚えてるか？」

俺ははっと息を止め、唾を飲んだ。

「俺ら、吉永に会うたんやけどな。そしたらあいつ、言うとったぞ」

「何でそんなことしますねん？　殺した言うてんねんから、そんな過去のことほじくり返さんでええでしょ」

「主義なんや。極力、真実を明らかにするいうのが、俺の刑事としての主義や」

「いらん主義ですわ」

「すまんのう。ほいで、吉永は言うとった」

松田がそこで言葉を切り、俺の目を見た。反応を示さないでいると、再び口を開いた。

「伊達が太田にあんなことしたんは、僕のせいなんです。そう言うてた」

「もうええですって」

「中学で不良やったお前は、同じく不良やった太田のグループに属さんかったせいで、生意気な奴やと反感を買ってた。そんなある日、お前と同じように突っ張ってた吉永は、お前と違って太田らにきっちりツメられた。太田らの標的になった吉永は、ターゲットを自分から逸らそうとして、お前の秘密を太田に話してもうた。それを学校中にバラされたお前は、太田に復讐(ふくしゅう)した。せやな？」

「覚えてませんわ」

強い口調で言った。

「刑事の勘やけど、今回の殺しも、それと似たような部分があるんちゃうんかい？」

「もうええ。あんた好っきゃなあ、刑事の勘」

「お前、山本のこと――」

「もうええ、言うてるやろ！」

机を叩き、松田に摑み掛かった。松沢が無言でそれを引き離し、席に座らせた。

――ええ？　急にそんなん言われても……。伊達って、そういう感じやったん？

修学旅行最後の夜に吉永が見せた、困惑したような笑みが浮かんでくる。

「俺も松沢も、別にその手のことに偏見はないで」

松田の声を搔き消すように、長谷川のにやにや笑いがフラッシュバックしてきた。

――悪いなあ、わざわざこんなとこ呼び出して。

「いえ、とんでもないです」

――なんだよ、そのツラ？　何を緊張してんだ？

「いや、別に……」

――まあ、いいや。それより、じゃあ単刀直入に本題に入ろうか。伊達、お前、波田って覚えてるか？　中学ンとき、お前が頭カチ割った太田のグループにいた奴だよ。

俺は小さく息を吞んだ。長谷川が底意地の悪い笑みを見せた。

――波田なあ、俺の知り合いなんだよ。世間は狭いだろ？　波田から聞いたぞ、お前のこと。色々なあ。で、ここからは俺の勘だけど、お前、山本さんのこと……。

長谷川は一旦言葉を切ると、意味ありげに俺を見つめ、再び口を開いた。

――お前、このことバラされたくなかったら、これから毎月俺に十万ずつ……。なあ？　分かるよな？　山本さんに、知られたくねえだろ？

「ええ加減にしてくださいよ」

俺は歯の隙間から声を洩らした。

――なんだと、コラ？　誰に口利いてんだ。お前もしかして、自分の思いが実るんじゃねえか、とでも思ってたのか？　馬鹿か。そんなもん、成就するわけねえだろ、気色悪い。お前らみたいなもんが、普通の奴と同じように一丁前なツラしてんじゃねえよ。

鼻で笑われた。俺は姿勢を低くして長谷川に飛び掛かった。長谷川が仰向けに転がる。馬乗りになり、長谷川の両手を押さえつけた。

――放せ、コラ！　俺を誰だと思ってんだ！

「長谷川さん、バレてへん思うたら大間違いや！　お前がアニキを追い出そう思うてチマチマ動いてることなんか、アニキは百も承知なんじゃ！」

長谷川が目を瞠った。

「お前のしょうもない謀反なんか、何の意味もないんじゃ」

――放せよ。薄汚ねえ手ェ、どけやがれ。

「殺したろか、あほんだら」

——放せっつってんだろ！　てめえもぶっ殺すぞ！

「も……？」

一瞬、腕の力を緩めてしまった。長谷川が低く唸り、俺を突き飛ばした。尻餅をついた俺の顔面に蹴りを入れ、のしかかってきた。

「も、ってなんや？　お前もしかして、アニキのこと——」

長谷川が無表情で俺を見つめた。背筋がさっと凍る。

——何が言いたい？

「お前、アニキを殺すつもりか。ド腐れが」

長谷川が荒々しく息を吸い込み、俺の首筋に手を掛けた。

——山本はいずれ事故で死ぬ。目ぼしい業者も見つけた。だから、一足先にお前も逝けや。あの世でアニキを待っててやれ。後追い自殺の発展版だな。先待ち他殺だ。

「捕まるぞ、お前」

——安心しろよ。迎えを呼んで、ドライブがてら、海に棄ててやる。それとも山の方がいいか？　うん？　好きな方、選べよ。初めてじゃねんだよ、殺しは。

神経質な笑い声を上げ、手に力を込め始めた。恐怖が、足の先から徐々にやってきた。呼吸ができず、頭が鈍く痛む。

「放せ……。こんなもん、うまくいかんぞ。お前の計画なんか……」

——やかましい！

長谷川が腕の力を強めた。声にならない声を上げ、右手で地面を探った。視界が滲み、鼓動が速まる。

——死ね、クソが。死ね、ホモ野郎。死ね。

歪んだ長谷川の顔が闇の中に浮かび、嘲笑を浮かべる太田の顔と重なった。ごめん、受け入れられへんわ、という吉永の申し訳なさそうな声がした。クラスメイトの笑い声が聞こえた。長谷川の粘っこい声が耳に甦った。山本さんに知られたくねえだろ？　山本はいずれ事故で死ぬ。一足先にお前も逝けや——。

山本さんの笑い声が聞こえ、山本さんの冷たい横顔が浮かんだ。右手の指先が、固い石に触れた。その瞬間、黒い殺意だけが、俺の心を満たした。

「なんで長谷川を殺した？　言うつもりはなし、か」

松田の苛立たしげな声が、俺を現実へと引き戻した。首を縦に振ると、松田は小さくため息を吐いた。

「そこまで言うんやったら、この件は終わりにしよう。アニキの命を守るために先輩のヤクザを殺した仁義の男。百点満点ちゃうけど、赤点でもないわな。単位は貰える」

俺は小さく頷いた。何度も頷いた。何度も何度も頷いてから、路肩に車を停止させた。

ぎゅっと瞼を固く閉じ、ゆっくりと開く。咳払いをして、窓の外に目をやった。道端でちょろちょろと動くおっさんが目に入った。何やら雑誌を手に持ち、通行人にぎこちない笑顔を向けて声を掛けている。顔を顰められたり意地の悪い笑みを向けられたりしながらも、おっさんは雑誌を手にし、懸命に声を掛け続けていた。

いつぞや、俺が説教を喰らわせたホームレスのおっさんだった。おっさんは今、必死で雑誌を売っている。

窓ガラスに映る自分の顔が不意に滲み、瞼を閉じた。何故かは分からないが、思わず顔が綻び、次いで、涙がとめどなく溢（あふ）れてきた。

カーラジオのニュースは、ナイト・ドリーマーのボーカルの執行猶予付判決を告げていた。

40

山本さんを殺して以来、一度も自宅アパートには戻らず、ネットカフェやカプセルホテルを転々としたり、ホームレスとともに公園で夜を明かしたりしている。当然のことながら、パチンコにも全く行っていない。

誠林会会長が殺害され、若頭が失踪。この事態を受けて、誠林会は、いや田宮組は、どう対処するか。まず間違いなく、「何が起きたのか」を全力で究明しようとするだろう。極道の死や失踪は警察にとってはダニの消滅に過ぎないが、組にとっては顔に泥を塗られたに等しい。警察の捜査を凌駕（りようが）するほどの熱量を傾けるはずだ。そしてその熱はいずれ、俺へと行き着く。山本恭児と伊達雅樹がここ最近再び繋がりを持っていたということを知っている人間は、ユウアイファイナンスの社長や中岡、斉藤、酒井組の新田、山本さんの命令で行った違法バイトで接した人間など、僅かではあるが存在する。「何が起きたのか」を知りたい田宮組は、当然俺も捜索対象に入れるだろう。田宮組に捕まり「事情聴取」されれば、俺は数分で洗いざらい喋ってしまう自信がある。そして、殺されるのだ。ただで済むはずがない。

——山本に騙され、脅されたから加納を殺したんです。許してください。ちゃんと騙されていることに気付いて、あとで山本も殺しましたから。許してください。

そんな言い訳をしても無駄だろう。いずれ見つけ出され、絶対に殺される。どこに隠れようと無駄だ。俺が逃げ隠れできる範囲に、田宮組の手が届かないはずがない。必ず、殺される。

だが、頭ではそう分かっていても、不思議と恐怖は湧かなかった。小学生のとき理科の授業で、「いま目に入る星の光は、実は何万年も前の光なのだ」と教えられたときに感じたような、曖昧な実感しか湧かない。

いつか殺されるのは間違いない。でもそれは、今日ではない気がするのだ。

41

十二月一日、土曜日。一度大家に電話を掛けると、物騒な人間が何人も訪ねてきたが、一体何があったのだ、と口やかましく詮索された。田宮組が俺の存在を認知し、捜索を開始したらしい。契約を解除し、残った私物は処分してくれと頼むと、さらにあれこれ尋ねられた。久しぶりに感じる口やかましさに、懐かしさが込み上げてきた。

十二月三日、月曜日。游永会船越組系長尾組と田宮組誠林会山本組との抗争が終結した。誠林会若頭補佐の信本が急遽会長代行に就任し、五分の手打ちに持ち込んだのだという。結局、死者は加納と妹尾の二名、負傷者は九名、逮捕者は游永会側が八名、田宮組側が六名だった。船越組、誠林会双方に大規模なガサ入れが入り、銃器類が押収されたが、どうせ、警察の顔を立てるためのものだろう。

また、長尾組のチンピラが加納寿明殺害の実行犯として自首した。もちろん犯人ではない。証拠は自白だけで物的証拠は何もないだろうが、たかが暴力団の抗争だ。起訴され有罪判決が下ることは充分考えられる。

手打ちに際し、長尾組と山本組、船越組と誠林会の間でどのような合意が成されたのかは分からないし、もはや興味もない。

俺は潜伏生活を続けている。楽しいと言えば嘘になるが、苦痛だと言うのも嘘になる。食事も風呂もない、一泊数百円のオンボロ格安宿——合法かどうかは不明——を数日おきに渡り歩き、黴臭い畳の上でひねもすのたり惰眠を貪る生活も、悪くはない。依然として、山本さん達の死体を乗せたキャデラックは発見されていない。

十二月二十日、木曜日。ネットニュースで、「船越組との抗争を終結させた手際の良さを評価され、信本秀隆が誠林会次期会長に内定した」と情報通が語っていた。「君のためを思って叱っているんだ」という言葉と同じくらい信用できないのが「情報通」という言葉だが、記事を読む限り、この件に関しては信用しても良さそうだ。

しかしこの信本という男、前科が全くないらしい。前科が極道の勲章として扱われた時代は随分前に終わっているとはいえ、田宮組ほどの巨大暴力団の二次団体のトップに前科なしのまっさらな男が就任するというのは、やはり異例のことだろう。能ある鷹は爪を隠す、とはよく言ったものだ。ちなみに、山本組は若頭の上田が組長代行を担っているらしい。だがそれもこれも、俺にはもう全く関係のない話だ。

十二月三十一日、月曜日。大晦日(おおみそか)。宿から出て数分ほど街を散歩したが、老若男女問わず全ての人間が喜色満面でほっつき歩いているのを見て胸がむかつき、急いで宿へと戻った。だらだらと畳の上で転がる内に眠りに落ちてしまい、ふと目を覚ますと、いつの間にかもう年が明けていた。

42

パチンコに行きたい。年が明けて最初に思ったのは、それだった。もう一か月以上打っていない。一旦行きたいと思ってしまうと、無性に行きたくて堪らなくなってきた。どうせ行くなら、そこら辺の店ではなく、歯抜けの貧乏神が棲(す)み付く、あの店がいい。

だが、田宮組の監視の目に引っ掛かり、捕らえられる可能性も充分ある。

　財布から十円玉を取り出し、空中へ抛った。ここはベタに、コイントスで決めよう。表なら行く、裏なら行かない。キャッチし、表、と呟いた。視線を十円玉に落とすと、平等院鳳凰堂（びょうどういんほうおうどう）が描かれている方が上を向いていた。裏かい、と呟いてから、ふと、「造幣局の慣行では、硬貨は発行年がある側が裏」という豆知識を思い出した。昔、山本さんから教えて貰ったのだ。ということは、平等院鳳凰堂の描かれている面は表だ。ならば、行く、ということでいいのだろうか。だが、表と宣言した段階では、平等院鳳凰堂の描かれている方を裏だと思っていた。その状況での表という宣言は果たして有効なのか。

　腕を組んでじっと考えたあと、ふんと鼻を鳴らした。

「どうでもええがな」

　ジャケットを羽織り、手荷物を全て持って、宿を出た。

　電車に乗るため駅へと向かっていると、中学生か高校生くらいの男女二人組が遠くから歩いてきた。初詣の帰りだろうか。二人を包む雰囲気から察するに、恐らく恋人同士だろう。彼氏が寒そうに体を丸め、両手を擦り合わせている。彼女が彼氏の右手を握り、体を密着させた。表情は見えないが、幸せそうに笑っている気配は、この距離からでも感じ取ることができる。

心臓がきゅっと熱くなってきた。泥の中を進んでいるみたいに、段々と足が重たくなってくる。俺は荒々しく息を吸い込むと、地面に視線を下ろした。次第に、二人の話し声が聞こえるほど距離が近くなってくる。ちらと視線を二人に向け、思わず足を止めた。

ヒカリだった。

ヒカリは俺に気付かず、彼氏と思しき少年と手を繋ぎながら、楽しそうに笑っている。俺は唾を飲んだ。その瞬間、ヒカリがふと俺に目を向け、ギョッとしたように目を丸くした。表情を凍らせ、すぐに俺から視線を逸らして彼氏に何やら話し掛ける。

俺も全く赤の他人のような顔で――事実、赤の他人だが――、再び歩き始めた。すれ違う瞬間、ヒカリがふっと顔をこちらに向け、右目を閉じるようにして顔を歪めた。数歩歩いてから、ウインクをしたのだと気付いた。すぐさま振り返ったが、ヒカリは振り返らず、前に向かって歩みを進めていた。

俺はゆっくりと息を吸い込んだ。澄んだ朝の冷気が体内に入り込んでくる。

駅へ向けて足を踏み出した。心なしか、体が軽く感じられた。

阪急十三駅に着き、パチンコ屋に入った。ぐるりと店内を見回し、席へ向かう。アタリメを銜えながらハンドルを回す平田が、俺の足音を聞いて顔を向けた。その目がどんどんと広がっていく。

「なんや、俺の後ろに幽霊でも見えるんかい」

平田の隣に腰を下ろした。

「伊達ちゃんの後ろに……いうか、伊達ちゃんが幽霊や」

平田がにっと笑った。相変わらず、歯が殆どない。

「なんで俺が幽霊やねん」

「常連はみんなそう言うてたで。ああ、伊達ちゃん死んでもうたんやなあ、いうて。パチンコ依存症のアホが急に姿晦ましたら、ブタ箱に送られたか死んだかの二択やから」

「二択なら、なんで死んだって決めつけんねん」

「伊達ちゃんに、犯罪おかす度胸なんてあらへんがな」

嬉しそうに笑った。つられて、俺も小さく笑う。

「しかし、正月からパチンコかい。情けないで、平田さん。どんな人生やねん」

「お互い様やないか。それに、正月とかクリスマスとかを有り難がるんはアホやで。ただのありふれた一日やろ。勝手に昔の人間が意味付けしただけやがな」

「その無意味な価値を享受するのが、普通の人間や」

「普通なんて幻想や。存在せえへん」

平田がハンドルを回した。

「パチンコは最高や。何も考えんでええ。頭、空っぽにできる。やかましいて、落ち着くわ」

平田の心底くつろいでいるような声に苦笑し、つい尋ねてみた。

「平田さんは、何のために生きてるん？　人生って何やと思うよ？」

「人生？　せやなあ……。まあ、人生はパチンコやな」

「パチンコ玉みたいに落っこちるだけ、か」

「ちゃうちゃう。文字通り、パチンコしか生き甲斐がないねん。最悪やろ」

平田が哀愁に満ちたため息を吐いた。

「えらい柄にもない、悲しいこと言うがな。何を生き甲斐に人生を送るかは、個人の自由やで。そこに優劣は存在せえへん」

「えらい柄にもない、立派なこと言うがな」

低い声でそう言い、目を強くこすった。

「大体あんたには、酒と煙草もあるやないか」

俺の言葉に、平田が顔を皺くちゃにして笑った。

「せやせや、忘れとった。わしは中毒三冠王や」

「何を誇らしげに言うとんねん。どえらい薄汚れた王冠やで」

「あれ、この会話、デジャヴか？」

とぼけた声だった。俺は小さく息を吐いて笑った。平田が喉の奥でくぐもった笑い声を上げ、アタリメを一本差し出してきた。

「食べ。旨いで」

素直に受け取り、口に運んだ。

「硬っ！　平田さん、歯ァ無いのに、ようこんなもん食えるな」

「歯茎が硬なっとんねん。サイの角と一緒や。ほら」

口の中を見せてきた。

「あんた、三本しかないやんけ……」

「昨日までは四本やったんやけどな、久しぶりに歯磨きしたら抜けてもうた。慣れへんことはするもんやないな」

平田が真面目腐った顔で言った。俺は平田としばらく顔を見合わせたが、同時にふっと吐息を洩らすと、げらげらと大声を上げて笑い始めた。二人ともパチンコのハンドルから手を放し、お互いの肩を叩き合って笑った。心底くだらないと感じながらも、笑いの衝動は腹の底から湧き上がり続け、俺達は大いに笑った。大して面白くもないことで笑っているという事実がさらに笑いを加速させ、ひいひいと苦しい呻き声を上げながら、目に涙を浮かべながら、笑い続けた。ただひたすらに、笑い続けた。

しばらくしてようやく笑いの波が引き始めると、俺達はまたいつも通り並んでパチンコを打ち始めた。すると平田が不意に、飄々（ひょうひょう）とした声で言った。

「そういえば、伊達ちゃんの方こそ、何のために生きてんねん？　伊達ちゃんの生きる意味は？」

思わずハンドルを回す手を止め、一瞬硬直してしまった。だがすぐに小さく首を振り、能天気に笑って答えた。

「意味なんてあるかい。まだ死んでへんから生きてるだけや、あほんだら」

解説

池上冬樹

いやあ、読ませる。実に面白い。ひとつひとつの台詞・会話がおかしくて、節々で笑ってしまう。気の利いた台詞や会話など頑張れば数カ所作ることはできるが、増島拓哉は、最初から最後まで、すべての場面でやろうとしているし、実際それは成功している。いや、成功とか失敗とかそんなレベルではなく、実に滑らかで、リズミカルで、躍動感にみちている。およそ二年ぶりに読み返したけれど、ああ、これこれ、この巧さだよねと二年前の昂奮がよみがえった。とても十九歳の新人のデビュー作とは思えない。

本書『闇夜の底で踊れ』は、第三十一回小説すばる新人賞受賞作。選考委員たちが「達者な筆で、十九歳という年齢には唖然とさせられた」（北方謙三）といい、「天賦の才に恵まれたと見るべきだろう」（五木寛之）というのは誇張ではない。「登場人物が適度にユニークで、生きて、立っている」（阿刀田高）し、「会話のテンポ、ユーモアのセンス、シニカルだが温かい視線などは大きな才能」（村山由佳）で、「これだけの暴力と笑いを紡ぎ出した増島さんの筆力はあっぱれ」（宮部みゆき）ということになる。褒めすぎではないかと思うかもしれないが、一読された読者なら納得されるだろう。

一言でいうなら、本書は、パチンコ依存症の無職の男が、風俗嬢に入れ込んで借金を作り、暴力団の抗争に巻き込まれていく話である。小説すばる新人賞にしては珍しいノワールだ。一見すると通俗的な題名（だが最後まで読めば通俗的響きはもたない）と、よくある既視感にみちた物語で、大したことはないと思うかもしれないが、選考委員たちが絶賛するようにそうではない。ドッボにはまる前半はいささか新鮮味に乏しいけれど、抗争の構図があらわになってから会話もキャラクターも弾けて、素晴らしい語りになる。物語に加速度がつくのだ。

発端は、ソープランドでの出会いだった。パチンコで大勝ちした伊達は勢いでソープランドを訪れ、ソープ嬢詩織に恋心を抱いてしまう。三十五歳、無職。完全なパチンコ依存症の男に金が余っているはずがない。詩織に入れ込むうちに、所持金が底をつき、闇金狩りを思いつく。暴力団がバックについていない闇金融から借りても踏み倒せる、誰も追ってこないと考え、偽りの身分証をもって借りまくる。

だが、当然のことながら甘くはなかった。金を踏み倒しているうちに暴力団に狙われ、襲撃を受けてしまう。そんな伊達の窮地を救ったのが、かつての兄貴分、関川組の山本だった。関川組では組長引退をきっかけに内部で軋轢(あつれき)がおこり、きな臭い空気が立ち込めていた。山本は伊達を手なずけて、やがてある日、断りきれない仕事をもちかける。いや、命令だった。いったいその仕事とは何か?

さきほど〝素晴らしい語り〟といったのは、実は、こののっぴきならない提案が、伊達の秘められた過去と少なからず繋がるからである。伊達の過去に何があったのか。山本とはどういう関係にあり、なぜ山本は伊達に目をつけたのかが、思いがけない展開とともに少しずつ見えてくる。

よくいるパチンコ依存症の駄目な男と見せておいて、少しずつ回想シーンを挿入して、伊達の過去を立体的に見せてくる。読者を驚かす仕掛けもあり、それが次々と明らかになっていく終盤は緊迫感に包まれ、それでいて実に小気味よく、殺人が繰り返されるのに不思議と心地よい(殺人の動機だけはやや古臭いと初読のとき思ったが、再読するとあちこちに動機を支持する細部がちりばめられている)。それはひとえに作者がもつユーモア感覚の勝利だろう。たとえるなら、「浪速の読み物キング」(伊集院静)こと黒川博行に迫る笑いにみちた会話であり、関東の読み物キングといっていい大沢在昌に迫る優れた語りと人物像の創出が、陰惨な暴力劇を調子のいいピカレスクに仕立てあげている。

いま、大沢在昌の名前を出したのは、作者の増島拓哉がもっとも影響を受けた作家として大沢在昌の名前をあげているからである。小説すばる新人賞を受賞したとき、たいてい「青春と読書」で選考委員と受賞者の対談が行われるものだが、増島拓哉の対談相手は大沢在昌だった。増島拓哉が熱烈な大沢ファンだからでもある（以下引用は「青春と読書」二〇一九年三月号所収「受賞対談」より）。

この対談で大沢も冒頭で、「十九でこれだけ書けるの。すごいね。キャラクターの描き分けも上手いし、この風貌から思いつかないぐらいヤクザ業界のことをちゃんと書けている。この子は一体どういう育ち方をしたんだろうと思ったけど（笑）」と褒めたたえたあと、具体的に、キャラクターの良さに触れ、自分のデビュー時を思い返す。

「選考委員が評価したのは、やっぱりキャラだと思うんだよね。主人公の伊達雅樹も面白い男だけど、伊達がパチンコ屋で知り合う平田っていうおっさんとか、伊達にからんでくるいろいろなタイプの極道とか、登場人物一人一人の個性が立っている。「役」じゃなく、「キャラ」になっているんだ。とても十九歳の筆とは思えないね。俺も十九のときに小説を書いてたけど、とてもじゃないけどこんなものは書いてなかったし、デビユーしたのが二十三で、あなたより四歳年上だったけど、それでも今のあなたにかなうレベルじゃなかったなってつくづく思った」

大沢在昌のデビュー作『感傷の街角』(角川文庫)と比較すればそうなるだろう。文体の瑞々しさやセンスのある切り口など光り輝くものは多々あるが(詳細は僕の角川文庫解説参照)、ただ人物描写の点では増島拓哉が勝(まさ)っているかもしれない。

一方、増島は、大沢在昌の小説の魅力を、一気読みさせる力だという。もともと小学生ぐらいから漠然と小説家に対する憧れがあったが、具体的に書きたい小説のイメージはなかった。しかし高校二年生の十一月の夜に『新宿鮫』(光文社文庫)を読み始めたら「そのまま止まらなくなって読み終わったのが一時半ぐらい。最後の一行を読んだときに、ああ、こういう小説を書きたいと思いました。以来、大沢さんの小説はすべて読んでいます」とか。ちなみに『新宿鮫』の最後の一行は「新宿署で、最高のお巡りだ」という台詞で、『闇夜の底で踊れ』を台詞で終わらせているのは、『新宿鮫』を意識してのことだという。

増島拓哉はまた、「小説を一気読みすることってあまりしないんですけど、大沢さんの本はほとんどすべて一気読みしています。どれもぶっちぎりで面白いんです」といい、

「俺の作品の中で何が一番好きなの？」と聞かれて、「シリーズ物を除けば『ライアー』ですね」と答えているのが印象的だ。実は僕もまた、シリーズ物を除けば『ライアー』（新潮文庫）がいちばん好きだし、大沢作品のなかでも飛び抜けた傑作だと思う。

この小説は、大学教授の夫と小学生の息子との三人暮らしをする女性が主人公。夫には内緒で、政府の非合法組織で国家に不都合な人物を「処理」する任務についていて、夫の謎めいた事故死のあと、謀略に巻き込まれていくハードボイルドだ。組織内部の凄まじい暗闘、ヒロインの切々たる女性性の葛藤、深く響きわたる家族の愛などが、激しく胸をうつ傑作であり、海外と日本のエンターテインメントが変質していく時代の流れを正確に捉えていて、実に読み応えがある。ある意味、歴史的傑作といってもいい（大げさと思うなら僕の新潮文庫解説を参照してほしい）。

『ライアー』は増島作品とはまったく異なるけれど、こういう作品を気に入るあたり、悲劇をきわめてシリアスに、読者に深い感動を与える重厚な小説もまた、増島は視野に入れているのではないか、いずれ書いてくれるのではないかと期待がもてる。

本書『闇夜の底で踊れ』はユーモラスなピカレスクであり、そのユーモラスな作風は待望の第二作『トラッシュ』（集英社近刊）にもいえるだろう。雑誌掲載時の印象になるが、自殺願望をもつ青年たちの絆と衝動のすべてを生き生きとリズミカルに描いていてなかなか面白いからだ。

すでに述べたように（選考委員プラス大沢在昌が絶賛しているように）、本書『闇夜の底で踊れ』は、才能あふれる新人の出色のデビュー作である。将来、日本のエンターテインメントを背負って立つ作家の、記念碑的デビュー作として記憶されるべき作品になるのではないか。ぜひ、読まれよ!!

（いけがみ・ふゆき　文芸評論家）

第三十一回小説すばる新人賞受賞作

本書は、二〇一九年二月、集英社より刊行されました。

集英社文庫

闇夜(やみよ)の底(そこ)で踊(おど)れ

2021年1月25日　第1刷
2021年6月6日　第2刷

定価はカバーに表示してあります。

著　者　増島拓哉(ますじまたくや)

発行者　徳永　真

発行所　株式会社　集英社

東京都千代田区一ツ橋2-5-10　〒101-8050

電話　【編集部】03-3230-6095
　　　【読者係】03-3230-6080
　　　【販売部】03-3230-6393(書店専用)

印　刷　凸版印刷株式会社

製　本　加藤製本株式会社

フォーマットデザイン　アリヤマデザインストア　　マークデザイン　居山浩二

ISBN978-4-08-744200-7 C0193